ぼくらの大《だい》脱《だっ》走《そう》

宗《そう》田《だ》 理《おさむ》・作
YUME《ゆめ》・絵
はしもとしん・キャラクターデザイン

角川つばさ文庫

「ぼくら」の事件《じけん》ファイル

1年《ねん》夏休《なつやす》み 東京《とうきょう》の中学校《ちゅうがっこう》、1年《ねん》2組《くみ》の男子全員《だんしぜんいん》が
廃工場《はいこうじょう》に立《た》てこもり、大人《おとな》への反乱《はんらん》！

1年《ねん》2学期《がっき》 “天使《てんし》ゲーム” それは、1日《にち》1回《かい》、
大人《おとな》にいたずら！　ところが、殺人事件《さつじんじけん》が…!?

1年《ねん》3学期《がっき》 宇野《うの》と安永《やすなが》がUFO《ユーフォー》につれ去《さ》られた
ように消《き》えた!?　二人《ふたり》を救《すく》うため、宗教団体《しゅうきょうだんたい》の要塞《ようさい》へ侵入《しんにゅう》！

1年《ねん》春休《はるやす》み ドロボウのアジトを発見《はっけん》。盗品《とうひん》をうばい返《かえ》し、
貧《まず》しい人《ひと》にバラまく計画《けいかく》を立《た》てる！

1年《ねん》ゴールデンウイーク 学校《がっこう》を解放区《かいほうく》に！　廃校《はいこう》がおばけ屋敷《やしき》！

2年《ねん》1学期《がっき》 新担任《しんたんにん》と校長《こうちょう》が来《き》た。ところが、殺人予告状《さつじんよこくじょう》!?

2年《ねん》夏休《なつやす》み 南《みなみ》の島《しま》での戦《たたか》い！　無人島《むじんとう》で怪盗《かいとう》との戦《たたか》い！

2年《ねん》2学期《がっき》 ヤバイバイト作戦《さくせん》！　黒《くろ》い手帳《てちょう》を手《て》に入《い》れる。
山奥《やまおく》で出会《であ》った生徒《せいと》も校舎《こうしゃ》も消《き》えてしまう!?

2年《ねん》3学期《がっき》 悪《わる》い大人《おとな》をやっつけるため、C計画委員会《クリーンけいかくいいんかい》を
結成《けっせい》！　悪《わる》い㊫会社《ブラックかいしゃ》との戦《たたか》い!!

3年《ねん》1学期《がっき》 ぼくらだけの修学旅行《しゅうがくりょこう》を計画《けいかく》！　爆笑《ばくしょう》＆スリル
満点《まんてん》の体育祭《たいいくさい》！　子《こ》どもだけのテーマパークで決戦《けっせん》!!

3年《ねん》夏休《なつやす》み 1945年《ねん》にタイムスリップ!?
小学生《しょうがくせい》とおばけ屋敷《やしき》を作《つく》る！

3年《ねん》2学期《がっき》 人気《にんき》アイドルが一日校長《いちにちこうちょう》に！
先生《せんせい》にいたずら劇《げき》！　大爆笑《だいばくしょう》の学園祭《がくえんさい》!!

3年《ねん》冬休《ふゆやす》み 無人島《むじんとう》ツアー！　黄金《おうごん》の宮殿《きゅうでん》!?

3年《ねん》3学期《がっき》 飛行機《ひこうき》がハイジャックされる!?
卒業式《そつぎょうしき》に大爆笑《だいばくしょう》のいたずら作戦《さくせん》!?

目次《もくじ》

ぼくらの大脱走
人物紹介《じんぶつしょうかい》
菊地英治《きくちえいじ》
いたずらを
思《おも》いつく天才《てんさい》。
相原《あいはら》 徹《とおる》
英治《えいじ》の親友《しんゆう》。
両親《りょうしん》は塾《じゅく》を
経営《けいえい》。
仲間《なかま》をまとめる
リーダー。
柿沼直樹《かきぬまなおき》
医院《いいん》の息子《むすこ》。キザな性格《せいかく》。
安永《やすなが》 宏《ひろし》
友情《ゆうじょう》に厚《あつ》い、
けんかの達人《たつじん》。
久美子《くみこ》が
好《す》き!?
天野司郎《あまのしろう》
アナウンサー志望《しぼう》。
司会進行《しかいしんこう》と実況《じっきょう》の天才《てんさい》。
堀場久美子《ほりばくみこ》
得意技《とくいわざ》がケリ、
けんかの達人《たつじん》。
橋口純子《はしぐちじゅんこ》
中華料理屋《ちゅうかりょうりや》の娘《むすめ》で、
七人兄弟《にんきょうだい》の長女《ちょうじょ》。
中山《なかやま》ひとみ
水泳《すいえい》は中学《ちゅうがく》で
一番《ばん》の美少女《びしょうじょ》。

三矢《みつや》麻衣《まい》

父親《ちちおや》はアルコール依存症《いぞんしょう》で、母親《ははおや》は家《いえ》を出《で》た。

日比野《ひびの》 朗《あきら》

食《た》べるの大好《だいす》き、料理《りょうり》も得意《とくい》。

中尾和人《なかおかずと》

塾《じゅく》に通《かよ》わず、抜群《ばつぐん》の秀才《しゅうさい》。

谷本《たにもと》 聡《さとる》

数学《すうがく》と機械発明《きかいはつめい》の天才《てんさい》。

立石《たていし》 剛《つよし》

花火職人《はなびしょくにん》の息子《むすこ》。

佐竹哲郎《さたけてつろう》

愛犬《あいけん》タローとともに、仲間《なかま》を助《たす》ける。

矢場《やば》 勇《いさむ》

テレビレポーター。ぼくらの捜査《そうさ》に協力《きょうりょく》。

近藤《こんどう》

登山部《とざんぶ》。登山技術《とざんぎじゅつ》はプロ並《な》み。

一章《しょう》　島抜《しまぬ》け

1

「菊地《きくち》くん」

うしろから声《こえ》をかけられたとたん、英治《えいじ》の体《からだ》は、電気《でんき》に触《ふ》れたみたいに硬直《こうちょく》した。

——この声《こえ》。

もう三か月《げつ》も耳《みみ》にしていないが、忘《わす》れられるわけがない。

というより、この声《こえ》をどのくらい聞《き》きたかったか。

中学卒業《ちゅうがくそつぎょう》の日《ひ》、河川敷《かせんしき》で「ひとみが好《す》きだ」とどなった。

みんなはよくやったと言《い》ってくれたけれど、ひとみは英治《えいじ》になんにも言《い》わない。

だから、おこっているのか、喜《よろこ》んでいるのかも、まだわかっていないのだ。

「どうしたのよ、びっくりした顔《かお》しちゃって。わたしのこと忘《わす》れちゃったの？」

ひとみの笑顔《えがお》は中学《ちゅうがく》のときと一緒《いっしょ》だ。

「急《きゅう》にうしろから声《こえ》かけられたからおどろいただけさ。忘《わす》れるわけねえだろう」

英治《えいじ》は、やっとペースを取《と》りもどしかけた。

「菊地《きくち》くん、ぜんぜん変《か》わってない」

「ひとみだってそうじゃんか」

「わたしは、毎朝《まいあさ》神《かみ》さまにお祈《いの》りしてるから、変《か》わってるはずだけどな」

「神《かみ》さまにお祈《いの》りすると、どう変《か》わるんだよ?」

「心《こころ》がきれいになるから、顔《かお》も美《うつく》しくなるって、マザーが言《い》ってたわ」

「マザーって、おふくろか?」

「ちがう、校長先生《こうちょうせんせい》」

「校長《こうちょう》のことマザーっていうのか?」

「そうよ」

「じゃあ、女《おんな》か?」

「あたりまえでしょう。男《おとこ》のマザーがいるの?」

ひとみは、おかしそうに笑《わら》いだした。

「おばさんか?」

「おばさんなんて失礼《しつれい》よ」

「そいつ、独身《どくしん》だろう？」

「そいつだって。マザーは神《かみ》さまと結婚《けっこん》してるのよ」

「なんちゃって。たいていそういうのは意地悪《いじわる》なんだ」

「意地悪《いじわる》というより、厳《きび》しいのよ」

「まあどっちでもいいや。女子校《じょしこう》って楽《たの》しいか？」

「楽《たの》しいこともあるけど、つまらないこともある」

「つまらないって、どういうことだ？」

「男《おとこ》の子《こ》がいないこと」

英治《えいじ》は内心《ないしん》のうれしさを隠《かく》して、

「そうか。それはちょっとかわいそうだな」

と、もっともらしい顔《かお》をした。

「N高《エヌこう》にはかわいい子《こ》いる？」

「いる。だけど、ひとみほどじゃない」

「うっそお。好《す》きな子《こ》いるんでしょう？」

「いないって。うそだと思《おも》ったら相原《あいはら》に聞《き》いてみろよ」

英治《えいじ》は、強《つよ》い調子《ちょうし》で否定《ひてい》した。

「相原《あいはら》くん、元気《げんき》？」

「元気《げんき》だ。一緒《いっしょ》にサッカーやってる。最近会《さいきんあ》ったことないのか？」

「ないわ」

「同《おな》じ電車《でんしゃ》なのに、会《あ》ったのははじめてだよな？」

「わたしは、一度菊地《どきくち》くん見《み》たことあるよ」

「どうして声《こえ》かけてくれなかったんだ？」

「だって、かわいい女《おんな》の子《こ》と楽《たの》しそうに話《はな》してたんだもの。つい遠慮《えんりょ》しちゃった」

「かわいい子《こ》？　だれかなあ」

英治《えいじ》は首《くび》をひねった。

英治《えいじ》も相原《あいはら》も、そして、ひとみも同《おな》じ電車《でんしゃ》で通学《つうがく》している。

しかし、こうして会《あ》うのは高校入学《こうこうにゅうがく》以来《いらい》はじめてである。それまで、ひとみが英治《えいじ》のことをどう思《おも》っていたか、いろいろと考《かんが》えていたのだが、話《はな》してみれば、中学《ちゅうがく》のときと同《おな》じである。

たまに会《あ》うと話《はなし》はいくらでもある。夢中《むちゅう》になり過《す》ぎて、危《あや》うく乗《の》り越《こ》すところだった。

「ちょっと、カフェでコーヒーでも飲《の》まない？　菊地《きくち》くんに会《あ》ったら、話《はな》したいことがあったんだ」

改札口《かいさつぐち》を出《で》るとひとみが言《い》った。

――話《はな》したいこと。

英治《えいじ》は胸《むね》がどきどきしてきた。

もしかしたら、ひとみも告白《こくはく》してくるのかもしれない。

わたしも、菊地《きくち》くんが好《す》き、なんて。

それだったら舞《ま》いあがってしまうけれど、その反対《はんたい》だったらどうしよう。

わたしに好《す》きな人《ひと》があらわれたから、あきらめてもらえない？

やだ、やだ。そんなこと言《い》われたらショック死《し》だぜ。

駅前《えきまえ》のカフェは、高校生《こうこうせい》らしい男女《だんじょ》でいっぱいだった。

この店《みせ》をいつも横目《よこめ》で見《み》ながら、うらやましいと思《おも》って通《とお》りすぎるのだが、きょうは違《ちが》う。

ちょっと誇《ほこ》らしい気持《きも》ちで中《なか》へ入《はい》った。ちょうど、隅《すみ》に席《せき》が空《あ》いていた。

「わたし、カフェオレ」

と、ひとみは注文《ちゅうもん》した。

「おれはコーヒー」

英治《えいじ》も注文《ちゅうもん》すると、高校生《こうこうせい》になったのだという実感《じっかん》が湧《わ》いてきた。

ひとみは、話《はなし》を忘《わす》れたみたいに、運《はこ》ばれてきたカフェオレをうまそうに飲《の》んでいる。

「話《はなし》って……？」

英治《えいじ》は、我慢《がまん》しきれなくなってきいた。

「菊地《きくち》くん、麻衣《まい》のこと聞《き》いてる？」

「卒業以来会《そつぎょういらいあ》ってないから知《し》らない。何《なに》かあったのか？」

「A高《エーこう》に入《はい》るには入《はい》ったんだけど、五月《がつ》から学校《がっこう》に来《き》てないんだって。純子《じゅんこ》に聞《き》いたんだけど」

A高《エーこう》には、佐竹《さたけ》、天野《あまの》、純子《じゅんこ》、立石《たていし》、西尾《にしお》、麻衣《まい》、佐織《さおり》が入《はい》った。

佐竹《さたけ》や天野《あまの》には、卒業後《そつぎょうご》も何度《なんど》か会《あ》っているのだが、麻衣《まい》のことは聞《き》いたことがない。

「登校拒否《とうこうきょひ》か？」

麻衣《まい》の父親《ちちおや》はアルコール依存症《いぞんしょう》で、中学《ちゅうがく》一年《ねん》の春休《はるやす》みのとき、みんなでこらしめてやったことがある。

「純子《じゅんこ》の話《はなし》によると、麻衣《まい》、家《いえ》にいないらしいの」

「ということは家出《いえで》か？」

「ではないみたい」

「おやじにきいてみたのか？」

「きいたんだって。そうしたら大阪《おおさか》に行《い》ったたって」

「大阪《おおさか》に何《なに》しに行《い》ったんだ？」

「わかんない。だけど心配《しんぱい》だわ」

その日《ひ》は、そんな話《はなし》をして、ひとみと別《わか》れた。

別《わか》れて一人《ひとり》になってみると、英治《えいじ》は胸《むね》に大《おお》きな空洞《くうどう》ができたような、空虚《くうきょ》な気分《きぶん》になった。

ひとみは、英治《えいじ》が好《す》きだと言《い》ったことに対《たい》して、なんの反応《はんのう》も示《しめ》さなかったではないか。

いったい、ひとみは何《なに》を考《かんが》えているのだろう？

それがわからないのでどうにも不安《ふあん》になってくるのだ。


家《いえ》に帰《かえ》った英治《えいじ》は、立石《たていし》に電話《でんわ》して、麻衣《まい》のことをきいてみた。

「クラスが違《ちが》うから、おれは知《し》らなかった。佐竹《さたけ》にきいてみろよ」

立石《たていし》に言《い》われて、こんどは佐竹《さたけ》に電話《でんわ》してみた。

「麻衣《まい》か、あいつ高校《こうこう》に入《はい》ってから、急《きゅう》に人間《にんげん》が変《か》わっちまった」

「どういうふうに変《か》わったんだ？」

「ぐれちゃったんだよ。髪《かみ》は染《そ》める、短《みじか》いスカートをはく」

「前《まえ》はおとなしかったのに、どうして、急《きゅう》にそうなっちゃったんだ？　何《なに》かあったのか？」

「アルコール依存症《いぞんしょう》のおやじと、派手《はで》にやり合《あ》うらしい。顔《かお》をはらして学校《がっこう》に来《き》たこともあった」

「話《はな》したのか？」

「おれたちを避《さ》けてるみたいに話《はな》そうとしねえんだ」

「いま、家《いえ》にいないんだって？」

「じゃあ、家出《いえで》したんだ。五月《がつ》までは学校《がっこう》に来《き》たり来《こ》なかったりだったけど、六月《がつ》に入《はい》って、ぴたっと来《こ》なくなったからな」

「おやじは大阪《おおさか》に行《い》ったって言《い》ってるそうだ」

「そんなのうそだ。おやじが知《し》るわけねえ」

佐竹《さたけ》もあまり関心《かんしん》はないみたいだった。

「ほっといていいのかな？」

「しようがねえだろう。うちの高校《こうこう》なんか偏差値《へんさち》で入《はい》ってくるから、入学《にゅうがく》したとたん、いやになって学《がっ》校《こう》に来《こ》なくなるやつは何人《なんにん》もいるんだ」

「麻衣《まい》もそうだと思《おも》うか？」

「じゃねえの」

「そうかなあ。ちょっと違《ちが》う気《き》がするんだけど……」

「純子《じゅんこ》にきいてみろよ。純子《じゅんこ》ならもう少《すこ》し知《し》ってるかもしれねえ」

「そうしてみるよ」

英治《えいじ》は電話《でんわ》を切《き》った。高校中退者《こうこうちゅうたいしゃ》は、全国《ぜんこく》で何万人《なんまんにん》もいるとテレビで言《い》っていたが、麻衣《まい》もその中《なか》の一人《ひとり》だろうか？

英治《えいじ》は、純子《じゅんこ》に電話《でんわ》してみようと思《おも》った。純子《じゅんこ》にも卒業以来《そつぎょういらい》会《あ》っていない。電話《でんわ》するのもはじめてである。

「もしもし、菊地《きくち》だよ」

「きゃあ、懐《なつ》かしい」

純子《じゅんこ》は、耳《みみ》がびんびんするほど派手《はで》な声《こえ》をあげた。

「懐《なつ》かしいってのは、ちょっとオーバーだろう」

「だって、電話《でんわ》ぜんぜんくれないんだもの。もうわたしのことなんか忘《わす》れちゃったのかと思《おも》ってたわ」

「忘《わす》れるわけないだろう」

「ほんと？」

「ほんとさ。ほかの連中《れんちゅう》には会《あ》うか？」

「ぜんぜん。みんな仲間《なかま》だと思《おも》ってたのに、高校《こうこう》に入《はい》るとばらばらね。サッカーやってる？」

「やってるさ」

「相原《あいはら》くんも？」

「相原《あいはら》もやってる」

「レギュラーになれそう？」

「それは、まだわかんねえ」

「なんだ、つまんない」

「きょう、電車《でんしゃ》でひとみに会《あ》ったぜ」

「そう。ひとみ、きれいになったでしょう？」

「まあな」

「返事《へんじ》もらった？」

「返事《へんじ》ってなんのことだ？」

「ひとみが好《す》きって言《い》った返事《へんじ》よ」

「ああ、あれか。なんにも……」

「どうして？」

「知《し》らねえ。ひとみ聞《き》いてなかったのかもしれねえ」

「あんな大《おお》きい声《こえ》、聞《き》こえないわけないでしょう」

「そうだよな、もしかすると、ひとみはおれが好《す》きじゃないのかも」

「そんなことないよ。一度《いちど》ひとみにきいてあげようか？」

「うん。でもいいや。そんなことしたら、ひとみになめられるから」

「そうか、そのことを言《い》ってもらいたいために電話《でんわ》してきたの？」

「違《ちが》う、違《ちが》う」

英治《えいじ》は強《つよ》い調子《ちょうし》で否定《ひてい》した。

「何《なに》か用《よう》があったの？」

「麻衣《まい》のことだ」

「ひとみが話《はな》したのね？」

「うん、学校休《がっこうやす》んでるんだって？」

「大阪《おおさか》に行《い》ってるって話《はなし》よ」

「学校休《がっこうやす》んでか？」

「そう」

「大阪《おおさか》に親戚《しんせき》でもいるのか？」

「そんな話《はなし》は聞《き》いたことない」

「純子《じゅんこ》、麻衣《まい》と仲《なか》よかったんだろう？」

「うん、A高《エーこう》に合格《ごうかく》したときは、一緒《いっしょ》だってとても喜《よろこ》んでたんだけど、一か月《げつ》くらいしたら学校休《がっこうやす》みだしたの」

「理由《りゆう》は？」

「理由《りゆう》はきいても言《い》わなかったけど、急《きゅう》に人《ひと》が変《か》わっちゃったみたいだった」

「どんなふうに？」

「髪《かみ》は染《そ》めるし、ピアスはつける。口紅《くちべに》はつける。短《みじか》いスカートをはく。急《きゅう》に不良《ふりょう》になっちゃったのよ」

「麻衣《まい》がそんなかっこうするなんて、信《しん》じられねえな」

「でしょう。もちろん先生《せんせい》には注意《ちゅうい》されるけど、へっちゃら。わたしたちとも口《くち》きかなくなっちゃったのよ」

「何《なに》かあったんだな」

きっと、あのアルコール依存症《いぞんしょう》おやじのせいだ、と英治《えいじ》は思《おも》った。

「五月《がつ》の終《お》わりごろだったかな、急《きゅう》にわたしのところにやってきて、わたしもうだめだって言《い》ったの」

「わたしもうだめ……？」

「そのときの麻衣《まい》は、中学《ちゅうがく》のときに返《かえ》ったみたいで、すごくさびしそうだった。だから、わたしきいたの。もうだめってどういうことって」

「そうしたら？」

「何《なに》もきかないでって、首《くび》をふるだけだった」

「なんだろうな」

英治《えいじ》には、麻衣《まい》の心《こころ》の奥《おく》は想像《そうぞう》しようもない。

「それから一週間《しゅうかん》ほどして、麻衣《まい》は学校《がっこう》に来《こ》なくなったの。先生《せんせい》にきいたら、大阪《おおさか》の親戚《しんせき》のところに行《い》ったって」

「おやじがそう言《い》ったんだな」

「でしょう」

「おやじに会《あ》ってみたか？」

「会《あ》ったわよ。手紙《てがみ》出《だ》したいから住所《じゅうしょ》教《おし》えてくれって。そうしたら、住所《じゅうしょ》は教《おし》えられないって、追《お》っぱらわれちゃった」

「どうして教《おし》えられねえんだ？」

「変《へん》でしょう？」

「変《へん》だよ。それは何《なに》かあるな」

「何《なに》かって何《なに》よ？」

「おやじに殺《ころ》されたんじゃねえだろうな？」

「なんてこと言《い》うの。ミステリーの読《よ》みすぎじゃない？」

「まさか、それはないよな。だけど、大阪《おおさか》の親戚《しんせき》ってのは怪《あや》しいぜ」

「そう思《おも》う？」

「思《おも》うさ。おやじが隠《かく》してるところをみると、こいつは裏《うら》に何《なに》かあるぜ」

「わたしも心配《しんぱい》なんだけど、どうしようもないのよ」

「一度《いちど》、みんなで会《あ》って相談《そうだん》しようか？」

「さんせい。いつがいい？」

「七月《がつ》はじめ、期末試験《きまつしけん》の終《お》わったあとの土曜日《どようび》。会《あ》う場所《ばしょ》は駅前《えきまえ》のカフェ。時間《じかん》は適当《てきとう》。学校《がっこう》が終《お》わった者《もの》から来《く》るってのはどうだ？」

「異議《いぎ》なし、ひとみと久美子《くみこ》と佐織《さおり》はわたしが連絡《れんらく》する。男子《だんし》は英治《えいじ》くんが連絡《れんらく》して」

「久《ひさ》しぶりで楽《たの》しくなりそうだな」

「ほんと、いまから待《ま》ち遠《どお》しいわ」

英治《えいじ》は電話《でんわ》を切《き》ったあと、みんなの顔《かお》を一人《ひとり》ずつ思《おも》いだした。

すると、急《きゅう》に懐《なつ》かしくなってきた。

2

期末試験《きまつしけん》が終《お》わった。試験《しけん》が終《お》わったときはいつでもそうだが、気持《きも》ちが舞《ま》いあがりそうになる。

これで思《おも》いどおりの成績《せいせき》が取《と》れれば言《い》うことはないのだが、英治《えいじ》にとってはまあまあの出来《でき》だった。

そのうえ、きょう中学時代《ちゅうがくじだい》のみんなと会《あ》えると思《おも》うと、いつも見《み》なれている青空《あおぞら》が違《ちが》ったものに見《み》える。

N高《エヌこう》には、英治《えいじ》、相原《あいはら》、谷本《たにもと》の三人《にん》が行《い》っているので、三人《にん》そろって、駅前《えきまえ》のカフェに入《はい》っていった。

隅《すみ》のほうから、「おう」という日比野《ひびの》の声《こえ》がした。

日比野《ひびの》はF高《エフこう》だが、同《おな》じF高《エフこう》の久美子《くみこ》と秋元《あきもと》も来《き》ていた。

A高《エーこう》の佐竹《さたけ》、天野《あまの》、純子《じゅんこ》、立石《たていし》、佐織《さおり》も来《き》ている。

一人《ひとり》だけT高《ティーこう》に行《い》っている柿沼《かきぬま》が、英治《えいじ》たちのすぐ後《あと》から入《はい》ってきて、英治《えいじ》の肩《かた》をたたいた。

「よお」

柿沼《かきぬま》は、一度家《いちどいえ》に帰《かえ》って着替《きが》えてきたのか、しゃれた白《しろ》いジャケットできめている。

「カッキー、かっこいい」

久美子《くみこ》と佐織《さおり》が手《て》をたたいて、はやした。

「そのかっこうでナンパしてんのか？」

立石《たていし》がきいた。

「まあな」

柿沼《かきぬま》は、いすに腰《こし》をおろすと、注文《ちゅうもん》を取《と》りにきた店員《てんいん》に、

「カプチーノ」

と、かっこうをつけて言《い》った。

「あいかわらずね。学校《がっこう》でもあの調子《ちょうし》かしら？」

純子《じゅんこ》が佐織《さおり》にきいた。

「そうでしょう」

「純子《じゅんこ》、青春《せいしゅん》してるか？」

柿沼《かきぬま》は、純子《じゅんこ》の顔《かお》をじろじろ見《み》ながら言《い》った。

「何《なに》よ、それ？」

「彼《かれ》ができたかっていうことさ」

「わたしはカッキーとは違《ちが》うんだからね」

「ということは、もてねえってことだな？」

「違《ちが》う」

佐竹《さたけ》が柿沼《かきぬま》の言葉《ことば》をさえぎって、

「純子《じゅんこ》、先輩《せんぱい》に目《め》つけられてんだ」

「うっそお」

純子《じゅんこ》が顔《かお》を赤《あか》らめた。

「ほんとだって。おれ、紹介《しょうかい》しろってしつこく言《い》われてんだ。そのうち、ラーメン食《く》いに行《い》くからよろしくな」

「純子《じゅんこ》、やるぅ」

久美子《くみこ》に言《い》われて、純子《じゅんこ》はいっそう顔《かお》が赤《あか》くなった。

みんながそれをひやかそうとしたとき、中尾《なかお》が入《はい》ってきた。

「中尾《なかお》が来《く》るとは思《おも》わなかったぜ。ずいぶん義理《ぎり》がたいんだな」

天野《あまの》が意外《いがい》だという顔《かお》をした。

「みんなに会《あ》いたかったからさ」

「おまえ、H高《エッチこう》でもできるほうだろう？」

柿沼《かきぬま》がきいた。

「あそこは、幼稚園《ようちえん》から塾《じゅく》で勉強《べんきょう》してるやつがいるんだ。そういうやつにはかなわないよ」

中尾《なかお》は、淡々《たんたん》として言《い》う。

「いやなやろうだな」

日比野《ひびの》が吐《は》きだすように言《い》った。

「そういうやつが多《おお》いんだ。だからみんなに会《あ》いたくなるんだ」

「そうか、そう言《い》ってくれてうれしいぜ」

天野《あまの》が何度《なんど》もうなずいた。

「それにしても、ひとみおそいね」

純子《じゅんこ》が言《い》ったとたん、ひとみが息《いき》を切《き》らしながら飛《と》びこんできた。

「ごめん、おそくなって」

額《ひたい》は汗《あせ》でびっしょりである。

「どうしておくれたの？」

久美子《くみこ》がきいた。

「朝遅刻《あさちこく》したから、反省《はんせい》のお祈《いの》りさせられてたのよ」

「お祈《いの》りすれば、それですむのか？」

日比野《ひびの》がきいた。

「まあね。わたしたち毎朝《まいあさ》、朝礼《ちょうれい》の祈《いの》りってのをやってんのよ」

「それ、聞《き》かせて、聞《き》かせて」

純子《じゅんこ》が、ひとみの腕《うで》をかかえて揺《ゆ》すった。

「神《かみ》よ、わたしたちがきょう一日《いちにち》の勉強《べんきょう》をせいいっぱいはげむことができますようにお助《たす》けください。わたしたちの勉学《べんがく》を力強《ちからづよ》くはじめさせ、途中《とちゅう》の困難《こんなん》に屈《くっ》しないよう進《すす》ませてください。もし転《ころ》んだら起《お》きあがるのを助《たす》け、つまずきかけたら助《たす》け、道《みち》に迷《まよ》ったら呼《よ》びかえし、傷《きず》ついたらなおしてください。

将来社会人《しょうらいしゃかいじん》として立《た》つ基礎《きそ》をきずくわたしたちの努力《どりょく》を祝《しゅく》し、わたしたちに光《ひかり》と勇気《ゆうき》をおあたえください。そして、最後《さいご》までやりとおすのをお助《たす》けください」

ひとみが言《い》い終《お》わると、みんながいっせいに拍手《はくしゅ》した。

「さすがにいいことを教《おし》えてくれるぜ。純子《じゅんこ》きいたか？　わたしたちに光《ひかり》と勇気《ゆうき》をおあたえください。そして、最後《さいご》までやりとおすのをお助《たす》けください。泣《な》かせるぜ」

柿沼《かきぬま》がにやにやしながら言《い》うと、日比野《ひびの》が、

「アーメンって言《い》うのか？」

ときいた。

「言《い》うわよ。われらの日常《にちじょう》の糧《かて》を、きょうもあたえたまえ。われらを悪《あく》より救《すく》いたまえ。アーメン」

「アーメン」

みんなが言《い》って、どっと笑《わら》った。

「まったく、しようがない人《ひと》たちね」

「ひとみ、クリスチャンになっちゃったのか？」

英治《えいじ》は、心配《しんぱい》になってきいた。

「ううん、わたしは違《ちが》う」

ひとみが首《くび》をふったので、英治《えいじ》はほっとした。

「そういえば、宇野《うの》が来《こ》ねえな？」

立石《たていし》がまわりを見《み》まわして言《い》った。

「宇野《うの》は塾《じゅく》に行《い》くから来《こ》られねえってさ。やつは高校《こうこう》に入《はい》ってからすっかりガリ勉《べん》になっちまったよ」

柿沼《かきぬま》がちょっとさびしそうな顔《かお》をした。

「いいだろう、いいだろう。十八の春《はる》に泣《な》きたくなけりゃ、いまがんばるしかねえ。そうじゃねえか？

カッキー」

「天野《あまの》の言《い》うとおりだ」

「あと一人《ひとり》、安永《やすなが》が足《た》りねえ」

天野《あまの》は、久美子《くみこ》の顔《かお》を見《み》た。

「安永《やすなが》くんは、きょうどうしても休《やす》めないんだって。そのかわり夏休《なつやす》みにはまとめて休《やす》み取《と》るから、誘《さそ》ってくれって」

「安永《やすなが》は、おれたちの中《なか》でいちばんえらいんじゃねえのか？　カッキー、恥《は》ずかしく思《おも》わねえか？」

「天野《あまの》の言《い》うとおりだ。おれは恥《は》ずかしい」

柿沼《かきぬま》も天野《あまの》も、中学《ちゅうがく》のときのままだ。

「きょう、みんなに集《あつ》まってもらったのは……」

英治《えいじ》は十三人《にん》の顔《かお》を見《み》わたした。

「一度《いちど》みんなで会《あ》って、いろいろと話《はなし》がしたかったことと、もう一つは、三矢麻衣《みつやまい》がいなくなっちゃったんで、捜《さが》す相談《そうだん》をしたい。この二つなんだ」

「いなくなったって、家出《いえで》でもしたのか？」

家出《いえで》と言《い》いながら、柿沼《かきぬま》の表情《ひょうじょう》はけろりとしている。

「そのことについては、純子《じゅんこ》が説明《せつめい》する」

英治《えいじ》が言《い》うと、純子《じゅんこ》は麻衣《まい》がいなくなったいきさつを説明《せつめい》した。

「おやじは何《なに》か隠《かく》してるな」

相原《あいはら》が言《い》った。

「なんだと思《おも》う？」

ひとみがききかえした。

「鑑別所《かんべつしょ》ではないよな？」

柿沼《かきぬま》が念《ねん》を押《お》すと、純子《じゅんこ》が、

「それはないわ」

と、否定《ひてい》した。

「そうなると、残《のこ》された道《みち》は一つだ」

「カッキーの言《い》いたいことはわかってる」

「その先《さき》は言《い》うな」

柿沼《かきぬま》は、英治《えいじ》の口《くち》を手《て》でふさぐと、

「麻衣《まい》はおやじに殺《ころ》された」

と、低《ひく》い声《こえ》で言《い》った。

「すぐカッキーは人殺《ひとごろ》しなんだから。やめてよ」

佐織《さおり》がほおをこわばらせた。

「いくらあのおやじでも、そこまではやらねえだろう」

佐竹《さたけ》が言《い》うと柿沼《かきぬま》が、

「だけど、可能性《かのうせい》はゼロとは言《い》えねえよ」

「もしそうだったら、警察《けいさつ》に言《い》ったら？」

久美子《くみこ》は天野《あまの》を見《み》た。

「いなくなったくらいで、サツは動《うご》かねえよ」

天野《あまの》は首《くび》をふった。

「もうすぐ夏休《なつやす》みになる。それまで帰《かえ》ってこなかったら本格的《ほんかくてき》に捜《さが》そうや」

相原《あいはら》が言《い》った。

「そうだな、そうしよう」

麻衣《まい》の話《はなし》はそれきりになって、あとはそれぞれの近況報告《きんきょうほうこく》になった。

そうなると、みんな時間《じかん》のたつのも忘《わす》れて話《はな》しこんだ。

3

その日《ひ》、家《いえ》に帰《かえ》った英治《えいじ》は、みんなと会《あ》って話《はな》し合《あ》ったせいか、いつになく心《こころ》が満《み》たされていた。

電話《でんわ》が鳴《な》ったのは九時《じ》をまわっていた。出《で》てみると、ひとみからだった。

「麻衣《まい》が帰《かえ》ってきた」

ひとみは、いきなりそう言《い》った。

「よかったじゃんか」

英治《えいじ》はそうは言《い》ったものの、いろいろと想像《そうぞう》をめぐらしていただけに、空気《くうき》の抜《ぬ》けた風船《ふうせん》みたいな気《き》分《ぶん》になった。

「それが、家《いえ》には帰《かえ》ってないのよ」

「どこに帰《かえ》ったんだ？」

「わたしんちにいるわ」

「どうして？」

「家《いえ》には帰《かえ》れない事情《じじょう》があるのよ。遅《おそ》いけど来《き》てくれない？」

「よし行《い》く。相原《あいはら》も一緒《いっしょ》でいいか？」

「いいわ。でも、ほかの人《ひと》には黙《だま》ってて。彼女《かのじょ》、見《み》つかると、また帰《かえ》されるらしいから」

どうしてときこうと思《おも》ったが、それは行《い》ってからにしようと思《おも》って電話《でんわ》を切《き》った。

すぐに相原《あいはら》に電話《でんわ》した。

「麻衣《まい》が帰《かえ》ってきたって」

「そうか」

相原《あいはら》は、あまり関心《かんしん》のないような返事《へんじ》をした。

「いまひとみの家《いえ》にいる。家《いえ》には秘密《ひみつ》だそうだ。来《き》てくれって言《い》ってるから、行《い》ってみないか？」

「うん」

こういうとき相原《あいはら》は、決《けっ》していやとは言《い》わない。

英治《えいじ》は、自転車《じてんしゃ》で家《いえ》を飛《と》びだした。

ひとみの家《いえ》『玉《たま》すだれ』の前《まえ》まで来《く》ると、相原《あいはら》と一緒《いっしょ》になった。

門《もん》のところにひとみが立《た》っていて、二人《ふたり》に手《て》をふった。

「ありがとう」

「麻衣《まい》、どこにいたんだ？」

英治《えいじ》は、ずっとそのことを考《かんが》えてきたのだ。

「施設《しせつ》に入《い》れられていたんだって」

「おやじが入《い》れたのか？」

「そうなの。ひどいでしょう？」

「脱走《だっそう》したのか？」

相原《あいはら》がきいた。

「すごいところらしいわ」

ひとみは、二人《ふたり》を自分《じぶん》の部屋《へや》に連《つ》れていった。

ドアをあけると、ひとみのベッドの上《うえ》に麻衣《まい》が腰《こし》かけていた。

中学時代《ちゅうがくじだい》、ふっくらとしていた麻衣《まい》のほおはこけ、顔色《かおいろ》も青白《あおじろ》く、腕《うで》も足《あし》も棒《ぼう》のようにやせ細《ほそ》っている。目《め》のまわりにくまができて、視線《しせん》が落《お》ち着《つ》きなく宙《ちゅう》をさまよっている。

「どうしたんだ？」

英治《えいじ》は、一瞬《いっしゅん》立《た》ちすくんだ。

「なんにも食《た》べてなかったのよ。少《すこ》しは元気《げんき》が出《で》た？」

ひとみが、麻衣《まい》の顔《かお》をのぞきこむと、麻衣《まい》は黙《だま》ってうなずいた。

「どこに行《い》ってたんだ？」

相原《あいはら》がきいた。

「瀬戸内海《せとないかい》の無人島《むじんとう》」

「そこに施設《しせつ》があるのか？」

「うん。だけど、そこに施設《しせつ》があることはだれも知《し》らないみたい」

「どうして、そんなところに入《い》れられたんだ？」

「おやじがだれかに聞《き》いてきて、わたしをだまして連《つ》れてったのよ」

それまで固《かた》まった人形《にんぎょう》みたいだった麻衣《まい》の表情《ひょうじょう》に変化《へんか》があらわれた。

「施設《しせつ》というからには、名前《なまえ》があるんだろう？」

「曙学園《あけぼのがくえん》だって、笑《わら》わせるでしょう。中《なか》にいる子《こ》は、この島《しま》のことをアルカトラズって呼《よ》んでるわ」

「アルカトラズって、サンフランシスコ湾《わん》にある、脱出不可能《だっしゅつふかのう》だった監獄《かんごく》のことだな？」

相原《あいはら》は、こんなことにもくわしい。

「そう。入《はい》るとすぐ園長《えんちょう》に言《い》われたわ。ここから逃《に》げようと思《おも》うな。逃《に》げたら死《し》ぬって」

「いま、そこに何人《なんにん》いる」

「十六人《にん》。だけど、わたしが逃《に》げたから、いまは十五人《にん》。男子《だんし》が九人《にん》、女子《じょし》が六人《にん》」

「入《はい》ってるのはどういう連中《れんちゅう》だ？」

「わたしみたいに、暴《あば》れて親《おや》の手《て》に負《お》えなくなった連中《れんちゅう》」

「直《なお》って出《で》ていった者《もの》はいるのか？」

「直《なお》ったっていっても、あそこじゃみんなふつうの子《こ》だもん。でも、迎《むか》えに来《く》る親《おや》はいないね」

「じゃあ、見捨《みす》てられちゃってるのか？」

「みんな、終身刑《しゅうしんけい》だって言《い》ってるよ」

「きみのおやじもそうか？」

ひとみは、コーヒーをいれて麻衣《まい》にわたした。

「おいしい」

麻衣《まい》は、いかにもうまそうにコーヒーを飲《の》んだ。

「あいつは、わたしなんか絶対《ぜったい》に迎《むか》えに来《き》やしないよ。一生《いっしょう》あそこにいてくれればいいと思《おも》ってるんだ」

「前《まえ》はそれほどでもなかったんでしょう？　どうしてそんなふうになっちゃったの？」

「中学《ちゅうがく》一年《ねん》の春休《はるやす》み、みんなのおかげで、おやじはアルコール依存症《いぞんしょう》が治《なお》ったんだけど、それも半年《はんとし》ともたなかった」

「そうか……」

英治《えいじ》は、せっかくやったことがむだだったと思《おも》うと、体《からだ》から力《ちから》が抜《ぬ》けていくのを覚《おぼ》えた。

「中学《ちゅうがく》三年《ねん》になると、おやじがあんまり暴《あば》れるものだから、おふくろは出《で》ていっちゃった」

「知《し》らなかったわ」

ひとみがうなだれた。

「わたしなんか、毎日《まいにち》炊事《すいじ》、洗濯《せんたく》、掃除《そうじ》を押《お》しつけられて、少《すこ》しでも手《て》を抜《ぬ》くとなぐられるの」

「ひでえな」

英治《えいじ》は腹《はら》が立《た》ってきた。

「くやしいから、おやじのさいふから金《かね》を盗《ぬす》んでやった」

「あたりまえだ。ぐれたのもそれだったのか？」

「そう。そのうち金《かね》を盗《ぬす》んだのがばれちゃって、おまえは泥棒《どろぼう》だ、死《し》んじまえって、なぐる、けるの暴《ぼう》行《こう》を受《う》けて、あげくの果《は》てが島送《しまおく》り」

相原《あいはら》は黙《だま》って聞《き》いていたが、

「島《しま》からはどうやって脱走《だっそう》したんだ？」

「あの島《しま》にいたら、結局野《けっきょくの》たれ死《じ》にだと思《おも》ったから、何度《なんど》も脱走《だっそう》をはかったんだけど、そのたびに失敗《しっぱい》」

「要注意人物《ようちゅういじんぶつ》だな」

「そうなの。一週間前《しゅうかんまえ》にも脱走《だっそう》しようとして捕《つか》まって、独房《どくぼう》に入《い》れられてたの」

「独房《どくぼう》？」

相原《あいはら》がききかえした。

「罪《つみ》の軽《かる》いうちは牢屋《ろうや》に入《い》れられるの」

「罪《つみ》が軽《かる》いってどういうことだ？」

「異性《いせい》と口《くち》をきいたとか、作業《さぎょう》をさぼったとか……よ」

「男子《だんし》と女子《じょし》が口《くち》をきいてはいけないの？」

ひとみが目《め》を丸《まる》くした。

「うん」

「まるで戦争中《せんそうちゅう》みたいだな。作業《さぎょう》があるのか？」

英治《えいじ》がきいた。

「野菜《やさい》を作《つく》ったり、ぶたを飼《か》ったりしてるから」

「食料《しょくりょう》は自給自足《じきゅうじそく》なのか？」

「米以外《こめいがい》は、だいたいそうね」

「じゃあ、ひどいもの食《く》わされてんだろう？」

「みんな、少年院《しょうねんいん》のほうがよっぽどいいって言《い》ってたよ。だいたい、朝《あさ》はご飯《はん》とみそ汁《しる》と、梅《うめ》ぼし。昼《ひる》間《ま》は自分《じぶん》たちで作《つく》ったうどん。夜《よる》は釣《つ》ってきた魚《さかな》がおかず」

「ひでえ。親《おや》たちは自分《じぶん》の子《こ》どもがそんな目《め》に遭《あ》ってんの知《し》ってるのか？」

「知《し》らないでしょう。仮《かり》に知《し》ってたって文句《もんく》言《い》わないよ」

「よく、そんなところから逃《に》げられたな？」

「みんなが協力《きょうりょく》してくれたからよ。わたしは逃《に》げたんじゃない。助《たす》けを求《もと》めるために島《しま》を出《で》たんだ。わたしだけ助《たす》かるつもりなら、こんなところに帰《かえ》ってきやしないよ」

麻衣《まい》の目《め》が光《ひか》った。

「このまま放《ほう》っといたら、みんなはどうなる？」

英治《えいじ》は不安《ふあん》になってきた。

「死《し》んじゃうと思《おも》う。でなきゃ殺《ころ》されるよ」

「殺《ころ》される？　ここは日本《にほん》だぜ。人《ひと》を殺《ころ》せば殺人罪《さつじんざい》になるじゃんか」

「だって、だれも知《し》らない間《あいだ》に殺《ころ》されて、だれも迎《むか》えに来《こ》なかったら、死《し》んだことわからないじゃん」

「そうか、そういうことか……」

英治《えいじ》は、肩《かた》で大《おお》きく息《いき》をした。

「その島《しま》、無人島《むじんとう》だから定期船《ていきせん》はないよな？」

相原《あいはら》がきいた。

「うん、園長《えんちょう》のモーターボートが一艘《いっそう》あるだけ」

「園長《えんちょう》の名前《なまえ》教《おし》えてくれよ」

「名前《なまえ》は教《おし》えてくれない。ボスと言《い》えと言《い》われてるから、みんなボスと呼《よ》んでる」

「そいつ、年《とし》はいくつだ？」

「いくつだかわかんない。五十は過《す》ぎていると思《おも》う」

「奥《おく》さんや子《こ》どもはいるのか？」

「奥《おく》さんはいたけど殺《ころ》しちゃったって話《はなし》」

「殺《ころ》した？」

「ほんとうかうそか知《し》らないけど、自分《じぶん》ではそう言《い》ってる」

「そいつ、頭《あたま》が少《すこ》しおかしいんじゃないか？」

相原《あいはら》がきいた。

「あいつはサディストなんだ。人《ひと》をいじめて、苦《くる》しむのを見《み》るのが快感《かいかん》らしい。自分《じぶん》でもそう言《い》ってるもの」

「とんでもねえやつだな」

「ねえ、みんなを助《たす》けて？」

麻衣《まい》は、訴《うった》えるような目《め》で、ひとみ、英治《えいじ》、相原《あいはら》を順《じゅん》に見《み》つめた。

「助《たす》けるといったって、簡単《かんたん》にはいかないぜ。なあ」

英治《えいじ》は相原《あいはら》の顔《かお》を見《み》た。相原《あいはら》は何《なに》も言《い》わない。

「放《ほう》っておいたら、みんな殺《ころ》されちゃう」

麻衣《まい》は泣《な》き声《ごえ》になった。

「相原《あいはら》くん、なんとかならない？」

ひとみも、すがるように相原《あいはら》を見《み》た。

「わたし、相原《あいはら》くんや菊地《きくち》くんのことみんなに話《はな》したんだよ。あの人《ひと》たちだったら、助《たす》けてくれるかもしれないって。だから、みんなが脱走《だっそう》の手助《てだす》けをしてくれたの」

「麻衣《まい》、これはおれたちには無理《むり》だ」

相原《あいはら》は突《つ》きはなすように言《い》った。

「相原《あいはら》、それはないだろう。放《ほう》っときゃ死《し》ぬんだぜ。なんとかしてやろうぜ。おれたちは、いままでにもいろいろやってきたじゃねえか」

「いままでやったのと、これとは違《ちが》う」

「おまえも、高校《こうこう》に入《はい》って変《か》わったな、そうか、おまえが降《お》りるって言《い》うなら、おれは一人《ひとり》でもやる」

「菊地《きくち》、ばかなことを言《い》うのはよせ」

「何《なに》がばかなことだよ？」

英治《えいじ》は、はじめて相原《あいはら》に敵意《てきい》を抱《いだ》いた。

「感情《かんじょう》でものを言《い》うな。もっと冷静《れいせい》になれ」

「こんなときに冷静《れいせい》になれるわけねえだろう」

英治《えいじ》は、顔《かお》がかっと熱《あつ》くなった。

「麻衣《まい》、島《しま》のことをもっとくわしく話《はな》してくれないか」

相原《あいはら》は、逆上《ぎゃくじょう》する英治《えいじ》を無視《むし》して、憎《にく》いほど冷静《れいせい》である。

「いいわ」

4

麻衣《まい》は、鉛筆《えんぴつ》と紙《かみ》を貸《か》してほしいとひとみに言《い》った。

ひとみが持《も》ってくると、麻衣《まい》は次《つぎ》のような島《しま》の略図《りゃくず》を描《か》いた。

「この島《しま》は周《まわ》りが切《き》りたった崖《がけ》だから、長《なが》い間《あいだ》無人島《むじんとう》だったんだけど、南《みなみ》に一か所《しょ》だけ入《い》り口《ぐち》があるの」

「洞《どう》くつというのがそうか？」

相原《あいはら》がきいた。

「そう、そこから入《はい》ると池《いけ》に出《で》られる。だけど、そんなところに池《いけ》があるなんてだれも想像《そうぞう》しないから、洞《どう》くつに入《はい》ってくるものなんていないわ」

「周《まわ》りの崖《がけ》からは登《のぼ》れないか？」

「登《のぼ》れないよ」

「じゃあ、島《しま》へ行《い》くとしたら、入《い》り口《ぐち》はそこだけだな？」

「そう」

「穴《あな》の大《おお》きさはどのくらいだ」

「幅《はば》と高《たか》さが三メートルくらい。奥行《おくゆ》きは五メートルくらい。通《とお》りぬけると池《いけ》があるの」

「島《しま》の頂上《ちょうじょう》には木《き》がないんだな？」

「斜線《しゃせん》の部分《ぶぶん》は木《き》が生《は》えてるけど、真《ま》ん中《なか》は空《あ》き地《ち》になっている」

「その大《おお》きさはどのくらいだ？」

「横《よこ》が二百五十メートルくらい、縦《たて》が百五十メートルくらい」

「そこに畑《はたけ》と住居《じゅうきょ》があるんだな？」

「それに、ぶたとにわとりが放《はな》し飼《が》いになってる」

「食《く》うために飼《か》ってるのか？」

「そう。でも、にわとりは食《た》べたけど、ぶたはまだ食《た》べてない」

「犬《いぬ》はいないか？」

「いるよ。ドーベルマンのすごいのが。逃《に》げようとしたら、まずこいつにやられちゃう」

「釣《つ》りをすると言《い》ったけど、どこでやるんだ？」

「洞《どう》くつを出《で》たところに岩場《いわば》があるんだ。そこでやるんだけど、タイなんか釣《つ》れるよ。でも、でっかいのはボスに取《と》られちゃうけど」

「ボスはだれと住《す》んでるんだ？」

「子分《こぶん》が二人《ふたり》いる。それとばあさん」

「子分《こぶん》はどんなやつだ？」

「殺人犯《さつじんはん》。指名手配《しめいてはい》で島《しま》にかくれてるんだって」

「やくざか？」

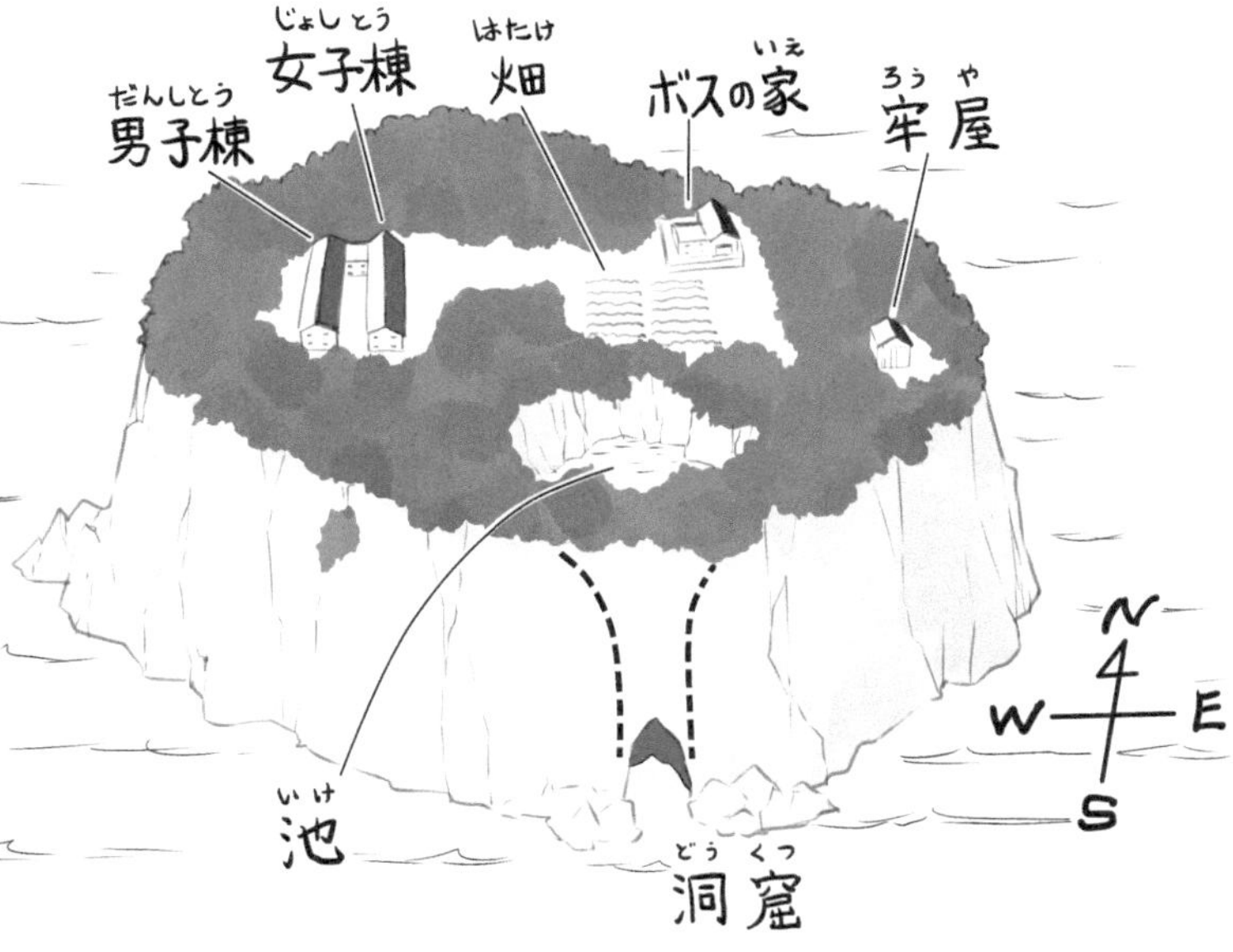

「そうみたい。腕《うで》に入《い》れ墨《ずみ》してるから」

「ばあさんというのはなんだ？」

「ボスの食事《しょくじ》を作《つく》ったり、あとは、わたしたちのところに見《み》まわりに来《く》る。いつも革《かわ》のむちを持《も》っていて、気《き》に入《い》らないとひっぱたく」

「鬼《おに》ばばあだな」

英治《えいじ》が言《い》った。

「ほんと、絵《え》に描《か》いてある鬼《おに》ばばあにそっくり」

「リンチ受《う》けたやつはいるか？」

「いるよ。加藤《かとう》って子《こ》だけど、あんまり腹《はら》がへるから、倉庫《そうこ》に食《た》べものを盗《ぬす》みに行《い》ったんだ。それがばれて、三日間水攻《みっかかんみずぜ》めにあった」

「水攻《みずぜ》めってなんだ？」

「水《みず》を飲《の》ましてもらえないんだよ」

「そうか、水《みず》の問題《もんだい》があったな。水《みず》はどうしてるんだ？」

「雨《あめ》が降《ふ》れば、屋根《やね》から水槽《すいそう》に集《あつ》めるようになってるけど、雨《あめ》のないときは、よその島《しま》へ水《みず》をもらいに行《い》ってるみたい」

「じゃあ、水《みず》は粗末《そまつ》にはつかえないな？」

「顔《かお》や口《くち》を洗《あら》うのは池《いけ》。池《いけ》には海《うみ》の水《みず》が流《なが》れこんでいるから、洗《あら》っても体《からだ》がべとべとしてる」

「おふろは？」

ひとみがきいた。

「そんなぜいたくなことできるわけないよ。池《いけ》でばちゃばちゃやるだけ」

「汚《きたな》ーい」

「汚《きたな》いなんてもんじゃないよ。一か月《げつ》もすれば、みんな原始人《げんしじん》みたいになっちゃう」

「洞《どう》くつの入《い》り口《ぐち》から中《なか》へはどうやって入《はい》れるんだ？」

「泳《およ》いで入《はい》るしかないね」

「池《いけ》までの距離《きょり》はどのくらいだ？」

「五、六十メートルくらい」

「そいつたち、武器《ぶき》は持《も》ってるのか？」

「拳銃《けんじゅう》とライフルを持《も》ってる」

「それとドーベルマンか……」

相原《あいはら》は目《め》をつぶった。

「ボスは外《そと》とどうやって、連絡《れんらく》してるんだ？」

「無線《むせん》で連絡《れんらく》してる」

「池《いけ》までは、なんとか行《い》けそうだな」

英治《えいじ》が言《い》ったとたん、

「それはだめ、洞《どう》くつの入《い》り口《ぐち》に網《あみ》が張《は》ってあるから、船《ふね》でも人《ひと》でも、それにさわったらすぐわかるようになってる。ボスに言《い》わせると、この島《しま》には、だれが上陸《じょうりく》しようとしても、絶対《ぜったい》だめだって」

「絶対《ぜったい》ってことはないよ」

相原《あいはら》がぽつりと言《い》った。


「やるつもりか？」

英治《えいじ》は、相原《あいはら》の顔《かお》をのぞきこんだ。

「絶対《ぜったい》だめだってところがおもしろそうじゃねえか」

「助《たす》けに行《い》ってくれるの？」

麻衣《まい》の声《こえ》がはずんだ。

「麻衣《まい》の話《はなし》を聞《き》いてる限《かぎ》りは、成功《せいこう》の確率《かくりつ》はゼロに近《ちか》い」

「失敗覚悟《しっぱいかくご》でやるつもりなの？」

ひとみの目《め》は遠《とお》くを見《み》ている。

「やるからには、成功《せいこう》させなきゃ。負《ま》けるとわかってて戦《たたか》うのは、昔《むかし》の日本軍《にほんぐん》ぐらいさ」

「勝《か》つ確信《かくしん》はあるの？」

「いまはない。これから考《かんが》えるんだ。みんなを救《すく》いだす方法《ほうほう》はきっと見《み》つかると思《おも》う」

「やつらのアキレス腱《けん》を見《み》つければいいんだ」

相原《あいはら》がのってきたので、英治《えいじ》も急《きゅう》に元気《げんき》が出《で》てきた。

「どうやって島《しま》を脱出《だっしゅつ》したのか、それが知《し》りたい」

相原《あいはら》は地図《ちず》に目《め》を落《お》としたまま聞《き》いた。

「わたしが島《しま》に行《い》ったのは六月《がつ》だったけれど、もうそこに十五人《にん》がいたの。長《なが》い人《ひと》は一年以上《ねんいじょう》も前《まえ》から」

「一年《ねん》もか……？」

英治《えいじ》は一年《ねん》と聞《き》いただけで、鳥肌《とりはだ》が立《た》ってきた。

「だからみんな、どうやって脱出《だっしゅつ》しようかってことばかり考《かんが》えてたのよ。はじめはモーターボートを奪《うば》って脱出《だっしゅつ》しようとしたらしいんだけど、そのときは燃料《ねんりょう》が空《から》っぽで、どじしたらしいの」

「燃料抜《ねんりょうぬ》いといたんだな」

「そのつぎは、子分《こぶん》たち二人《ふたり》が水《みず》を運《はこ》びに島《しま》を出《で》たすきに、ボスとばあさんをやっつけようと思《おも》ったんだけど、これも失敗《しっぱい》しちゃった」

「どうやって、やっつけようとしたんだ？」

「夜中《よなか》に、二人《ふたり》の寝《ね》ている家《いえ》を襲《おそ》ったんだけど、近《ちか》づいたら電気《でんき》がぱっとついて、ばあさんがライフルを持《も》って立《た》ってた」

「気味《きみ》の悪《わる》いばばあだな」

「みんなは妖怪《ようかい》だって言《い》ってるよ。そのときは全員水攻《ぜんいんみずぜ》めで、もう少《すこ》しでミイラになるところだったって」

「それからやってないのか？」

「向《む》こうはドーベルマンを飼《か》って、ひと晩中放《ばんじゅうはな》してあるから、家《いえ》から出《で》ることもできないよ。そういうところに、わたしが行《い》ったんだ」

麻《ま》衣《い》は、コーヒーのお代《か》わりをすると、話《はな》をつづけた。

「わたしが行《い》くと、みんな待《ま》ってたようにシャバの話《はなし》を聞《き》いた。そこでわたしは、おやじや相原《あいはら》くんたちのことを話《はな》したの」

「そうしたら、助《たす》けてほしいって言《い》ったのか？」

「そう。だからわたしは、助《たす》けてもらいたくても伝《つた》えようがないじゃないのと言《い》ったの。そうしたら、ちょっと来《こ》いと言《い》って森《もり》の中《なか》へ案内《あんない》されたわ」

「何《なに》があったんだ？」

英治《えいじ》は、麻《ま》衣《い》の口《くち》もとを見《み》つめた。

「いかだが隠《かく》してあったの。いかだといっても、木《き》を四本並《ほんなら》べただけのものだけど、いちおう帆柱《ほばしら》と帆《ほ》もあったわ」

「やつらに隠《かく》れて作《つく》ったのか？」

「作《つく》るのに三か月《げつ》かかったって。それをロープで崖《がけ》からおろし、南風《みなみかぜ》の吹《ふ》く日《ひ》に島《しま》を出《で》れば、北《きた》に見《み》える大《おお》きい島《しま》に漂着《ひょうちゃく》できるってのが加藤《かとう》くんの計算《けいさん》なの」

「それで？」

「わたしは、どうせなら、全員乗《ぜんいんの》れるいかだを作《つく》って脱走《だっそう》しようって言《い》ったんだけど、それは不可能《ふかのう》だから、だれかがここを脱出《だっしゅつ》して、助《たす》けを呼《よ》ぶのがいいってことになって、わたしが実行《じっこう》することになったの」

「ずいぶんヤバイことやったもんだ。よく成功《せいこう》したな？」

「運《うん》がよかったのよ。だけど、わたしがいなくなって、きっとみんなあの鬼《おに》ばばあにやられてると思《おも》う」

麻衣《まい》は目《め》を閉《と》じた。

「菊地《きくち》」

相原《あいはら》と目《め》が合《あ》った。

「やるか？」

「やろうぜ」

英治《えいじ》は、がっちりと握手《あくしゅ》した。

「わたしもやるわ」

ひとみが、二人《ふたり》の握手《あくしゅ》の上《うえ》に手《て》を重《かさ》ねた。

5

「やるとすれば夏休《なつやす》みだ。八月《がつ》の初《はじ》めがいいと思《おも》う」

相原《あいはら》が空《そら》に浮《う》いている雲《くも》を見《み》あげた。

二人《ふたり》が座《すわ》っているポプラの樹《き》の下《した》も、木洩《こも》れ日《び》でかなり暑《あつ》い。汗《あせ》がじっとりと浮《う》きでてくる。

「あと二週間《しゅうかん》か……」

「急《いそ》いで準備《じゅんび》しないと間《ま》に合《あ》わないな」

「救出《きゅうしゅつ》チームは何人《なんにん》くらいがいい？」

「声《こえ》をかければ、みんな行《い》きたいって言《い》うだろうが、島《しま》に上陸《じょうりく》するのはせいぜい五人《にん》というところかな」

「それは少《すく》な過《す》ぎる。行《い》けなかったやつが怒《おこ》るぜ」

みんなの怒《おこ》る顔《かお》が、英治《えいじ》の目《め》の前《まえ》にちらついた。

「救《すく》いだすのは十五人《にん》だから、大《おお》きい船《ふね》がいる。そこにはサポートする人間《にんげん》が必要《ひつよう》だ。島《しま》へ行《い》く五人《にん》は抽選《ちゅうせん》で決《き》めよう。それなら文句《もんく》ないだろう？」

「それはそうだが、そうなると、おれたちがはずれるってこともあるぜ」

英治《えいじ》は心配《しんぱい》になってきた。

「おれたちは別《べつ》だ。あとの三人《にん》のことだ」

「そうか、それならいい」

「ただ……」

相原《あいはら》は、それきり黙《だま》ってしまった。

「ただ、なんだ？」

「だれか、前《まえ》もって島《しま》へ潜入《せんにゅう》する必要《ひつよう》がある。でないと、この作戦《さくせん》は成功《せいこう》しないと思《おも》うんだ」

「内部《ないぶ》から手引《てび》きするのか？」

「そうだよ」

「たしかにそれはいい考《かんが》えだが、だれが島《しま》へもぐりこむ？」

「いちばんいい方法《ほうほう》は、麻衣《まい》がもどることだ」

相原《あいはら》は、英治《えいじ》の想像《そうぞう》もしないことを言《い》う。

「どういう理由《りゆう》をつけてもどらせるんだ？」

「簡単《かんたん》さ。もう一度《いちど》おやじに連《つ》れていかせればいい」

「おやじのところに帰《かえ》させるのか？」

「逃《に》げてきたって言《い》えば、おやじはもう一度《いちど》連《つ》れていくだろう。そのとき麻衣《まい》と打《う》ち合《あ》わせするんだ」

「麻衣《まい》は、うんと言《い》うかな？」

「言《い》うさ。彼女《かのじょ》はみんなを救《すく》いだすために脱走《だっそう》してきたんだから」

「麻衣《まい》を、うまく島《しま》にもぐりこませれば、救出《きゅうしゅつ》の可能性《かのうせい》は大《おお》きくなるぜ」

英治《えいじ》は、急《きゅう》に目《め》の前《まえ》がひらけてくる気分《きぶん》だった。

「安永《やすなが》は誘《さそ》ったほうがいいな」

「そうしよう。あいつもきっと喜《よろこ》ぶぜ。そうなると久美子《くみこ》も声《こえ》をかけなくちゃ」

「花火師《はなびし》の立石《たていし》は必要《ひつよう》だな」

「発明家《はつめいか》の谷本《たにもと》もほしい」

「天野《あまの》は？」

「今回《こんかい》は、あいつの出番《でばん》はなさそうだ」

「じゃあ、日比野《ひびの》は？」

「シェフとして必要《ひつよう》かも」

「麻衣《まい》が島《しま》へ行《い》くとなったら、ひとみと純子《じゅんこ》を置《お》いてくわけにはいかないぜ」

「それで何人《なんにん》になる？」

「天野《あまの》を除《のぞ》けば九人《にん》だ。カッキーに声《こえ》かけなかったら、シカトしたってひがむぜ」

「そういえば天野《あまの》だってそうだ。じゃあ十一人《にん》で行《い》くか」

「そうしよう」

これで人選《じんせん》は決《き》まった。

「船《ふね》はどうする？」

「それは矢場《やば》さんに頼《たの》もう。この島《しま》の実態《じったい》を放映《ほうえい》すれば、けっこういい番組《ばんぐみ》ができる。そう言《い》えば乗《の》ってくるさ」

相原《あいはら》は楽天的《らくてんてき》である。

「じゃあ、帰《かえ》りに『玉《たま》すだれ』に寄《よ》って、麻衣《まい》に話《はな》してみるか」

その日《ひ》の帰《かえ》り、英治《えいじ》と相原《あいはら》が『玉《たま》すだれ』に寄《よ》ると、純子《じゅんこ》が来《き》ていた。

「助《たす》けに行《い》ってくれるんだって？」

純子《じゅんこ》は二人《ふたり》の顔《かお》を見《み》るなり言《い》った。

「きょう二人《ふたり》で計画《けいかく》を立《た》てたんだけど、やるなら八月《がつ》の第《だい》一週《しゅう》だ」

「もうすぐじゃない」

「ほんとうは、もっと準備《じゅんび》の期間《きかん》がほしいんだけど、そうも言《い》ってられない事情《じじょう》がある」

「事情《じじょう》って何《なに》？」

ひとみがきいた。

「麻衣《まい》、島《しま》へもどってくれないか？」

相原《あいはら》は、ひとみには答《こた》えず、麻衣《まい》に言《い》った。

「え？」

麻衣《まい》は、けげんな表情《ひょうじょう》で相原《あいはら》を見《み》つめた。

「おれたちがあの島《しま》へ行《い》くといっても、島《しま》からだれか手引《てび》きしてくれなくちゃ、とても無理《むり》だと思《おも》うんだ」

「そうね、それは言《い》えるわ。いいわ、わたし島《しま》へもどる」

「だいじょうぶ？」

純子《じゅんこ》が麻衣《まい》の顔《かお》をのぞきこんだ。

「独房《どくぼう》に入《い》れられるかもしれないけど、それは覚悟《かくご》してるわ」

「独房《どくぼう》って、どんなところだ」

「一メートル四方《しほう》の真《ま》っ暗《くら》な場所《ばしょ》で、食事《しょくじ》を入《い》れる十センチくらいの穴《あな》があいているだけ」

「一メートル四方《しほう》っていったら、横《よこ》になって眠《ねむ》れねえじゃんか」

「それだけじゃない。死《し》ぬほど暑《あつ》いのよ」

「真《ま》っ暗《くら》ってのがいやだな。聞《き》いただけで身《み》ぶるいするぜ」

英治《えいじ》は、ほんとうに体《からだ》をふるわせた。

「わたしだったら、一日《にち》で死《し》んじゃう」

純子《じゅんこ》が言《い》った。

「下《した》は畳《たたみ》？　それとも床《ゆか》？」

ひとみがきいた。

「下《した》は土《つち》よ」

「土《つち》の上《うえ》に座《すわ》るの？」

「隅《すみ》に小《ちい》さな穴《あな》を自分《じぶん》で掘《ほ》って、それがトイレ」

「きゃあ、最悪《さいあく》」

「だからみんな、独房《どくぼう》に入《い》れるって言《い》われると、おとなしくなるわ」

「わかるよ、その気持《きも》ち。麻衣《まい》はもどったらそこに入《い》れられるの？」

「脱走《だっそう》はいちばん罪《つみ》が重《おも》いからね」

「だって、もどってきたんだから、少《すこ》しは考《かんが》えてくれていいでしょう」

「もどるといったって、自分《じぶん》ではもどれないよな？」

相原《あいはら》が言《い》うと、

「どうして？」

と、純子《じゅんこ》が不思議《ふしぎ》そうな顔《かお》をした。

「そんなひどいところからせっかく脱走《だっそう》したのに、またもどるなんてどう考《かんが》えても不自然《ふしぜん》だ」

「そういえばそうだね」

「だから、いったん家《いえ》に帰《かえ》って、おやじに連《つ》れていってもらうんだ。それでいいだろう？」

「おやじの顔《かお》なんて、二度《にど》と見《み》たくなかったけど、それがいいと思《おも》う」

麻衣《まい》は素直《すなお》にうなずいた。

「家《いえ》に帰《かえ》るの？」

ひとみが不安《ふあん》そうな表情《ひょうじょう》をした。

「家《いえ》に帰《かえ》って、島《しま》から逃《に》げてきたとおやじに言《い》えば、もう一度《いちど》連《つ》れていくだろう？」

「ボスからもう家《いえ》に連絡《れんらく》が来《き》てるかもしれない。そうすればおやじは連《つ》れていくよ」

「島《しま》へもどるとき持《も》っていってもらいたいものがあるんだ」

「何《なに》？」

「トランシーバーだ。おれたちが島《しま》へ入《はい》ったとき、それで連絡《れんらく》し合《あ》うんだ」

「ドーベルマンがいるよ」

「それはだいじょうぶだ。眠《ねむ》り薬《ぐすり》の入《はい》った肉《にく》を食《く》わせるから」

「いつ来《き》てくれるの？」

「八月《がつ》の初《はじ》め、一日《ついたち》の予定《よてい》だ」

「予定《よてい》じゃわかんないよ」

麻衣《まい》は表情《ひょうじょう》をくもらせた。

「麻衣《まい》が脱出《だっしゅつ》したのはどこからだ？」

「ここ」

麻衣《まい》は、島《しま》の地図《ちず》の西《にし》を指《ゆび》さした。

「そこは崖《がけ》の上《うえ》に出《で》られるのか？」

「一か所《しょ》だけ、少《すこ》し低《ひく》くなってる場所《ばしょ》があるの。そこからいかだをおろしたんだ」

「そこからは海《うみ》が見《み》えるな？」

「もちろんだよ」

「夕飯《ゆうはん》は何時《なんじ》だ？」

「五時半《じはん》」

「自由時間《じゆうじかん》は？」

「六時半《じはん》から八時半《じはん》まで」

「八時半《じはん》に寝《ね》るの？」

ひとみがきいた。

「そうよ。電気《でんき》がもったいないから」

「電気《でんき》は、もちろん自家発電《じかはつでん》だよな？」

英治《えいじ》がきいた。

「うん」

「朝《あさ》は何時《なんじ》に起《お》きる？」

「五時《じ》」

「じゃあ七月《がつ》の終《お》わりから、毎晩《まいばん》七時《じ》になったらそこ、A《エー》ポイントとしよう」

相原《あいはら》は地図《ちず》にA《エー》と書《か》きこんだ。

「A《エー》ポイントで連絡《れんらく》を待《ま》ってくれ」

「うん」

「A《エー》ポイントの下《した》はどうなってる？」

「岩場《いわば》になってる」

「ボートくらい着《つ》けられるか？」

「着《つ》けられるよ」

「崖《がけ》の高《たか》さはどのくらいある？」

「七、八メートルはあるね」

「けっこう高《たか》いな」

「よし、そこから陸揚《りくあ》げしよう」

「陸揚《りくあ》げ？」

純子《じゅんこ》がきいた。

「武器《ぶき》だよ。連中《れんちゅう》と素手《すで》では戦《たたか》えないだろう？」

「武器持《ぶきも》っていくの？」

「もちろんさ」

「機関銃《きかんじゅう》がいいよ」

「そんなぶっそうなもの、手《て》に入《はい》るわけねえだろう」

「そうか、がっかり」

純子《じゅんこ》は戦争《せんそう》ごっこの認識《にんしき》である。

「おれたちも、洞《どう》くつより、A《エー》ポイントから上陸《じょうりく》したほうがいいかもな」

相原《あいはら》は英治《えいじ》の顔《かお》を見《み》た。

「ロッククライミングか？」

「上《うえ》から引《ひ》っぱり上《あ》げてくれれば、そんなに難《むずか》しくない」

「洞《どう》くつから入《はい》るのはヤバイと思《おも》う」

麻衣《まい》が言《い》った。

「そうだよな」

「入《い》り口《ぐち》でわかっちゃうし、洞《どう》くつの中《なか》にも何《なに》か仕掛《しか》けがしてあると思《おも》うよ」

「やっぱり上陸《じょうりく》はA《エー》ポイントとしよう」

相原《あいはら》が決心《けっしん》したように言《い》った。

「もどったら、この計画《けいかく》みんなに話《はな》してもいい？」

麻衣《まい》がきいた。

「話《はな》すのは、麻衣《まい》がいちばん信頼《しんらい》してるやつ、一人《ひとり》か二人《ふたり》がいい」

「どうして？」

「スパイがいるかもしれないからさ」

「そんなことする人《ひと》、いないと思《おも》うけどな」

「スパイがいるかいないかは、もどってみればわかるさ。もし助《たす》けを求《もと》めに行《い》ったことがばれていれば、仲間《なかま》のうちにスパイがいる証拠《しょうこ》だ」

「そうかぁ」

麻衣《まい》の表情《ひょうじょう》がきびしくなった。

「そうなったら、警戒《けいかい》は厳重《げんじゅう》になるから、脱走《だっそう》は難《むずか》しくなる」

「それでもやる？」

純子《じゅんこ》も心配《しんぱい》そうだ。

「やると決《き》めたらやる」

相原《あいはら》はきっぱりと言《い》いきった。

二章《しょう》　裏切り者《うらぎもの》

1

「じゃあ、いまから行《い》くよ」

麻衣《まい》の電話《でんわ》の声《こえ》は淡々《たんたん》としている。ひとみのほうが興奮《こうふん》して、

「いまどこ？」

ときいた。

「岡山県《おかやまけん》の下津井港《しもついこう》。瀬戸大橋《せとおおはし》が見《み》えるよ」

「おやじと一緒《いっしょ》？」

「うん、いまトイレに行《い》ってる。あっ、もどってきたから電話《でんわ》切《き》るよ」

「きっと助《たす》けに行《い》くからね」

「待《ま》ってるよ。みんなに……」

電話《でんわ》が突然《とつぜん》切《き》れた。

ひとみは、しばらく呆然《ぼうぜん》としていたが、純子《じゅんこ》の家《いえ》に電話《でんわ》した。

「純子《じゅんこ》？　わたし」

「ひとみ？　麻衣《まい》どうしたかな？」

「純子《じゅんこ》も麻衣《まい》のこと思《おも》ってたの？」

「あれからずっと。頭《あたま》から離《はな》れない」

「いま麻衣《まい》から電話《でんわ》があった」

「どこから？」

純子《じゅんこ》の声《こえ》がはずんだ。

「岡山《おかやま》の下津井港《しもついこう》から」

「そんなところに……？」

「きっと、そこから船《ふね》で行《い》くんだよ」

「元気《げんき》だった？」

「うん、意外《いがい》なほど」

「きっと突《つ》っぱってたんだよ」

「そうかもね」

「そうだよ。内心《ないしん》はがたがたふるえてたんじゃない？　わたしだったら、そんな地獄《じごく》みたいな島《しま》に、とてもどれないよ」

「わたしだってそう。麻衣《まい》はよくやるよ」

「それはいいけど、相原《あいはら》くんたち、女子《じょし》を置《お》いてきぼりにしないでしょうね？」

「わたしと純子《じゅんこ》と久美子《くみこ》は連《つ》れていくって、菊地《きくち》くんが言《い》ってたからだいじょうぶよ。彼《かれ》はうそつかないもん」

「信《しん》じてもいいね？」

「だいじょうぶよ。ただし、島《しま》には行《い》かせないって言《い》ってたよ」

「沖合《おきあい》に、船《ふね》で待《ま》ってるの？　そんなのいやだよ」

純子《じゅんこ》はだだをこねた。

「そんなこと言《い》って、純子《じゅんこ》、岩登《いわのぼ》りできる？」

「それができないとだめなの？」

「そうらしい。あきらめるしかないよ。いいじゃない。船《ふね》だって仕事《しごと》あるんだから」

「まあ、いいか」

純子《じゅんこ》は簡単《かんたん》に納得《なっとく》した。この単純《たんじゅん》なところが純子《じゅんこ》のいいところである。

「久美子《くみこ》にも電話《でんわ》しなくちゃ」

「久美子《くみこ》なら、七時《じ》に安永《やすなが》くんとうちにラーメン食《た》べに来《く》るよ」

「ほんと？　じゃあ、わたしも久《ひさ》しぶりに『来々軒《らいらいけん》』のラーメンを食《た》べに行《い》こうかな」

「おいでよ。ついでに相原《あいはら》くんと菊地《きくち》くんも連《つ》れてきて」

「うん、そうする。ラーメン食《た》べながらみんなで打《う》ち合《あ》わせしよう」

ひとみは、純子《じゅんこ》との電話《でんわ》を切《き》ると、まず、英治《えいじ》に電話《でんわ》した。

「行《い》くぜ」

英治《えいじ》は二《ふた》つ返事《へんじ》でOK《オーケー》した。つづいて相原《あいはら》に電話《でんわ》すると、相原《あいはら》も行《い》くと言《い》った。

その夜《よる》の七時《じ》、ひとみが『来々軒《らいらいけん》』に行《い》くと、もうみんな集《あつ》まっていた。

「ごめん。またおくれちゃった」

「ひとみの遅刻《ちこく》はなれてるから、いいって、いいって」

安永《やすなが》が言《い》った。

「純子《じゅんこ》が七時《じ》って言《い》ったから、七時《じ》に来《き》たのに」

「みんなが早《はや》く来過《きす》ぎただけのことさ」

久《ひさ》しぶりに見《み》る安永《やすなが》は、日焼《ひや》けしていっそうたくましく大人《おとな》っぽく見《み》えた。

「元気《げんき》にやってる？」

「見《み》てのとおりさ」

「腕《うで》がひとまわり太《ふと》くなったみたい」

「これじゃ、おれたちが貧弱《ひんじゃく》に見《み》えていけねえよ」

英治《えいじ》がぼやいた。

「そのかわり、頭《あたま》のほうは空《から》っぽだ」

安永《やすなが》が豪快《ごうかい》に笑《わら》った。

「麻衣《まい》を助《たす》けるんだって？」

「久美子《くみこ》から聞《き》いた？」

「聞《き》いたぜ。おれも一枚《まい》かませてくれるんだろうな？」

安永《やすなが》は、相原《あいはら》に向《む》かって言《い》った。

「もちろんだ。こんどの仕事《しごと》には安永《やすなが》がどうしても必要《ひつよう》なんだ」

「うれしいことを言《い》ってくれるぜ」

安永《やすなが》は、相原《あいはら》の肩《かた》を思《おも》いきりたたいた。

「痛《いて》え、力《ちから》が強《つよ》すぎるぜ」

相原《あいはら》は顔《かお》をしかめて、

「高《たか》い所《ところ》の仕事《しごと》やったことあるか？」

ときいた。

「ある、ある。おれは高《たか》い所《ところ》が専門《せんもん》だ。そのほうが金《かね》になるしな」

「そいつはいいや。こんどの島《しま》はまわりが断崖《だんがい》で、ロープでよじのぼるしかないんだ」

「それなら、おれにまかせてくれ」

安永《やすなが》は胸《むね》をたたいた。

「よかった。これで半分《はんぶん》は成功《せいこう》だぜ」

相原《あいはら》の目《め》が光《ひか》って見《み》えた。

「ところで、やるのはいつだ？　おれは前《まえ》もって休《やす》みを届《とど》けなきゃなんねえからな」

「八月一日《がつついたち》を予定《よてい》している。天候《てんこう》が悪《わる》くない限《かぎ》り決行《けっこう》する」

「よし、じゃあおれは八月一日《がつついたち》から四日間《よっかかん》休《やす》みを取《と》る。それ以上《いじょう》は無理《むり》だ」

「それだけ協力《きょうりょく》してくれりゃ、言《い》うことない。なあ」

相原《あいはら》は英治《えいじ》に向《む》かって言《い》った。

「うん。それだけやってくれりゃ十分《じゅうぶん》だ」

「菊地《きくち》、サッカーやってるか？」

安永《やすなが》は、もともと大《おお》きい声《こえ》だったが、現場《げんば》で働《はたら》くようになって、いっそう大《おお》きくなった。

「やってる」

「東京代表《とうきょうだいひょう》になれそうか？」

「とても、とても」

英治《えいじ》は首《くび》をふった。

「そうか、勉強《べんきょう》に切《き》り替《か》えたのか？」

「そっちもたいしたことはない」

「菊地《きくち》らしいな。おまえは、そののんびりしてるところが取《と》り柄《え》だ」

ひとみも、英治《えいじ》のそういうところが好《す》きだ。

英治《えいじ》といると、なんとなく心《こころ》がほのぼのとして、ほっとなる。

「ほめられてんのか、けなされてんのかわかんねえよ」

英治《えいじ》は、ちらっとひとみのほうを見《み》たが、ひとみはわざと知《し》らん顔《かお》をして、

「麻衣《まい》から電話《でんわ》があったけど、岡山《おかやま》の下津井港《しもついこう》から船《ふね》に乗《の》るらしい」

「下津井《しもつい》か……」

相原《あいはら》がつぶやいた。

「麻衣《まい》のいる島《しま》がわかるのか？」

安永《やすなが》がきいた。

「大体見当《だいたいけんとう》はついている。島《しま》の形《かたち》も麻衣《まい》が描《か》いてくれたから、近《ちか》くまで行《い》けばわかる」

相原《あいはら》は、安永《やすなが》に島《しま》の地図《ちず》を見《み》せた。

「この洞《どう》くつというのが入《い》り口《ぐち》か？」

「そこを入《はい》ると、奥《おく》に池《いけ》があるらしいんだが、入《い》り口《ぐち》に監視装置《かんしそうち》があるから入《はい》れねえ」

「だから、このA《エー》ポイントから上陸《じょうりく》するってわけか？」

「ここは、下《した》は岩場《いわば》で崖《がけ》の高《たか》さは七、八メートルある」

「なんだ、それっぽっちか。おれが仕事《しごと》してる現場《げんば》は、五、六十メートルはあるぜ」

「五、六十メートル？」

ラーメンを運《はこ》んできた純子《じゅんこ》が、目《め》を丸《まる》くした。

「そんなところで仕事《しごと》してて、怖《こわ》くない？」

久美子《くみこ》がきいた。

「ぜんぜん。地面《じめん》の上《うえ》でやるのと一緒《いっしょ》さ」

「だけど、下見《したみ》たら目《め》がくらくらするでしょう？」

「やめて、聞《き》いただけで目《め》がまわりそう」

ひとみは両手《りょうて》で目《め》を押《お》さえた。

「下《した》を見《み》なきゃいいのさ」

「だって、見《み》えちゃうでしょう？」

「なれだよ、なれりゃだれだって怖《こわ》くなくなる。そんなことより救出作戦《きゅうしゅつさくせん》の話《はなし》をしようぜ」

安永《やすなが》は相原《あいはら》に言《い》った。

「一つだけ心配《しんぱい》なことがあるんだ。それは、中《なか》にスパイがいないかってことだ」

「スパイ？　だってみんな島《しま》から逃《に》げたいんだろう？」

「それはそうだが、ボスは悪賢《わるがしこ》いやつだから、だれか一人《ひとり》くらいスパイをもぐりこませてるかもしれねえ」

「それは考《かんが》えられるね。うちのおやじだって、組合《くみあい》の様子《ようす》を、スパイを使《つか》って調《しら》べてたもん」

久美子《くみこ》が言《い》うと、一瞬《いっしゅん》しんとなった。

「そうか、そうなると、うかつに近《ちか》づくと、ひどい目《め》に遭《あ》うかもしれねえな」

「だから、麻衣《まい》に言《い》ったんだ。この計画《けいかく》は、信頼《しんらい》できる者《もの》にしか話《はな》すなって」

「さすがは相原《あいはら》だ」

安永《やすなが》がしきりに感心《かんしん》した。

「もし、こっちの計画《けいかく》が向《む》こうにばれてたら全滅《ぜんめつ》だね」

久美子《くみこ》の声《こえ》が暗《くら》くなった。

ひとみは、知《し》らずに大《おお》きいため息《いき》をもらした。

2

麻衣《まい》は、下津井港《しもついこう》で二時間《じかん》ほど待《ま》たされた。

それまで、父親《ちちおや》はぜんぜん口《くち》をきこうとしなかったが、迎《むか》えのモーターボートが来《き》て、両腕《りょううで》をかかえられると、

「真人間《まにんげん》になれ」

と一言《ひとこと》だけ言《い》って、くるりと背中《せなか》を見《み》せて行《い》ってしまった。

——自分《じぶん》こそ真人間《まにんげん》になれだ。

麻衣《まい》は父親《ちちおや》のうしろ姿《すがた》に、つばでも吐《は》きかけてやりたい衝動《しょうどう》にかられた。

迎《むか》えに来《き》たのは二人《ふたり》の子分《こぶん》、飛島《とびしま》と唐沢《からさわ》である。ボートは麻衣《まい》を乗《の》せると、すぐに港《みなと》を出《で》た。

ボスは、飛島《とびしま》のことをトンビ、唐沢《からさわ》のことをカラスと呼《よ》んでいる。

トンビのほうが体《からだ》は大《おお》きいが、頭《あたま》は少《すこ》し鈍《にぶ》い。

カラスはやせて目《め》つきが鋭《するど》く、笑《わら》い顔《がお》を見《み》せたことがない。

「なんで、またもどってきたんや」

トンビが人《ひと》のいいところを見《み》せた。

「しかたないよ。おやじに連《つ》れてこられたんだから」

麻衣《まい》は、ふてくされた。

「あの島《しま》に好《す》きな男《おとこ》でもおるんか？」

「いるわけないだろう」

「ていねいな口《くち》をきくんや」

カラスと目《め》が合《あ》った。腹《はら》の底《そこ》まで見透《みす》かされそうな冷《つめ》たい目《め》だ。

「なんでもどってきたんや？」

「無理《むり》やり連《つ》れてこられたんです」

「おれたちをなめるんやない」

いきなりほっぺたをなぐられて、船室《せんしつ》の隅《すみ》までふっ飛《と》び、したたかに頭《あたま》をぶつけた。

一瞬《いっしゅん》、目《め》の前《まえ》が暗《くら》くなり、失神《しっしん》するかと思《おも》った。

「うそじゃないです。あんなところにもどりたいわけないでしょう」

「ほなら、なんでおやじから逃《に》げなんだのや？　逃《に》げる機会《きかい》はあったはずや」

「逃《に》げても、またつかまるから」

「家出《いえで》すればええやろう」

「家出《いえで》したら食《た》べられないもん」

「食《た》べられない？　おまえいくつや？」

「十六歳《さい》です」

「まあいい。一度島《いちどしま》に帰《かえ》ってヤキ入《い》れたら、売《う》りとばしてやるさかい」

「せっかくもどってきたのに、どうしてそんなひどい目《め》に遭《あ》わなくちゃならないんですか？」

麻衣《まい》は、わざと泣《な》き声《ごえ》を出《だ》した。

「自分《じぶん》の胸《むね》にきいてみるんやな」

「きいてもわかりません」

「強情《ごうじょう》な女《おんな》やな。こっちには、何《なに》もかもわかっとるんや」

麻衣《まい》は、顔《かお》から血《ち》の気《け》が引《ひ》いた。

「ほれみい。顔《かお》が青《あお》くなったで」

「なんのことだかわかりません」

麻衣《まい》は首《くび》をふった。

相原《あいはら》が言《い》ったとおり、やっぱりスパイがいてボスに通報《つうほう》したに違《ちが》いない。

――だれなのだ？

十五人《にん》の顔《かお》を順《じゅん》に思《おも》い浮《う》かべてみるが、心《こころ》あたりはない。

「まあええやろ。島《しま》に着《つ》けば、いやでもわかることや」

カラスは、唇《くちびる》のはしを歪《ゆが》めて笑《わら》った。

麻衣《まい》は、もうこれ以上《いじょう》この男《おとこ》たちと話《はな》すのはやめようと思《おも》った。

ボートが島《しま》に着《つ》くと、日《ひ》が西《にし》の海《うみ》に沈《しず》むところだった。

ボートをおりて、坂道《さかみち》を上《あ》がると広場《ひろば》に出《で》た。いつもだとみんなの姿《すがた》が見《み》えるはずなのに、だれの姿《すがた》も見《み》えない。

「みんな、どうしたんですか？」

麻衣《まい》はトンビにきいてみた。

「おまえを逃《に》がした罰《ばつ》で、部屋《へや》で謹慎《きんしん》しとるんや」

「ひどい」

「ひどいのはおまえや。みんな恨《うら》んどるで」

麻衣《まい》は、事務室《じむしつ》に連《つ》れていかれた。

事務室《じむしつ》といっても、粗末《そまつ》な折《お》りたたみテーブルと、折《お》りたたみいすがあるだけの殺風景《さっぷうけい》なもので、正面《しょうめん》のいすにボスが座《すわ》っている。

「よう帰《かえ》ってきたな」

ボスは、気味悪《きみわる》いほど優《やさ》しい声《こえ》を出《だ》した。

「ご迷惑《めいわく》かけてすみませんでした」

麻衣《まい》は頭《あたま》を下《さ》げた。

「お父《とう》さんに叱《しか》られたやろ？」

「はい。どうしてももどれと言《い》われて、もどってまいりました」

奥《おく》からばあさんがあらわれて、ボスの脇《わき》に座《すわ》った。年《とし》は七十を過《す》ぎて、背中《せなか》が曲《ま》がっているが、呼《よ》ぶときはマザーと言《い》えと言《い》われている。

「シャバは楽《たの》しかったかい？」

ばあさんがきいた。

「いいえ、楽《たの》しくありませんでした」

「そうかい。では、いつまでも、ここにいるがいい」

「父《ちち》がそんなこと言《い》ったんですか？」

「そうだよ」

麻衣《まい》は、がっくり肩《かた》を落《お》とした。

「おまえが、どうやって島抜《しまぬ》けしたのか、きかなくてもわかっておる」

「はい」

「だれが話《はな》したと思《おも》う？」

ばあさんが、麻衣《まい》の顔《かお》をのぞきこんだ。しわとしみだらけの顔《かお》。思《おも》わず目《め》をそらした。

「わかりません」

「加藤《かとう》だよ」

「うそ」

思《おも》わず言《い》ってしまった。

「加藤《かとう》を連《つ》れてこい」

ボスがトンビに言《い》った。トンビは事務室《じむしつ》を出《で》ていったかと思《おも》うと、加藤《かとう》晴彦《はるひこ》をつれてもどってきた。

その姿《すがた》を見《み》た瞬間《しゅんかん》、麻衣《まい》は思《おも》わず声《こえ》をあげた。

顔《かお》ははれあがって、ほとんど両目《りょうめ》はあいていない。

全身《ぜんしん》あざだらけ、トンビが手《て》をはなしたら、そのまま倒《たお》れこんでしまいそうだ。

「なかなかほんまのことを言《い》わんさかい、こないになったんや。みんな麻衣《まい》のせいやで」

ボスが目《め》をそらして言《い》った。

「ごめんなさい」

ほとんど声《こえ》にならなかったが、麻衣《まい》は晴彦《はるひこ》に頭《あたま》を下《さ》げた。

「しゃべっちまって、かんべんしてくれ」

唇《くちびる》のはれあがった晴彦《はるひこ》は、くぐもった声《こえ》を出《だ》した。

「助《たす》けを呼《よ》びに行《い》ったんやろ?」

ボスが優《やさ》しい声《こえ》できく。

「そのつもりでしたが、だめでした」

「だれに話《はな》したんや? 警察《けいさつ》か?」

「いいえ、中学時代《ちゅうがくじだい》の友《とも》だちです」

「中学時代《ちゅうがくじだい》の友《とも》だちでは無理《むり》や」

「はい」

「ほなら、もうだれも助《たす》けには来《こ》んのやな？」

「はい、来《き》ません」

「もし、だれか来《き》よったら、おまえらの命《いのち》はないで。それでもええか？」

「はい」

「そうや。そういうふうに素直《すなお》にならんとあかん」

「ボス、ちょっと」

カラスが麻衣《まい》のバッグをテーブルに放《ほう》りだすと、ジッパーをあけて、トランシーバーを取《と》りだした。

「これは何《なん》のために持《も》ってきたんや」

麻衣《まい》の目《め》の前《まえ》に突《つ》きつけた。

「知《し》りません。入《はい》っていたんです」

「ボス、こいつはわしらをなめくさっとります。痛《いた》い目《め》に遭《あ》わせてよろしいでっか？」

「まあ待《ま》て」

ボスはカラスを手《て》で制《せい》して、

「助《たす》けに来《く》る約束《やくそく》をしたんやろ？」

と、感情《かんじょう》を押《お》し殺《ころ》した声《こえ》できいた。

「いいえ、そんな約束《やくそく》はしてません」

「うそを言《い》うと、ばれたとき全員《ぜんいん》がえらいことになっても知《し》らんで」

「うそは言《い》いません」

「私《わたし》が吐《は》かせようかい？」

ばあさんが言《い》った。

「爪《つめ》の間《あいだ》に針《はり》を入《い》れてやれば吐《は》くよ」

聞《き》いたとたん、麻衣《まい》は指《ゆび》の先《さき》が痛《いた》くなった。

「これで、助《たす》けに来《き》よることはわかったさかい、そこまでやる必要《ひつよう》はないやろ」

「お仕置《しおき》をすれば、すぐわかるのに」

ばあさんは、いかにも不満《ふまん》そうに舌打《したう》ちした。

「助《たす》けが来《き》よったらどうしまっか？」

トンビがきいた。

「全員捕《ぜんいんつか》まえて奴隷《どれい》にする」

ボスが言《い》うとばあさんが、

「太《ふと》ったのがいたら、食《く》っちまったらどうだい？」

と、トンビの顔《かお》を見《み》た。

「食《く》う？」

トンビは、かすれたような声《こえ》を出《だ》した。

「ハハハハハ」

ばあさんが楽《たの》しそうに笑《わら》い、舌《した》なめずりすると、トンビが気味悪《きみわる》そうに顔《かお》をそむけた。

「おとなしゅうしとれば、いつか島《しま》から出《で》られたんや。じたばたしたのが運《うん》のつきや」

カラスがひとごとのようにつぶやいた。

——これで何《なに》もかも終《お》わりか。

そう思《おも》うと麻衣《まい》は、不思議《ふしぎ》に落《お》ち着《つ》いてきた。

3

一学期《がっき》の終業式《しゅうぎょうしき》は、これから夏休《なつやす》みがはじまるせいか、だれの顔《かお》も明《あか》るい。

「これから矢場《やば》さんのテレビ局《きょく》に行《い》ってみないか」

校門《こうもん》を出《で》たところで、ふいに相原《あいはら》が言《い》った。

「そういえば、高校《こうこう》に入《はい》ってから、矢場《やば》さんに一度《いちど》も会《あ》ってないな」

英治《えいじ》は急《きゅう》に矢場《やば》に会《あ》いたくなった。

「こんどのことで相談《そうだん》したいことがあるんだ」

相原《あいはら》は、スマホで矢場《やば》に電話《でんわ》した。

「相原《あいはら》です。……いまからそちらへ行《い》ってもいいですか？……菊地《きくち》も一緒《いっしょ》です。……ではいまから行《い》きます」

相原《あいはら》はスマホを耳《みみ》から離《はな》して、指《ゆび》で丸《まる》を作《つく》った。

テレビ局《きょく》に行《い》くと、矢場《やば》は近《ちか》くの喫茶店《きっさてん》に連《つ》れていってくれた。

席《せき》に着《つ》くと、矢場《やば》は相原《あいはら》と英治《えいじ》に、

「何《なに》を注文《ちゅうもん》する？」

ときいた。

「コーヒー」

二人同時《ふたりどうじ》に答《こた》えた。

「コーヒーはいちばん安《やす》いんだ。おれに気《き》をつかうことはない。三年前《ねんまえ》にきみらとはじめて会《あ》ったときからくらべると、収入《しゅうにゅう》も多《おお》くなったからな」

「そういえば、少《すこ》し貫禄《かんろく》が出《で》てきたというか、おじさんぽくなった」

英治《えいじ》が言《い》うと、矢場《やば》は相原《あいはら》に、

「相原《あいはら》もそう思《おも》うか？」

ときいた。

「そういえば、ちょっと変《か》わった。服装《ふくそう》がきれいになった」

「きみらにもわかるか。じつは一か月前《げつまえ》に結婚《けっこん》したんだ」

矢場《やば》は、ちょっと照《て》れくさそうに言《い》った。

「ええっ、どうして教《おし》えてくれなかったの？　結婚式《けっこんしき》に出席《しゅっせき》したかったのに」

英治《えいじ》は、ちょっとむくれた。

「結婚式《けっこんしき》はウィークデーだったからな。それで言《い》わなかったんだ」

「お嫁《よめ》さん、かわいい人《ひと》？」

「あたりまえのことをきくな。かわいくなかったら、結婚《けっこん》するわけないだろう」

「そうかぁ、ばかなことをきいちゃった」

英治《えいじ》は頭《あたま》に手《て》をやった。

「菊地《きくち》、彼女《かのじょ》との間《あいだ》はどうなってる？」

「そのまま」

「好《す》きだって言《い》ったそうじゃないか？」

「知《し》ってんの？」

「知《し》ってるさ。おれは地獄耳《じごくみみ》だって言《い》っただろう。つき合《あ》ってるのか？」

「つき合《あ》ってる」

「それじゃ見込《みこ》みはある。あせるな」

「ほんと？」

「おれも結婚《けっこん》までに四年待《ねんま》った」

「四年《ねん》も……？」

「そうだ。人間《にんげん》しんぼうが大切《たいせつ》だ。あきらめたら終《お》わりだ」

「お嫁《よめ》さんとどこで知《し》り合《あ》ったの？」

「テレビ局《きょく》だ」

「テレビ局《きょく》なら、かっこいい人《ひと》がいっぱいいるだろう？　どうして矢場《やば》さんを選《えら》んだのかな？」

「菊地《きくち》、おれの顔《かお》をじろじろ見《み》て言《い》うな。失礼《しつれい》だぞ」

「すみません」

英治《えいじ》は慌《あわ》てて目《め》をそらした。

「恋愛《れんあい》も、最後《さいご》はその人《ひと》の人間性《にんげんせい》がものを言《い》うんだ」

「そうかな？」

英治《えいじ》は、矢場《やば》の言《い》うことを言葉《ことば》どおり信《しん》じられない。

「そうだ、そう信《しん》じるんだ」

矢場《やば》は、運《はこ》ばれてきたコーヒーを口《くち》にすると、

「いつから夏休《なつやす》みだ？」

ときいた。

「きょうが一学期《がっき》の終業式《しゅうぎょうしき》」

「すると、あしたから夏休《なつやす》みか……。そこでおれのところにやってきた……。そうか。二人《ふたり》で何《なに》か計画《けいかく》してるな？」

矢場《やば》は、二人《ふたり》の顔《かお》をじっと見《み》つめた。

「さすがぁ。矢場《やば》さんおとろえてないよ」

「相原《あいはら》、おれは結婚《けっこん》して、ますます冴《さ》えわたっているんだ」

「じつは、相談《そうだん》があってやってきたんだけど、これは大《だい》スクープになると思《おも》うよ」

「またまた。きみらはすぐ目《め》の前《まえ》ににんじんをぶら下《さ》げる」

無表情《むひょうじょう》を装《よそお》いながら、矢場《やば》の目《め》は光《ひか》っている。

「いままで、おれたちが持《も》ってきた話《はなし》で、矢場《やば》さんはずいぶん点数《てんすう》を稼《かせ》いでると思《おも》うんだけどな」

「いいから話《はな》せよ」

矢場《やば》は、じれったそうに言《い》った。

「だれも知《し》らない瀬戸内海《せとないかい》の無人島《むじんとう》に、十六人《にん》の子《こ》どもたちが監禁《かんきん》されてんだ」

「それは不良少年《ふりょうしょうねん》を矯正《きょうせい》する施設《しせつ》だろう？」

「なんだ、知《し》ってんの？」

「そこは知《し》らんが、そういう施設《しせつ》ならいくらもある。コンテナに入《い》れられて死《し》んだ子《こ》もいるじゃないか」

「親《おや》たちが、自分《じぶん》の子《こ》どもを矯正《きょうせい》しようと思《おも》って預《あず》けるならまだ許《ゆる》せるけど、この島《しま》の子《こ》どもたちは親《おや》から捨《す》てられちゃってるんだ」

「捨《す》てられた？」

「だから一生島《いっしょうしま》で暮《く》らさなくちゃならないんだ」

「むかしの島流《しまなが》しみたいなものか？」

「そういうこと。ただし、これを警察《けいさつ》に訴《うった》えても取《と》りあげてくれないと思《おも》うんだ。そこは一応施設《いちおうしせつ》だから」

「誘拐《ゆうかい》して監禁《かんきん》したのならいざ知《し》らず、親《おや》が預《あず》けたのだったら取《と》りあげん。もっとも子《こ》どもが殺《ころ》されれば別《べつ》だが」

「殺《ころ》されたってわかんないよ。親《おや》は厄介《やっかい》ばらいできて、ちょうどいいと思《おも》ってるんだから」

矢場《やば》は、少《すこ》し考《かんが》えてから、

「その島《しま》は無人島《むじんとう》だと言《い》ったな？」

「こういう島《しま》なんだ」

相原《あいはら》は、麻衣《まい》の描《か》いた地図《ちず》を見《み》せた。

「入《い》り口《ぐち》はこの洞《どう》くつしかないのか？」

「うん」

「どうやって、この地図《ちず》を手《て》に入《い》れたんだ？」

矢場《やば》は、地図《ちず》から目《め》を上《あ》げて英治《えいじ》を見《み》た。

「ぼくらの中学《ちゅうがく》の友《とも》だちで、三矢麻衣《みつやまい》って子《こ》がいるんだけど、おやじがアルコール依存症《いぞんしょう》で乱暴《らんぼう》するもんだから、高校《こうこう》に入《はい》ってすっかりぐれちゃって、暴《あば》れたり、親《おや》のもの盗《ぬす》んだりしたんだ。それでこの島《しま》に送《おく》られちゃったのさ」

「その麻衣《まい》が、ついこの間《あいだ》、島《しま》を脱《ぬ》けだして、実状《じつじょう》を教《おし》えてくれたんだ」

相原《あいはら》が、つづけて言《い》った。

「そうか、じゃあ、その麻衣《まい》って子《こ》に一度《いちど》会《あ》わせてくれ」

「だめだよ。彼女《かのじょ》はいない。また島《しま》にもどっていった」

「どうしてだ？」

「彼女《かのじょ》は、島《しま》に残《のこ》っている十五人《にん》を助《たす》けてほしいと頼《たの》むために島抜《しまぬ》けしたんだ」

「助《たす》けてやると言《い》ったのか？」

「言《い》わないわけにはいかないよ。このまま放《ほう》っといたら、みんな死《し》んじゃうかもしれないんだもの」

「それで、彼女《かのじょ》はなんでもどったんだ？」

「みんなを救《すく》いだすためには、島《しま》の中《なか》にいて手引《てび》きしてくれる者《もの》が必要《ひつよう》だから、もどってもらったんだ」

「どうやってもどったんだ？」

「おやじのところに顔《かお》を出《だ》したら、すぐ連《つ》れていかれたよ」

「彼女《かのじょ》がもどれたとして、連絡《れんらく》する方法《ほうほう》はあるのか？」

「トランシーバーをわたしたから、それでやるつもり」

「この洞《どう》くつから簡単《かんたん》に入《はい》れるのか？」

「そこはだめ、網《あみ》が張《は》ってあって、触《ふ》れるとボスにわかっちゃうらしい」

「まわりは断崖《だんがい》なんだろう？　どうやって上陸《じょうりく》するんだ？」

「このA《エー》ポイントから麻衣《まい》は、いかだで脱出《だっしゅつ》したんだけど、ここがいちばん上陸《じょうりく》しやすい場所《ばしょ》らしい」

「打《う》ち合《あ》わせしたのか？」

「ロープをおろしてもらう手《て》はずになっている」

「上陸《じょうりく》するのは何人《なんにん》だ？」

「ぼく、菊地《きくち》、安永《やすなが》、立石《たていし》、谷本《たにもと》の五人《にん》。あとは沖合《おきあい》に船《ふね》を停泊《ていはく》してサポートする」

「もし、計画《けいかく》どおりいかなかった場合《ばあい》のことは考《かんが》えているのか？」

「天候《てんこう》が悪《わる》かったら、もちろん中止《ちゅうし》する」

「それはあたりまえだ。計画《けいかく》が向《む》こうにばれちまった場合《ばあい》のことだ」

「そのことについては、麻衣《まい》によく言《い》っておいた。もしかして十五人《にん》の中《なか》にボスのスパイがいるかもしれないから、信頼《しんらい》できる人間《にんげん》以外《いがい》には、計画《けいかく》を話《はな》すなって」

「それはいいことだ。しかし、ボスが疑《うたが》い深《ぶか》い男《おとこ》なら、もどってきた麻衣《まい》のことを疑《うたが》うだろう」

——そうか、それはあるかもしれない。

英治《えいじ》は、急《きゅう》に麻衣《まい》のことが心配《しんぱい》になってきた。

相原《あいはら》も考《かんが》えこんでしまった。

「向《む》こうの人数《にんずう》は何人《なんにん》だ?」

「ボスに子分《こぶん》が二人《ふたり》。こいつらは指名手配《しめいてはい》らしい。それから、ばあさんが一人《ひとり》。全部《ぜんぶ》で四人《にん》」

「たいした人数《にんずう》ではないな。そうなると、二か所《しょ》から攻《せ》めたほうが、兵力《へいりょく》を分散《ぶんさん》できていいのだが、向《む》こうには十六人《にん》の人質《ひとじち》を取《と》られている。自分《じぶん》たちが危《あぶ》ないとなったら、人質《ひとじち》に危害《きがい》を加《くわ》えるかもしれん」

「そうなんだよ。だから、あくまでも隠密作戦《おんみつさくせん》でなくちゃだめだと思《おも》うんだ」

「きみらの裏《うら》をかいて、向《む》こうが待《ま》ち伏《ぶ》せしていたらどうする?」

相原《あいはら》が言《い》った。

「A《エー》ポイントで?」

「そうだ」

「その場合《ばあい》は……」

相原《あいはら》は英治《えいじ》の顔《かお》を見《み》た。

「まず、A《エー》ポイントから上陸《じょうりく》することが、安全《あんぜん》かどうかたしかめる」

「トランシーバーで連絡《れんらく》するのか？」

「暗号《あんごう》が決《き》めてあるんだ。きょうのお天気《てんき》は？　は、予定《よてい》どおり上陸《じょうりく》していいかということ。O K《オーケー》なら、こちらは晴《は》れ。まずい場合《ばあい》は、こちらは雨《あめ》」

「いいだろう」

矢場《やば》にほめられて、英治《えいじ》がいい気持《きも》ちになっていると、

「上陸地点《じょうりくちてん》は、変《か》えたほうがいいかもしれない」

と、相原《あいはら》がぽつりと言《い》った。

「どうして？」

「万《まん》が一《いち》ということもある。なんとなくそういう気《き》がするんだ」

「相原《あいはら》の勘《かん》は正《ただ》しい。敵《てき》をあざむくには味方《みかた》をあざむけという諺《ことわざ》がある」

「Aポイント《エー》は、いちばん登《のぼ》りやすいところだぜ。ほかにいいところがあるか？」

「いちばん登《のぼ》りにくい地点《ちてん》がいい。そこなら敵《てき》も安心《あんしん》しているだろう」

「険《けわ》しいのは東側《ひがしがわ》だって麻衣《まい》が言《い》ってたぜ。しかし、そうなると、おれたちでは登《のぼ》れない」

英治《えいじ》は首《くび》をふった。

「じゃあ、登山部《とざんぶ》の近藤《こんどう》に頼《たの》もう」

相原《あいはら》が言《い》った。近藤《こんどう》は中学《ちゅうがく》のときから日本《にほん》アルプスに登《のぼ》っており、登山技術《とざんぎじゅつ》にかけては大学生《だいがくせい》をしのぐという評判《ひょうばん》である。

「近藤《こんどう》はいいけど、夏山《なつやま》に行《い》くんじゃねえのか？」

「中止《ちゅうし》してもらえばいい。こっちには人《ひと》の命《いのち》がかかってるんだ、話《はな》せばわかってくれるさ」

「わかった。おれが頼《たの》むよ」

英治《えいじ》には、近藤《こんどう》を説得《せっとく》できる自信《じしん》はさほどなかったが、やるしかないと思《おも》った。

「よし、わかった。おれも行《い》く」

矢場《やば》が言《い》った。

「そう言《い》ってくれると思《おも》った」

英治《えいじ》と相原《あいはら》は、思《おも》わず両側《りょうがわ》から矢場《やば》の背中《せなか》をたたいてしまった。

4

麻衣《まい》は悪夢《あくむ》を見《み》ていた。内容《ないよう》はわからないのだが、ひどく苦《くる》しく、気《き》がつくと全身《ぜんしん》に汗《あせ》をかいていた。

目《め》の前《まえ》に井口《いぐち》あずさの顔《かお》があった。

まわりは暗《くら》く、天井《てんじょう》に小《ちい》さな電灯《でんとう》がひとつついていた。

「ここはどこ？」

「病室《びょうしつ》よ」

あずさに言《い》われて、はじめて島《しま》にいるのだと気《き》づいた。

この島《しま》には一部屋《ひとへや》だけ病室《びょうしつ》がある。病気《びょうき》になると、ほかの者《もの》にうつるといけないので病室《びょうしつ》に隔離《かくり》されるのだ。

病室《びょうしつ》とはいっても、小屋《こや》に木《き》のベッドがあるだけだ。

「わたし、病気《びょうき》になったの？」

「なんにもおぼえてないの？」

「ぜんぜん」

頭《あたま》の中《なか》が真《ま》っ白《しろ》になってしまったみたい。

「忘《わす》れちゃったの？」

あずさが心配《しんぱい》そうにのぞきこむ。

「体《からだ》が痛《いた》い。何《なに》があったの？」

「島《しま》にもどってきたことおぼえてる？」

そう言《い》われて、記憶《きおく》がかすかに甦《よみがえ》ってきた。

麻衣《まい》はうなずいた。

「あなたは、マザーからひどいリンチを受《う》けて失神《しっしん》しちゃったのよ」

——マザー。

あのばあさんに、なぐる、けるの暴行《ぼうこう》を受《う》けたことを思《おも》いだした。

——あいつは人間《にんげん》じゃない。

「失神《しっしん》したのはいつ？」

「おととい」

「じゃあ、二日《ふつか》も寝《ね》てたの」

「このまま死《し》んじゃうかと思《おも》ったわ」

「ずっとついていてくれたの？」

「そう」

「ありがとう」

毛布《もうふ》から手《て》を出《だ》そうと思《おも》ったが、痛《いた》くて動《うご》かない。

「でも、あなたって強情《ごうじょう》ね、どんなに痛《いた》めつけられても白状《はくじょう》しないんだもの」

——よかった。

麻衣《まい》は、無意識《むいしき》のうちに、英治《えいじ》たちのことを話《はな》してしまったのか、それが不安《ふあん》だったのだ。

「強情《ごうじょう》だなんて。自分《じぶん》ではおぼえてないわ」

麻衣《まい》は笑《わら》おうとしたが、顔《かお》が突《つ》っぱって笑《わら》うことができない。

「わたしの顔《かお》、変《へん》になってる?」

「はれてるわ。ずいぶんなぐられたから」

「見《み》てたの?」

「だって、見《み》せしめのために、みんなの前《まえ》でやったんだもん」

「みんなに迷惑《めいわく》かけちゃったね」

「そんなことない。だれも恨《うら》んでる者《もの》なんていないよ」

「よかった」

あずさが、コップの水《みず》を飲《の》ませてくれた。それがすごくうまかった。

「助《たす》けに来《き》てくれるの?」

「来《く》るわ」

「ほんと」

あずさの目《め》が輝《かがや》いた。

「いつ？」

「八月《がつ》のはじめだと思《おも》う」

「じゃあ、もうすぐじゃない」

「でも、だめだ。トランシーバー取《と》りあげられちゃったから連絡《れんらく》できない」

「まずいことしちゃったね」

あずさが肩《かた》を落《お》とした。

「わたしが助《たす》けを呼《よ》びにいったこと、どうしてボスにばれちゃったんだろう？」

「あのばあさん、妖怪《ようかい》だから、なんでもわかっちゃうんじゃない？」

「もしかして、わたしたちの中《なか》にスパイがいるのかもよ」

「スパイ？　そんなやついないよ。だって、みんな島抜《しまぬ》けしたいんだもの」

あずさは強《つよ》く否定《ひてい》した。

「わたしはそう信《しん》じてたけど、そうでない人《ひと》がいるかもしれない。ねえ、あずささん、スパイを捜《さが》してくれない？」

「いいよ。でも、わたしには考《かんが》えられないね」

「それはわたしも同《おな》じよ。でも、スパイがいたらこの計画《けいかく》は絶対失敗《ぜったいしっぱい》する」

「そうだね。これから二人《ふたり》で捜《さが》そう」

麻衣《まい》は、あずさだけは信《しん》じてもいいと思《おも》った。

次《つぎ》の日《ひ》、麻衣《まい》が女子棟《じょしとう》にもどると、六人全員《にんぜんいん》が拍手《はくしゅ》で迎《むか》えてくれた。

「麻衣《まい》、どうしてもどってきたんだよ。ばかだねぇ」

垣内《かきうち》さやかが、呆《あき》れたように言《い》った。さやかは十八歳《さい》、女子《じょし》の中《なか》ではいちばん年上《としうえ》なので姉《ねえ》さん格《かく》である。

「だって、みんなを裏切《うらぎ》ったら悪《わる》いと思《おも》ったから」

「わたしたちは、麻衣《まい》に帰《かえ》ってきてほしいなんてだれも思《おも》ってなかったんだよ。もどってくりゃ、ばれるに決《き》まってるじゃんか」

「それが麻衣《まい》のいいとこよ」

あずさが弁護《べんご》した。

「いいところじゃない。悪《わる》いところ。麻衣《まい》みたいなお人好《ひとよ》しは、そのうちきっと男《おとこ》にだまされる」

「お人好《ひとよ》しって言《い》い方《かた》はないいんじゃない？」

あずさが、さやかをにらみつけた。この二人《ふたり》、何《なに》かというとけんかをはじめる。

「もういい、やめて」

麻衣《まい》は、あずさの腕《うで》を引《ひ》っぱった。

「あずさ、あんた夜中《よなか》に脱《ぬ》けだしてどこへ行《い》くんだい？」

「トイレよ」

「笑《わら》わせんじゃないよ。あんな長《なが》いトイレがあってたまるかい。男《おとこ》に会《あ》いに行《い》ってるんだろう？　だれなのか名前《なまえ》を言《い》いなよ」

「わたしは男嫌《おとこぎら》いだから、男《おとこ》になんか会《あ》ってないわ」

「みんな聞《き》いたかい？　あずさが男嫌《おとこぎら》いだって。男《おとこ》の前《まえ》に出《で》ると、しな作《つく》っちゃって、色目《いろめ》つかうくせに」

「もう一度《いちど》言《い》ってみな。ただじゃすまないよ」

「すまなきゃかかってきなよ」

さやかは手招《てまね》きした。あずさが飛《と》びかかった。

と思《おも》ったとき、さやかのけりがあずさの腹《はら》に入《はい》った。

あずさが体《からだ》を二つに折《お》ってうめいた。その頭《あたま》を抱《かか》えるようにして、さやかは膝《ひざ》げりを入《い》れた。

あずさは、すっかり戦意《せんい》を喪失《そうしつ》してその場《ば》にうずくまった。

「こんどえらそうな口《くち》をきいたら、ヤキを入《い》れるからね。ヤキを入《い》れたら、こんなもんじゃないよ。よくおぼえておきな」

いつもは、あまり口《くち》をきいたこともないさやかの凄《すご》さに、麻衣《まい》は圧倒《あっとう》されて声《こえ》も出《で》なかった。

「麻衣《まい》には関係《かんけい》ないことだから、気《き》にすることはないよ」

さやかは、何事《なにごと》もなかったみたいに外《そと》へ出《で》ていってしまった。

「どブス」

あずさは、さやかの後《うし》ろ姿《すがた》につばを吐《は》きかけた。

女子棟《じょしとう》の寝室《しんしつ》は大部屋《おおべや》で、二段《だん》ベッドが十台並《だいなら》んでいる。

つまり二十人《にん》は収容《しゅうよう》できるのだが、いまは七人《にん》しかいないので、全員下段《ぜんいんげだん》に寝《ね》ている。

消灯《しょうとう》は八時半《じはん》だが、それまで眠《ねむ》りつづけていたせいか、麻衣《まい》は目《め》が冴《さ》えていっこうに眠《ねむ》くならなかった。

ようやく周囲《しゅうい》に寝息《ねいき》が聞《き》こえてきたとき、耳《みみ》もとで、

「起《お》きてる？」

と、押《お》し殺《ころ》した声《こえ》がした。元木八重子《もときやえこ》だなと思《おも》った。

「うん」

「さっき、あずさとさやかがどうしてけんかしたか知《し》ってる？」

「知《し》らない」

「あんたがいないとき、男《おとこ》の取《と》り合《あ》いでけんかしたんだよ」

「男《おとこ》ってだれ?」

「晴彦《はるひこ》」

晴彦《はるひこ》と聞《き》いて、麻衣《まい》の額《ひたい》にじっとりと汗《あせ》が浮《う》いてきた。

「さやかは、晴彦《はるひこ》を自分《じぶん》の男《おとこ》だと思《おも》ってたのに、あずさがちょっかい出《だ》したからおこったのさ」

「へえ」

麻衣《まい》は気《き》のない返事《へんじ》をしたが、晴彦《はるひこ》だけは信《しん》じられると思《おも》っていただけにショックだった。

「帰《かえ》ってきたとき事務室《じむしつ》で加藤《かとう》くんを見《み》たけれど、ずいぶんやられてたじゃん」

「あいつが、あんたを島抜《しまぬ》けさせた首謀者《しゅぼうしゃ》と見《み》られたからさ」

「どうしてばれたの?」

「チクったやつがいるからさ」

「だれ?」

「さあ、だれだろう?　怪《あや》しいと思《おも》えばみんな怪《あや》しいし」

「男《おとこ》?　それとも女《おんな》?」

「わかんないよ。助《たす》けに来《き》てくれるの?」

「来《き》てくれるよ」

「中止《ちゅうし》させたほうがいい。来《く》れば、飛《と》んで火《ひ》に入《い》る夏《なつ》の虫《むし》だよ」

「でも、連絡《れんらく》する方法《ほうほう》がないよ」

「困《こま》ったことになったね。来《く》るのはいつ？」

「一日《ついたち》の予定《よてい》」

八重子《やえこ》は、来《き》たときと同《おな》じように、風《かぜ》のように去《さ》ってしまった。

麻衣《まい》は、こんどこそ眠《ねむ》ろうと思《おも》ったが、やはり寝《ね》つけなかった。

どのくらい時間《じかん》が経《た》ったのか、小《ちい》さな物音《ものおと》で目《め》をあけた。

黒《くろ》い影《かげ》がベッドからおりて、出口《でぐち》のほうに行《い》く。静《しず》かに戸《と》があけられた。

麻衣《まい》はベッドをおりて、影《かげ》のあとをつけた。出口《でぐち》まで行《い》くと、うしろから肩《かた》をたたかれた。

さやかだった。

戸《と》をあけて廊下《ろうか》へ出《で》たが、もう影《かげ》は消《き》えていた。

「あずさだよ。男《おとこ》のところへ行《い》ったんだ」

さやかの声《こえ》に怒《いか》りがこもっている。

あずさ、さやか、八重子《やえこ》。この中《なか》のだれを信《しん》じていいか、麻衣《まい》にはわからなくなった。

「男《おとこ》って、加藤《かとう》くん？」

「どうして知《し》ってんだい？」

「ふとそう思《おも》っただけ」

「わたしと晴彦《はるひこ》は、いちばん古《ふる》くからここにいるんだよ。もうじき一年半《ねんはん》になる」

「一年半《ねんはん》も……？」

「二人《ふたり》で、何度《なんど》脱走《だっそう》をはかったかしれないよ。だけど、そのたびに捕《つか》まっちまった」

「あずささんは」

「あいつは一年前《ねんまえ》から。あいつがやってきてからボスが急《きゅう》に悪《わる》くなった。まるで疫病神《やくびょうがみ》みたいな女《おんな》だよ」

「マザーはいつからいるの？」

「あのばあさんはボスのおふくろさ。だからはじめからいる」

「親子《おやこ》なの？」

麻衣《まい》ははじめて知《し》った。

「あのばあさん、心《こころ》の中《なか》にあるのは人《ひと》を憎《にく》み、痛《いた》めつけることだけ、それだけがあいつの生《い》きがいさ」

「殺《ころ》されるかと思《おも》ったわ」

「失神《しっしん》してよかったよ。あいつに殺《ころ》されたやつもいたんだ」

「ほんとう？」

「大阪《おおさか》から来《き》た子《こ》だったけど、ひどい目《め》に遭《あ》わされて、いなくなっちゃった。きっと海《うみ》に沈《しず》められたんだろう」

「親《おや》は来《こ》なかったの？」

「来《く》るもんかい。もし来《き》ても、そんなことは絶対《ぜったい》ないけど、島抜《しまぬ》けしたと言《い》えばいいんだからね」

さやかの話《はなし》を聞《き》いていると、無意識《むいしき》に体《からだ》がふるえてくる。

「ここで生《い》きていく道《みち》は、ボスたちにあまり突《つ》っぱらないことだよ。でないと殺《ころ》される」

「来月《らいげつ》のはじめ、助《たす》けが来《き》てくれるはずだけど、せっかく持《も》ってきたトランシーバーは取《と》りあげられちゃったし」

「考《かん》えるんだよ。トランシーバーがなくたって、連絡《れんらく》くらいできるじゃないか」

「どうやって？」

「たとえば、火《ひ》を燃《も》やすとか……」

「助《たす》けに来《く》る人《ひと》たちには、わたしがおりた崖《がけ》から登《のぼ》るよう言《い》ってあるの。打《う》ち合《あ》わせでは、あそこにロープをおろすことになってるの」

「あそこはヤバイよ。麻衣《まい》がおりたことボスは知《し》ってるから」

「わたしがいなくなって、みんなやられたの？」

「やられたなんてもんじゃないよ。しゃべらなきゃ殺《ころ》されるから、みんなしゃべっちゃったよ。すまなかったね」

――そうか。

すると、スパイが話《はな》したと思《おも》ったのは間違《まちが》いだったのだ。

麻衣《まい》は、少《すこ》し気《き》が楽《らく》になった。

「いいえ、いいわ」

「シャバにもどりたいなぁ」

さやかは、腹《はら》の底《そこ》からしぼりだすような声《こえ》で言《い》った。

向《む》こうに黒《くろ》い影《かげ》が見《み》えた。

「あずさがもどってきた。ずいぶん早《はや》いね。じゃあベッドにもどろう」

麻衣《まい》は、さやかにつづいてベッドにもどった。

5

「おじいちゃんのぐあいがよくないから、相原《あいはら》くんと来《き》てくれない？」

佐織《さおり》からの電話《でんわ》だった。

瀬川《せがわ》とは中学卒業《ちゅうがくそつぎょう》以来《いらい》会《あ》っていない。相原《あいはら》とときどき話《はなし》をして、行《い》かなくちゃと言《い》いながら行《い》っていない。

瀬川《せがわ》は、さよが死《し》んでから、目《め》に見《み》えるように元気《げんき》がなくなったということはルミからきいていた。

三年前《ねんまえ》、中学《ちゅうがく》一年《ねん》の夏休《なつやす》み、廃工場《はいこうじょう》の片隅《かたすみ》で寝《ね》ていた瀬川《せがわ》を見《み》つけたときのおどろき。

そして、地下道《ちかどう》を教《おし》えてくれた。これまで、瀬川《せがわ》にどのくらい世話《せわ》になったかしれない。

相原《あいはら》に電話《でんわ》すると、すぐ行《い》くと言《い》った。

『永楽荘《えいらくそう》』まで自転車《じてんしゃ》を走《はし》らせた。

ほとんど同時《どうじ》に相原《あいはら》がやってきた。

二人《ふたり》で瀬川《せがわ》の部屋《へや》に入《はい》ると、ベッドの脇《わき》に佐織《さおり》がいた。

「おじいちゃん、相原《あいはら》くんと菊地《きくち》くんが来《き》たわよ」

と、佐織《さおり》が言《い》うと、瀬川《せがわ》は頭《あたま》を起《お》こそうとした。

「いいから、いいから」

二人《ふたり》は瀬川《せがわ》の頭《あたま》のほうにまわりこんだ。

「ごぶさたしてました」

二人同時《ふたりどうじ》に言《い》った。

「学校《がっこう》はおもしろいか？」

「おもしろいです」

英治《えいじ》が言《い》った。

「どこが悪《わる》いんですか？」

相原《あいはら》がきいた。

「ここだよ」

瀬川《せがわ》は心臓《しんぞう》を指《ゆび》さした。

「心臓《しんぞう》の血管《けっかん》が細《ほそ》くなって、つまりそうなんだって。だから、あした入院《にゅういん》するの」

佐織《さおり》が言《い》った。

「入院《にゅういん》って心臓《しんぞう》の手術《しゅじゅつ》をするのか？」

英治《えいじ》は手術《しゅじゅつ》と言《い》っただけで胸《むね》が痛《いた》くなってくる。

「手術《しゅじゅつ》じゃなくて、風船《ふうせん》を入《い》れてふくらますだけよ」

「風船《ふうせん》でふくらますってどういうことだ？」

「わたしもお医者《いしゃ》さんからのまた聞《ぎ》きで、正確《せいかく》でないかもしれないけど、足《あし》の付《つ》け根《ね》の血管《けっかん》から、心臓《しんぞう》の近《ちか》くまで管《くだ》を入《い》れるんだって」

「足《あし》の付《つ》け根《ね》から心臓《しんぞう》まで管《くだ》を入《い》れる？」

「そうなの。管《くだ》の先端《せんたん》には風船《ふうせん》がついていて、血管《けっかん》の細《ほそ》くなった部分《ぶぶん》まで達《たっ》したら、風船《ふうせん》をふくらませて血管《けっかん》をひろげるんだって」

「へえ、そんなことができるのか？」

「だから、どこを切《き》るわけでなし、早《はや》ければ一時間《じかん》ですむんだって。ただし……」

「ただし、なんだ？」

「もし風船《ふうせん》を入《い》れて血管《けっかん》が破裂《はれつ》しちゃったら、すぐに足《あし》から血管《けっかん》を切《き》りとって、それでバイパスを作《つく》るから、少《すこ》し面倒《めんどう》になるって」

「もし血管《けっかん》が破裂《はれつ》したら、そんなことはしなくてもいいから、放《ほう》っといてくれ」

瀬川《せがわ》が低《ひく》い声《こえ》で言《い》った。

「助《たす》かるとわかってるのに、そんなことできないよ」

滝川《たきがわ》ルミと父親《ちちおや》の為朝《ためとも》が入《はい》ってきて、

「お久《ひさ》しぶりです」

と、為朝《ためとも》があいさつした。

「ルミ、最近成績《さいきんせいせき》が伸《の》びてるっておやじが言《い》ってたぞ」

相原《あいはら》が言《い》った。

「そうか、ルミは相原進学塾《あいはらしんがくじゅく》へ行《い》ってるんだったよな」

英治《えいじ》が言《い》うと、ルミが、「ええ」とうなずいた。

「ルミは素質《そしつ》がいいから伸《の》びるってさ」

「私《わたし》に似《に》てと言《い》いたいんだろう？」

瀬川《せがわ》が為朝《ためとも》に言《い》った。

「この人《ひと》はいつもこれだ。口《くち》だけはぜんぜんおとろえてねえんだから、いやになっちまう」

英治《えいじ》は、為朝《ためとも》の言《い》い方《かた》がおかしくて笑《わら》いだしてしまった。

「きょう、相原《あいはら》と菊地《きくち》が来《き》てくれたからちょうどいい。為朝《ためとも》、わしの遺言状《ゆいごんじょう》を持《も》ってきてくれ」

瀬川《せがわ》に言《い》われて、為朝《ためとも》はたんすの上《うえ》の仏壇《ぶつだん》の引《ひ》き出《だ》しから封筒《ふうとう》を取《と》りだして、瀬川《せがわ》にわたした。

「ルミ、読《よ》んでくれ」

ルミは封筒《ふうとう》の中《なか》から便《びん》せんを出《だ》すと、

「遺言状《ゆいごんじょう》」

と大《おお》きい声《こえ》で言《い》った。急《きゅう》にみんなしんとなった。

「おれが死《し》んで、顔《かお》が土気色《つちけいろ》になったら、ピエロみたいに赤《あか》と白《しろ》でメーキャップすること。ひと目見《めみ》たら、笑《わら》いだしたくなるように。

みんなで笑《わら》っておれを焼《や》き場《ば》に送《おく》ってくれ。涙《なみだ》はいけない。みんなを笑《わら》わせるためだったら、おれに何《なに》をしてもかまわない。

音楽《おんがく》は『聖者《せいじゃ》の行進《こうしん》』がいい。ただし曲《きょく》だけで『亡者《もうじゃ》の行進《こうしん》』という題《だい》にしてほしい。

歌詞《かし》は菊地《きくち》に頼《たの》む。

この『永楽荘《えいらくそう》』はルミに贈《おく》る。残《のこ》った老人《ろうじん》を大切《たいせつ》に面倒《めんどう》みてやってほしい。

おれが言《い》うのはこれだけだ。では、悪《わる》ガキ諸君《しょくん》、バイバイ」

ルミは途中《とちゅう》から泣《な》きだしてしまった。

「泣《な》くのはよせ、まだ死《し》んだわけじゃないんだから」

相原《あいはら》がルミの肩《かた》をたたいた。

「だって」

ルミはすすりあげている。英治《えいじ》も急《きゅう》に鼻《はな》の奥《おく》がつんとしてきた。

「おじいちゃん、この治療《ちりょう》は大抵成功《たいていせいこう》するからね。そう簡単《かんたん》に葬式《そうしき》は出《だ》せないよ」

佐織《さおり》が明《あか》るい声《こえ》で言《い》ったので、ようやく重苦《おもくる》しい空気《くうき》から解放《かいほう》された。

「おれたち、八月一日《がつついたち》から四、五日《にち》、瀬戸内海《せとないかい》に行《い》ってくるから、それまで元気《げんき》にしていてください」

相原《あいはら》が言《い》った。

「瀬戸内海《せとないかい》に遊《あそ》びに行《い》くのか？」

「無人島《むじんとう》に子《こ》どもたちが十六人監禁《にんかんきん》されているんです。それを助《たす》けに行《い》くんです」

「あいかわらずやっとるなあ。わしも元気《げんき》だったら行《い》きたいところだ」

「帰《かえ》ってきたら、話《はなし》を聞《き》かせますよ」

英治《えいじ》が言《い》った。

「危険《きけん》はないのか？」

「あります。いっぱい。だって、向《む》こうには指名手配《しめいてはい》の殺人犯《さつじんはん》がついてるんです」

「そいつらと戦《たたか》うのか？」

「そうです。その島《しま》は難攻不落《なんこうふらく》なんです」

「難攻不落《なんこうふらく》か、懐《なつ》かしい言葉《ことば》を聞《き》いたな。勝算《しょうさん》はあるのか？」

「まだありませんが、いま計画《けいかく》を練《ね》っているところです」

「負《ま》けると思《おも》ったら戦《たたか》うな」

「はい」

「敵《てき》は何人《なんにん》だ？」

「四人《にん》と犬《いぬ》一匹《びき》です。ただし、人質《ひとじち》を取《と》られています」

「人質《ひとじち》を殺《ころ》されたらなんにもならん。うかつには攻《せ》められんな」

「そうです。だから、頭《あたま》をしぼっているんです」

「やるなら夜襲《やしゅう》だな？」

「ぼくもそう思《おも》いました」

相原《あいはら》がうなずいた。

「陽動作戦《ようどうさくせん》だ。敵《てき》の注意《ちゅうい》を分散《ぶんさん》させろ。心理的《しんりてき》な揺《ゆ》さぶりをかけるんだ」

「心理的《しんりてき》……？」

英治《えいじ》がききかえした。

「光《ひかり》と音《おと》だ」

「音楽《おんがく》は？」

「音楽《おんがく》もいい」

「敵《てき》は銃《じゅう》を持《も》っています」

「夜《よる》だったら、そんなものは何《なん》でもない。人形《にんぎょう》でも作《つく》って、それに撃《う》たせろ」

さすがに瀬川《せがわ》は実戦《じっせん》の経験《けいけん》があるだけに、話《はな》してくれることに、いちいち納得《なっとく》できる。

「だんだん自信《じしん》が湧《わ》いてきました」

「針金《はりがね》を持《も》っていって、あちこちに張《は》りわたせ。夜《よる》ならきっとひっかかる」

英治《えいじ》は、なんとかやれそうな気《き》がしてきた。

三章《しょう》　野犬《やけん》たち

1

英治《えいじ》と相原《あいはら》は、二人《ふたり》で近藤《こんどう》の家《いえ》を訪《おとず》れることにした。

電話《でんわ》で話《はな》したくらいでは、きっと断《ことわ》られるに決《き》まっていると思《おも》ったからだ。

近藤《こんどう》とは高校《こうこう》に入《はい》って知《し》り合《あ》っただけで、クラスは同《おな》じだが、さほど親《した》しい友《とも》だちとはいえない。

英治《えいじ》一人《ひとり》では説得《せっとく》する自信《じしん》がなかったので、相原《あいはら》と行《い》くことにした。

近藤《こんどう》は、自分《じぶん》の部屋《へや》で、登山用具《とざんようぐ》を部屋《へや》いっぱい散《ち》らかして点検《てんけん》していた。

「いつから山《やま》へ入《はい》るんだ？」

英治《えいじ》がおそるおそるきいた。

「八月四日《がつよっか》からだ」

四日《よっか》と聞《き》いて、胸《むね》のつかえが取《と》れた。

「じつは、頼《たの》みがあってやってきたんだ」

相原《あいはら》が切《き》りだした。

「なんだ？」

近藤《こんどう》は、登山靴《とざんぐつ》にミンクオイルをすりこみながら言《い》った。

「八月一日《がつついたち》に体《からだ》をあけてもらえないか？」

「体《からだ》をあけるってどういうことだ？」

「やってもらいたいことがあるんだ」

近藤《こんどう》は、黙《だま》って靴《くつ》を手入《てい》れしている。

「ロッククライミングをやってほしいんだ」

「ロッククライミング？」

「おれたちではできないから、きみに頼《たの》みに来《き》たんだ」

「どこでやるんだ？」

「瀬戸内海《せとないかい》の無人島《むじんとう》だ」

「だめだ。おれは新人《しんじん》だから準備《じゅんび》をしなくちゃならないんだ。とてもそんな遠《とお》くへ行《い》ってられないよ」

「それはわかってんだけど、これには、人《ひと》の命《いのち》がかかってるんだ」

「人《ひと》の命《いのち》？」

近藤《こんどう》は、顔《かお》を上《あ》げて相原《あいはら》を見《み》た。

「その無人島《むじんとう》に、中高生《ちゅうこうせい》が十六人監禁《にんかんきん》されてるんだ」

英治《えいじ》は、近藤《こんどう》の表情《ひょうじょう》をうかがった。

「それなら警察《けいさつ》に言《い》えばいいじゃないか」

「ところが、警察《けいさつ》に言《い》っても取《と》りあってくれない。そのわけは、親《おや》がそこに預《あず》けたからだ」

「なんだ、それじゃ監禁《かんきん》とは言《い》えないよ。矯正施設《きょうせいしせつ》じゃないか」

「世間《せけん》ではそう思《おも》ってるから、そこで何《なに》が起《お》こっているか、だれも知《し》らない。知《し》ろうともしない」

「どんなことが起《お》こってるんだ？」

「いじめられて死《し》んだ者《もの》もいるそうだ」

「そういえば、いつだったか、コンテナに入《い》れられて死《し》んだという話《はなし》があったな。だけど、どうして人《ひと》が死《し》んだのに事件《じけん》にならないんだ？　おかしいじゃないか？」

「そこに子《こ》どもを預《あず》けた親《おや》は、捨《す》てたんだ。だから、捨《す》てたものがどうなろうと、知《し》ったことではないのさ」

「死《し》んだことを親《おや》に報告《ほうこく》しないのか？」

「逃《に》げたと言《い》ってるらしい。そう言《い》うと親《おや》は、そうかで終《お》わりだそうだ」

「そんな無茶苦茶《むちゃくちゃ》なことが実際《じっさい》にあるのか？」

近藤《こんどう》は、次第《しだい》に話《はなし》にのってきた。

「それがあるんだから許《ゆる》せねえ。そう思《おも》わないか?」

「思《おも》う」

「ところが、この無人島《むじんとう》というのが、まわりは断崖《だんがい》で、素人《しろうと》ではとても登《のぼ》れねえらしいんだ」

「入《い》り口《ぐち》はないのか?」

「一か所《しょ》あるけど、そこは警戒《けいかい》が厳重《げんじゅう》で、とても入《はい》れないらしい」

「その崖《がけ》、高《たか》さは何《なん》メートルある?」

「低《ひく》いところで七、八メートルと言《い》ってるから、十メートルくらいあるかもしれない」

「岩登《いわのぼ》りならやったことあるけど……」

近藤《こんどう》は考《かんが》えこんだ。しばらくしてから、

「登《のぼ》るだけでいいのか?」

「登《のぼ》って、ロープをおろしてくれるだけでいい。あとはおれたちがやるから」

「菊地《きくち》、山登《やまのぼ》りしたことあるのか?」

「山《やま》に登《のぼ》ったことはあるけど、ロープを使《つか》ったことはない。難《むずか》しいか?」

「はじめてじゃ無理《むり》だな」

近藤《こんどう》は首《くび》をふった。

「上《うえ》にだれかいて、引《ひ》っぱりあげるってのはどうだ?」

「ただ、ぶらさがってるのを引《ひ》きあげるのは無理《むり》だな」

「ヨットの帆《ほ》を上《あ》げるときに使《つか》う滑車《かっしゃ》があるだろう。あれを枝《えだ》につけて引《ひ》きあげたらどうかな？」

相原《あいはら》がきいた。

「滑車《かっしゃ》を使《つか》えばいける」

「よし、それにしよう。ところで近藤《こんどう》、一日《にち》だけでいいから助《たす》けてもらえないか？」

相原《あいはら》は、近藤《こんどう》の顔《かお》を見《み》つめた。

「頼《たの》む」

英治《えいじ》も、同《おな》じように近藤《こんどう》の目《め》を見《み》つめた。

「いいよ、やってやろう」

近藤《こんどう》は、遠《とお》くを見《み》て言《い》った。

「ありがとう」

二人《ふたり》が同時《どうじ》に近藤《こんどう》の手《て》を握《にぎ》った。

「人《ひと》の命《いのち》がかかってると言《い》われちゃ、断《ことわ》るわけにはいかねえだろう」

「先輩《せんぱい》にはおれたちがあやまりに行《い》く」

英治《えいじ》が言《い》った。

「いいよ。そんなことしてくれなくても。そのくらい自分《じぶん》でけりつけるよ」

近藤《こんどう》は淡々《たんたん》としている。

「よかった。これで島《しま》に上陸《じょうりく》ができるぞ」

相原《あいはら》が、はじめて明《あか》るい声《こえ》を出《だ》した。

「助《たす》ける連中《れんちゅう》は、きみたちの友《とも》だちか？」

「一人《ひとり》だけな。中学《ちゅうがく》の同級《どうきゅう》で三矢麻衣《みつやまい》っていうんだけど、おやじがアルコール依存症《いぞんしょう》でぐれちゃったんだ。それで島《しま》に放《ほう》りこまれたんだ」

「自分《じぶん》が島《しま》に行《い》きゃいいのに、逆《ぎゃく》じゃねえか。それで親《おや》か？」

「まったくだ」

「きみたち、いまでも中学《ちゅうがく》のクラスメイトとつき合《あ》ってるのか？」

「つき合《あ》ってるよ、こんどのことだって、十一人《にん》が参加《さんか》するんだ」

「瀬戸内海《せとないかい》へ行《い》くのか？」

「ほんとうは、もっと行《い》きたいやつがいるんだけど、十一人《にん》にしぼったんだ」

「いいなあ、羨《うらや》ましいよ」

「友《とも》を救《すく》うためならば、親《おや》も先生《せんせい》もだましますの仲《なか》だよ」

「おれたちなんて、中学出《ちゅうがくで》たとたんばらばらだ。さびしいもんさ」

「こんど瀬戸内海《せとないかい》に来《き》てくれたら、仲間《なかま》に紹介《しょうかい》するよ。いいやつらだぜ」

「頼《たの》む。おれも仲間《なかま》に入《い》れてくれよ」

「もちろんだ。なあ」

英治《えいじ》が相原《あいはら》に言《い》うと、相原《あいはら》も、

「歓迎《かんげい》するぜ」

と言《い》った。

近藤《こんどう》の家《いえ》を出《で》ると、あたりは暗《くら》くなっていた。

「近藤《こんどう》があんなにいいやつとは思《おも》ってなかったぜ」

相原《あいはら》が夜空《よぞら》を見上《みあ》げて言《い》った。

「あいつ、一日《にち》さぼったら、きっとしぼられるのにぜんぜんだもんな」

「けっこう肝《きも》が据《す》わってるぜ」

「将来有名《しょうらいゆうめい》な登山家《とざんか》になるかもな」

近藤《こんどう》がOK《オーケー》してくれたことで、英治《えいじ》は胸中《きょうちゅう》がすかっとした。

きっと相原《あいはら》も同《おな》じに違《ちが》いない。ふだんにくらべると、声《こえ》の調子《ちょうし》がはずんでいる。

「瀬川《せがわ》さんが、帰《かえ》ってくるまでもってくれるといいんだけどな」

「だいじょうぶだ。あの人《ひと》は戦争《せんそう》へ行《い》っても、指《ゆび》を取《と》られただけで生《い》き残《のこ》ったんだ。死《し》にゃしねえよ」

「じゃあ、『亡者《もうじゃ》の行進《こうしん》』の歌詞《かし》は、慌《あわ》てることねえか？」

「それは早《はや》く作《つく》っといたほうがいい。おれも早《はや》く知《し》りたいよ」

「亡者《もうじゃ》が学校《がっこう》にやってきた」

英治《えいじ》は、節《ふし》をつけて言《い》った。

「その調子《ちょうし》だ」

相原《あいはら》は、体《からだ》で調子《ちょうし》を取《と》った。相原《あいはら》がこんなことをするなんて、めったにないことだ。

よほどうれしかったに違《ちが》いない。

2

麻衣《まい》が加藤晴彦《かとうはるひこ》と話《はなし》ができたのは、島《しま》にもどって五日目《いつかめ》だった。

その前《まえ》にも話《はな》すチャンスはあったのだが、晴彦《はるひこ》のほうが避《さ》けているふうだった。

「おれは卑怯者《ひきょうもの》だ。麻衣《まい》を裏切《うらぎ》った」

晴彦《はるひこ》は、麻衣《まい》と顔《かお》を合《あ》わせるなり、頭《あたま》を下《さ》げた。

「そんなこと気《き》にしなくてもいいよ。どっちにしたってわかっちゃったことなんだから」

「麻衣《まい》にそう言《い》ってもらえてうれしい。しかし、おれはだめなやつだ。こんどということは、それがよくわかった」

「どうして、そんなに辛《つら》そうな顔《かお》をするの？　何《なに》があったの？」

「麻衣《まい》が島抜《しまぬ》けをして、助《たす》けを呼《よ》んでくる計画《けいかく》を立《た》てたのはおれだ。おれはそれをだれにやらせるか、当《あ》てもないままいかだを作《つく》った。そこへ麻衣《まい》がやってきて、麻衣《まい》の仲間《なかま》の話《はなし》を聞《き》いた」

「それで、加藤《かとう》くんがやれって言《い》ったから、わたしはやったのよ。みんなを裏切《うらぎ》っちゃいけないと思《おも》って、ちゃんと帰《かえ》ってきたわ」

「麻衣《まい》はえらい。おれは見直《みなお》した。麻衣《まい》にくらべて、おれはだめな人間《にんげん》だ」

晴彦《はるひこ》は、自分《じぶん》の頭《あたま》を拳《こぶし》でたたいた。

「だめだ、だめだって。いったい何《なに》がだめなのよ」

「おれが、ボスたちの拷問《ごうもん》に屈《くっ》して、吐《は》いちまったことさ」

「ああそのこと。それは仕方《しかた》ないよ。わたしだって、そんなことされたら吐《は》いちゃうよ」

「しかし、麻衣《まい》は、ばあさんに徹底的《てっていてき》に痛《いた》めつけられても吐《は》かなかったじゃねえか」

「あれは失神《しっしん》しちゃったからよ、しなかったら吐《は》いてたわ。その点女《てんおんな》は得《とく》ね。失神《しっしん》してもかっこ悪《わる》くないから」

「とにかく、おれは麻衣《まい》になんと言《い》っていいか……」

「それで、わたしに会《あ》おうとしなかったのね？」

「恥《は》ずかしくて、麻衣《まい》の顔《かお》がまともに見《み》られなかった」

「加藤《かとう》くんって、純情《じゅんじょう》なんだ」

「純情《じゅんじょう》というより、筋《すじ》が通《とお》せなかった自分《じぶん》が口惜《くや》しいんだ」

「過《す》ぎたことは忘《わす》れて、これからの計画《けいかく》を立《た》てようよ。わたしの仲間《なかま》、八月一日《がっついたち》にやってくるよ」

「麻衣《まい》って、そんなに仲間《なかま》に信頼《しんらい》されてんのか。すごいもんだ」

「これは、わたしがえらいっていうより、仲間《なかま》がえらいのよ。彼《かれ》らは、わたしたちが親《おや》から見捨《みす》てられ、死《し》んでしまうかもしれないと聞《き》いて、助《たす》けてくれる気《き》になったのよ」

「いまどき、そんな連中《れんちゅう》がいるなんて信《しん》じられない」

「それは、わたしもそう思《おも》ってる。わたし、中学《ちゅうがく》一年《ねん》のときも、あの人《ひと》たちに助《たす》けてもらってるんだ。いつも世話《せわ》になるばっかり」

麻衣《まい》は、みんなの顔《かお》を思《おも》いだした。とたんに胸《むね》がつまった。

「洞《どう》くつから入《はい》るのはヤバイって教《おし》えたか？」

「言《い》ったよ。だから、わたしがおりたところから登《のぼ》ってくることになってる」

「あの場所《ばしょ》はおれが発見《はっけん》して希望岬《きぼうみさき》と名《な》づけたんだが、あそこがいちばん上陸《じょうりく》しやすいところだ。しかし、いまとなっては、いちばんヤバイところかもしれねえ」

「ボスに知《し》られちゃったの？」

「おれは、それだけはがんばったんだが、だれかが吐《は》いちまった」

「みんなは、大《おお》きい船《ふね》でやってきて、そこから五人《にん》がボートに乗《の》って島《しま》に来《く》るはずなのよ」

「希望岬《きぼうみさき》から登《のぼ》る予定《よてい》だな？」

「その前《まえ》に、トランシーバーに連絡《れんらく》が入《はい》るはずよ。きょうのお天気《てんき》は？　と言《い》うから、晴《は》れと言《い》えば上《じょう》陸《りく》するわ。そうしたら、岩場《いわば》にロープを垂《た》らすことになってるの」

「上出来《じょうでき》だ。ボスにばれてさえいなけりゃな」

「どうしたらいい？」

「おそらく、その晩《ばん》おれたちは全員監禁《ぜんいんかんきん》されるだろう」

「逃《に》げる手《て》はないの？」

「銃《じゅう》とドーベルマンだからな、反抗《はんこう》したら殺《ころ》されるかもしれねえ」

「どうすればいいの？」

麻衣《まい》は泣《な》き声《ごえ》になった。

「麻衣《まい》だけは、トランシーバーを持《も》って、岬《みさき》に立《た》たされるかもしれねえ」

「わたしに上陸《じょうりく》しろって言《い》わせるつもり？」

「そうだ」

「いいよ、そうなったら、わたしはヤバイから上陸《じょうりく》するなって言《い》うから」

「だめだ。そんなこと言《い》ったら、ボスのことだ、上陸《じょうりく》しなけりゃ、ここから一人《ひとり》ずつ落《お》とすとでも言《い》うだろう」

「言《い》うこと聞《き》いて上陸《じょうりく》したら？」

「全滅《ぜんめつ》だ」

「じゃあ、どっちでもだめじゃない」

麻衣《まい》は、両手《りょうて》で顔《かお》をおおった。

「麻衣《まい》、仲間《なかま》たちにやつらの人数《にんずう》教《おし》えたか？」

「教《おし》えたよ、四人《にん》だって」

「人数《にんずう》が少《すく》ないから安心《あんしん》したろう？」

「うん」

「おれはそれが気《き》になってるんだが、ボスは加勢《かせい》を呼《よ》ぶんじゃねえかと思《おも》う」

「加勢《かせい》ってだれ？」

「組《くみ》の連中《れんちゅう》さ」

「組《くみ》って暴力団《ぼうりょくだん》？」

「そうだ。ボスは組《くみ》で指名手配《しめいてはい》になった者《もの》を預《あず》かってる。いわばここは、そういうやつらの隠《かく》れ家《が》なんだ。だから、ボスが一言《ひとこと》言《い》えば、加勢《かせい》はいくらでも来《く》る」

「まずいよ、それは……」

やってくるみんなは、そんなことは夢《ゆめ》にも想像《そうぞう》していないだろう。

麻衣《まい》はいても立《た》ってもいられなくなった。

「このままでは、仲間《なかま》に勝《か》ち目《め》はねえ。といって、連絡《れんらく》する方法《ほうほう》もねえ」

「どうすればいいの？」

「ちょっと待《ま》て。考《かんが》えてるんだ」

晴彦《はるひこ》は、目《め》を閉《と》じて沈黙《ちんもく》した。

二人《ふたり》が座《すわ》っている場所《ばしょ》からは、木《き》の枝越《えだご》しに夜《よる》の海《うみ》が見《み》える。点々《てんてん》と光《ひかり》が移動《いどう》しているのは船《ふね》だ。空《そら》には星《ほし》がいっぱい。

虫《むし》が鳴《な》いている。

かすかな風《かぜ》がほおを快《こころよ》くなでる。

ここで何《なに》かが起《お》きることなど、想像《そうぞう》もできない、平穏《へいおん》な夜《よる》の島《しま》である。

「おれ、二、三日前《にちまえ》から脱《ぬ》けだすことにする」

晴彦《はるひこ》がぽつんと言《い》った。

「脱《ぬ》けだすって、姿《すがた》かくすの？」

「うん。実《じつ》は秘密《ひみつ》の隠《かく》れ家《が》があるんだ」

「どこに？」

「洞《どう》くつの上《うえ》に、外《そと》から見《み》えねえけど、もう一つ小《ちい》さい洞穴《ほらあな》があるのを見《み》つけたんだ」

「だれが見《み》つけたの？」

「もちろん、おれさ」

「そのこと、だれかに話《はな》した？」

「なんで、そんなこときくんだ？」

晴彦《はるひこ》はけげんそうな顔《かお》をした。

「もしかして、加藤《かとう》くんを売《う》るやつがいるかと思《おも》って」

「売《う》るやつか……。いねえとは言《い》いきれないよな」

「心《こころ》あたりがあるの？」

「ないこともないけど、そういうことは考《かんが》えねえことにしてるんだ。考《かんが》えたら、だれも信用《しんよう》できなくなるからな。売《う》られるなら売《う》られてもいいって思《おも》わなきゃ、生《い》きていけねえよ」

「それはそうだけど、気《き》をつけたほうがいいわ」

「この隠《かく》れ家《が》のことはさやかとあずさに話《はな》してある」

だいじょうぶかなと麻衣《まい》は思《おも》った。

「二、三日前《にちまえ》からっていったら、食料《しょくりょう》はどうするの？」

「その前《まえ》に溜《た》めこんでおくのさ」

「わたしも手《て》つだうわ」

「やめとけ。麻衣《まい》は見《み》はられてる。へたな動《うご》きをしたらすぐやられる」

「そう？」

「やつらが、なんで麻衣《まい》をほったらかしにしておくか知《し》ってるか？」

「知《し》らない」

「泳《およ》がしてんだよ。そのうち動《うご》きだすと思《おも》ってな」

「そうなの？」

「みすみす、敵《てき》の手《て》にはまることはねえよ。おれは一人《ひとり》でやる」

「加藤《かとう》くんがいなくなったら、きっと血眼《ちまなこ》になって捜《さが》すわよ。ドーベルマンはだいじょうぶ？」

「あそこは、犬《いぬ》だって降《お》りてこられねえよ」

「それならいいけど、でも、心配《しんぱい》だわ」

「だいじょうぶだって。それより自分《じぶん》のことを心配《しんぱい》しろ。全員監禁《ぜんいんかんきん》されたら、どうやって逃《に》げるか……」

「わかんない」

麻衣《まい》は首《くび》をふった。

「火《ひ》をつけるんだよ」

「女子棟《じょしとう》に？」

「そうすりゃ逃《に》げられる。しかし、へたをしたら焼《や》け死《し》ぬことになる。一《いち》か八《ばち》かだ」

「やるわ」

「火《ひ》がついたら、海《うみ》の上《うえ》からも見《み》えるから、何《なに》が起《お》こったかと警戒《けいかい》するだろう」

「そうだわ。加藤《かとう》くんって凄《すご》いこと考《かんが》えるんだね」

「それほどでもねえさ。そこから先《さき》はわかんねえ。さあ、おそくなると怪《あや》しまれるからもどるか」

晴彦《はるひこ》が先《さき》に立《た》った。麻衣《まい》は晴彦《はるひこ》の姿《すがた》が闇《やみ》に溶《と》けるのを待《ま》って立《た》ちあがった。

女子棟《じょしとう》の前《まえ》まで来《く》ると、闇《やみ》の中《なか》に人影《ひとかげ》らしいものが見《み》えた。

麻衣《まい》は、慌《あわ》ててドアをあけると部屋《へや》に入《はい》った。

中《なか》は真《ま》っ暗《くら》で、みんなベッドに入《はい》っている。

「どこに行《い》ってたの？」

八重子《やえこ》がきいた。

「ちょっと散歩《さんぽ》」

「散歩《さんぽ》だってさ」

闇《やみ》の中《なか》で、だれかが含《ふく》み笑《わら》いをしている。

麻衣《まい》は、ベッドにもぐりこんだ。

――あの人影《ひとかげ》はだれだったのだ？

体《からだ》が小《ちい》さかったようだから男《おとこ》ではない。この部屋《へや》の者《もの》で外《そと》にいた者《もの》はいない。

とするとマザー？

もしかしたら、晴彦《はるひこ》との話《はなし》を、闇《やみ》の中《なか》にひそんで聞《き》いていたかもしれない。

そう思《おも》った瞬間《しゅんかん》、首筋《くびすじ》のあたりに冷《ひ》や汗《あせ》が吹《ふ》きでてきた。

3

瀬川《せがわ》は、一日《にち》で病院《びょういん》から退院《たいいん》することができた。

一週間《しゅうかん》は入院《にゅういん》しなければと覚悟《かくご》していただけに、翌日帰《よくじつかえ》ってもいいと言《い》われたとき、瀬川《せがわ》はきょとんとしていた、とルミが話《はな》してくれた。

やっぱり瀬川《せがわ》は、いざというときしぶといのだ。

しかし、医師《いし》がルミに説明《せつめい》したところによると、血管《けっかん》が八十パーセントも狭《せま》くなっていたため、しばらくすると、またふさがってくるかもしれないとのことだった。

そこで、また拡《ひろ》げるということになるのだが、何度《なんど》もできるものではない。

「そうなったら、もうだめか？」

英治《えいじ》はルミにきいてみた。

「足《あし》の血管《けっかん》でバイパスを作《つく》る方法《ほうほう》もあるそうだけれど、手術《しゅじゅつ》は体《からだ》にかかる負担《ふたん》が大《おお》きいから……」

「要《よう》するに、ぼろぼろなんだ」

「瀬川《せがわ》さんもそう言《い》ってます」

「一度《いちど》、息子《むすこ》を呼《よ》ぶ必要《ひつよう》があるんじゃないかな？」

「息子《むすこ》には、どんなことがあっても、絶対知《ぜったいし》らせるなって言《い》われてるんです」

「そうか。二人《ふたり》の間《あいだ》によほど大《おお》きなしこりがあるんだなあ」

それが何《なん》であるか、英治《えいじ》にはうかがい知《し》ることもできない。

「こんどの瀬戸内海行《せとないかいい》きですけど、わたしか、それでなければ、父《ちち》を連《つ》れていっていただけませんか？」

ルミは、相原《あいはら》の目《め》を見《み》て言《い》った。

「そうか、ルミのことはぜんぜん考《かんが》えていなかったな。どうしよう？」

相原《あいはら》は、英治《えいじ》の意見《いけん》をきいた。

「為朝《ためとも》さんが来《き》てくれれば、いろいろ役《やく》に立《た》つことはあると思《おも》うぜ。なんてったって、元《もと》はプロの泥棒《どろぼう》だからな」

言《い》ってから英治《えいじ》は、しまったと思《おも》ったので、

「ごめん」

と、ルミにあやまった。

「いいんです。父《ちち》はこんなときこそ、自分《じぶん》の腕《うで》が役《やく》に立《た》つんだがなあって、いても立《た》ってもいられないみたいです」

「そうか」

「連《つ》れていってもらえないなら、一人《ひとり》でも行《い》きたいって言《い》ってます」

「そこまで言《い》ってくれるなら、手《て》つだってもらおうよ。どうせ攻撃《こうげき》するのは夜《よる》だろう。夜《よる》は得意《とくい》なんじゃないかな？」

「夜《よる》になると、頭《あたま》も体《からだ》も活動《かつどう》をはじめるんだって」

「いまは気《き》の毒《どく》だな」

言《い》ってから、英治《えいじ》は急《きゅう》におかしくなった。

「だから、火《ひ》の用心《ようじん》って言《い》いながら、近所《きんじょ》をまわっています」

ルミも笑《わら》いだした。

「よし、為朝《ためとも》さんに行《い》ってもらおう。ほんとうはルミに行《い》ってもらいたいんだけど、荒《あら》っぽいことが起《お》きそうだからな。ルミは瀬川《せがわ》さんの看病《かんびょう》と、『永楽荘《えいらくそう》』をしっかり管理《かんり》しててくれ」

「はい」

ルミは、相原《あいはら》に言《い》われたときは、おどろくほど素直《すなお》である。

「ちょっと待《ま》ってください。いま父《ちち》を呼《よ》んできます」

ルミは管理人室《かんりにんしつ》を出《で》ていった。

英治《えいじ》と相原《あいはら》は、瀬川《せがわ》の様子《ようす》を見《み》にきたのだが、ルミの話《はなし》を聞《き》いて安心《あんしん》した。

為朝《ためとも》は、三分《ぷん》ほどでやってきた。

「掃除《そうじ》をしておりました。いまルミから聞《き》きましたが、私《わたし》を連《つ》れていってくださるそうで……」

「ええ、こんどの戦《たたか》いは夜襲《やしゅう》ですから、為朝《ためとも》さんの力《ちから》を借《か》りたいんです」

相原《あいはら》が言《い》った。

「よく言《い》ってくださいました。夜《よる》のことは私《わたし》に任《まか》せてください。私《わたし》は夜《よる》でも昼《ひる》みたいに見《み》えるんです」

「まるでふくろうみたい」

英治《えいじ》は、おかしくなった。

「そうです、若《わか》いころは、ふくろうのタメと言《い》われておりました」

たまらず吹《ふ》きだしてしまった。

「向《む》こうにはドーベルマンがいるようです」

相原《あいはら》が言《い》った。

「犬《いぬ》なんて、めじゃありません。ドッグフードに睡眠薬《すいみんやく》をまぜればイチコロです。ルミ、あれを持《も》ってこい」

「はい」

ルミは、立《た》つとドッグフードの缶詰《かんづめ》を持《も》ってきた。

「こいつがうまいんです」

「ドッグフード食《く》ってんの？」

相原《あいはら》はルミにきいた。

「まさか……」

ルミは笑《わら》いだして、口《くち》がきけなくなった。

「ここに住《す》んでるばあさんが小犬《こいぬ》を拾《ひろ》ってきましてね、いま飼《か》ってるんです」

「へえ、見《み》たいな」

英治《えいじ》も犬《いぬ》は大好《だいす》きである。

「あとで見《み》せてあげます。とってもかわいいの」

ルミは、いかにもかわいいという顔《かお》をしている。

「名前《なまえ》つけたのか？」

「ええ」

「教《おし》えてくれよ」

「ちょっと言《い》えない」

「どうして？」

ルミは、にやにやしながら口《くち》を閉《と》じている。

「トオルっていうんですよ」

為朝《ためとも》が言《い》った。

「トオル？　おれと同《おな》じ名前《なまえ》じゃないか」

相原《あいはら》が目《め》を丸《まる》くした。

「ええ、申《もう》しわけありません。私《わたし》は失礼《しつれい》だからやめろって言《い》ったんですが、こいつがどうしてもトオルがいいって言《い》うもんですから」

為朝《ためとも》は頭《あたま》をかいた。

「いや、いいですよ」

「よかったあ」

とたんにルミは跳《と》びあがった。

「だけど、ちょっと複雑《ふくざつ》だな。ルミに、トオル、いたずらしてはいけません、なんて言《い》われてると思《おも》うと……」

「そんなこと言《い》わない、かわいがってあげてる」

「それはもうたいへんなんでさ。トオルちゃん、トオルちゃんって言《い》って……」

為朝《ためとも》の困《こま》ったような顔《かお》を見《み》ると、英治《えいじ》はたまらなくなった。

「おれもトオルちゃんが見《み》たくなった。見《み》たら相原《あいはら》に似《に》てたりして」

とうとう吹《ふ》きだしてしまった。

「ドーベルマンから、とんでもないところへ話《はなし》が行《い》ってしまいました。それで、犬以外《いぬいがい》向《む》こうは何人《なんにん》ですか？」

為朝《ためとも》は真顔《まがお》できいた。

「ボスとばあさんと、子分《こぶん》が二人《ふたり》です」

「四人《にん》ですか？」

「そうです。いまのところは」

「向《む》こうは、こっちが攻《せ》めることを知《し》っていますか？」

「ぼくは、攻《せ》めるからには内部《ないぶ》の手引《てび》きが必要《ひつよう》だと思《おも》って、麻衣《まい》を島《しま》に帰《かえ》しましたが、これは失敗《しっぱい》だった気《き》がするんです」

「どうしてですか？」

「麻衣《まい》が島《しま》から逃《に》げたとき、大騒《おおさわ》ぎになってみんなを尋問《じんもん》したと思《おも》うんです。そうすれば、だれかが白《はく》状《じょう》するでしょう。助《たす》けを呼《よ》ぶために行《い》ったって」

「それは十分考《じゅうぶんかんが》えられますね。人間《にんげん》、拷問《ごうもん》には弱《よわ》いもんです」

為朝《ためとも》がうなずいた。

「そうなると、向《む》こうは準備《じゅんび》するでしょう。それよりも、麻衣《まい》の身《み》の上《うえ》が心配《しんぱい》です」

「殺《ころ》されはしませんよ」

「殺《ころ》されなくても、ひどくやられてるかもしれない」

「それはあるでしょう」

「帰《かえ》さなきゃよかった。失敗《しっぱい》だった」

相原《あいはら》は、頭《あたま》を抱《かか》えこんでしまった。

「過《す》ぎたことをいまさら悔《く》やんでも仕方《しかた》ありません。救《すく》いだすことを考《かんが》えましょう」

「そうでした」

相原《あいはら》は、しっかりした口調《くちょう》にもどった。

「八月一日《がっついたち》にわれわれが夜襲《やしゅう》をかけることは、向《む》こうに洩《も》れているという前提《ぜんてい》で考《かんが》えましょう」

「X《エックス》デーを変更《へんこう》しましょうか？」

「その必要《ひつよう》はないでしょう。どうせ向《む》こうは待《ま》っているんですから。それなら、堂々《どうどう》とご招待《しょうたい》にあずかりましょう」

相原《あいはら》は島《しま》の地図《ちず》を為朝《ためとも》に見《み》せて、洞《どう》くつとA《エー》ポイントを説明《せつめい》した。

「洞《どう》くつはもちろんですが、A《エー》ポイントから上陸《じょうりく》するのはやめたほうがいいでしょう」

「ぼくもそう思《おも》って、A《エー》ポイントの裏側《うらがわ》、ぼくはB《ビー》ポイントと名《な》づけましたが、この地点《ちてん》から上陸《じょうりく》することに決《き》めました」

「B《ビー》ポイントを選《えら》んだ理由《りゆう》はなんですか？」

「ここが、いちばん険《けわ》しい断崖《だんがい》なんです。だから、向《む》こうはまさかと油断《ゆだん》していると思《おも》うんです」

「相原《あいはら》さんの判断《はんだん》は正《ただ》しい。しかし、どうやって登《のぼ》るんです？」

「それは、登山部《とざんぶ》の岩登《いわのぼ》りのプロに頼《たの》みました」

「やりますなあ。さすがだ」

為朝《ためとも》がほめると、ルミが自分《じぶん》のことのようにうれしそうな顔《かお》をする。

「あとは、太《ふと》い木《き》の枝《えだ》に滑車《かっしゃ》を取《と》りつけて、みんなを運《はこ》びあげます」

「いいでしょう」

「上陸《じょうりく》すれば、相手《あいて》は四人《にん》だからなんとかなると思《おも》うんですが……」

英治《えいじ》が言《い》った。

「それは菊地《きくち》さん、あまいです。攻《せ》められるとわかれば加勢《かせい》を呼《よ》びますよ。西部劇《せいぶげき》だってそうでしょう」

「加勢《かせい》が来《く》るんですか？」

「来《き》ます。敵《てき》を四人《にん》と考《かんが》えたら、大《おお》ケガをしますよ」

「そうか、さすがに為朝《ためとも》さんはプロだ」

英治《えいじ》が感心《かんしん》すると、またルミがうれしそうににこにこしている。

「島《しま》には、どこの港《みなと》から行《い》くんですか？」

為朝《ためとも》がきいた。

「岡山県《おかやまけん》の下津井《しもつい》から麻衣《まい》が電話《でんわ》してきたから、そこからだと思《おも》います」

「だれか、ひと足先《あしさき》に下津井《しもつい》に行《い》って、港《みなと》の出入《ではい》りを監視《かんし》する必要《ひつよう》がありますね」

「そうか……」

相原《あいはら》は、腕組《うでぐ》みして考《かんが》えこんだ。

「われわれも、下津井《しもつい》から出《で》るんでしょう？」

「そのつもりです」

「もしかしたら、そこで妨害《ぼうがい》を受《う》けるかもしれませんよ」

「そうですね。さっそく対策《たいさく》を立《た》てます」

管理人室《かんりにんしつ》を出《で》た二人《ふたり》は、瀬川《せがわ》の部屋《へや》をのぞいてみた。

「寝《ね》てるようです」

ベッドをのぞいたルミが言《い》ったので、瀬川《せがわ》を起《お》こすことはやめて帰《かえ》ることにした。

4

「ひとみの家《いえ》に行《い》こう、純子《じゅんこ》と久美子《くみこ》にも来《く》るように言《い》おう」

相原《あいはら》が言《い》った。

相原《あいはら》と英治《えいじ》は手分《てわ》けして三人《にん》に電話《でんわ》すると、吹《ふ》きだした汗《あせ》で体《からだ》がぬれた。

英治《えいじ》と相原《あいはら》が『玉《たま》すだれ』に着《つ》いて、しばらくすると久美子《くみこ》と純子《じゅんこ》がやってきた。

「こうして五人《にん》が会《あ》うと、中学生《ちゅうがくせい》だったときを思《おも》いだすね」

久美子《くみこ》が言《い》うと、純子《じゅんこ》が、

「ほんと」

と、懐《なつ》かしそうに言《い》った。

「いま瀬川《せがわ》さんを見《み》てきたけれど、元気《げんき》だった」

相原《あいはら》が言《い》うと、三人《にん》が口《くち》をそろえて、

「よかったぁ」

と言《い》った。

「そのとき為朝《ためとも》さんに会《あ》ったんだけど、島《しま》へ行《い》くのに、為朝《ためとも》さんに一緒《いっしょ》に来《き》てもらうことにした」

「どうして、為朝《ためとも》さんなの？」

ひとみが納得《なっとく》しない顔《かお》をした。

「じつは、こんどの戦《たたか》いは夜《よる》だ。しかし、おれたちは真《ま》っ暗《くら》な中《なか》で敵《てき》と戦《たたか》ったことがない」

「わかった。為朝《ためとも》さんは元泥棒《もとどろぼう》だから、夜《よる》は得意《とくい》なんだ」

久美子《くみこ》が言《い》った。

「そのとおり、為朝《ためとも》さんは若《わか》いころ、ふくろうのタメと言《い》われたくらい、夜目《よめ》がきくのだそうだ」

「ふくろうのタメだって」

三人《にん》が肩《かた》をたたきあって笑《わら》った。

「夜見《よるみ》えるってことは、おれたちにとって強力《きょうりょく》な武器《ぶき》だと思《おも》うんだ」

「それはそうよ。夜見《よるみ》えたら、どんなに便利《べんり》かしれないよ。わたしはさんせい」

純子《じゅんこ》が言《い》った。

「わたしも」

ひとみと久美子《くみこ》がつづけた。

「そのとき為朝《ためとも》さんが言《い》ったんだけど、やつらはおれたちの攻撃《こうげき》を予期《よき》して、加勢《かせい》を呼《よ》ぶに違《ちが》いない」

「敵《てき》は四人《にん》だけじゃないの？」

ひとみの目《め》が大《おお》きく見開《みひら》かれた。

「最初《さいしょ》はそう思《おも》って安心《あんしん》していたけれど、どうもそうではない気《き》がしてきた」

「そうなったらどうするの？」

「おれたちも、その対策《たいさく》を立《た》てなくてはならない」

「対策《たいさく》はあるの？」

「ある」

「よかった」

ひとみが大《おお》きくうなずいた。

「まず、どんなやつが、何人島《なんにんしま》へ渡《わた》るか知《し》らなくてはならない」

「そうよね」

「その役《やく》をきみたちにやってもらいたい」

「それはいいけど、どうやって知《し》るの？」

久美子《くみこ》がきいた。

「麻衣《まい》は、下津井《しもつい》から船《ふね》で島《しま》へ連《つ》れていかれた。だから、加勢《かせい》も下津井《しもつい》から出《で》るに違《ちが》いない」

「いい線《せんい》行《い》ってる」

「そこで、きみたちのうち二人《ふたり》が下津井《しもつい》に行《い》って、港《みなと》を監視《かんし》してもらいたいんだ」

「わかった。わたしが行《い》く」

久美子《くみこ》が真《ま》っ先《さき》に手《て》をあげると、つづいて、ひとみも純子《じゅんこ》も、

「わたしも行《い》く」

と、手《て》をあげた。

「三人《にん》はいらない」

「相原《あいはら》くん、ちょっと待《ま》って。どうして二人《ふたり》でなくちゃいけないの？」

「別《べつ》に理由《りゆう》はないけど、二人《ふたり》いれば十分《じゅうぶん》だと思《おも》ったんだ」

相原《あいはら》は、久美子《くみこ》の迫力《はくりょく》にちょっとたじろいだ。

「わたしたちの船《ふね》も下津井《しもつい》から出港《しゅっこう》するんでしょう？」

「そのつもりだ」

「じゃあ、その準備《じゅんび》もいるでしょう？　それには三人《にん》くらい必要《ひつよう》よ」

「そうだな。じゃあ三人《にん》で行《い》ってもらうか」

相原《あいはら》は簡単《かんたん》に承諾《しょうだく》した。

「夏休《なつやす》みに瀬戸内海《せとないかい》に遊《あそ》びにきた高校生《こうこうせい》という感《かん》じで頼《たの》むぜ」

「それなら地《じ》でいけばいいよ。どうせ、そいつらヤッちゃんでしょう。仲《なか》よくして探《さぐ》りだしてやる」

「久美子《くみこ》、あなたヤッちゃんが怖《こわ》くないの？」

ひとみがきいた。

「怖《こわ》くないよ」

「わたし、やだあ」

「いいよ、それはわたしがやるから」

「あんまりヤバイことやってくれるなよ」

英治《えいじ》は心配《しんぱい》になってきた。

「心配《しんぱい》しなくていいの。わたしの判断《はんだん》でやるんだから。ついでにきくけど、チャンスがあったら、その船沈《ふねしず》めてもいい？」

「ええっ」

相原《あいはら》は絶句《ぜっく》した。

「谷本《たにもと》くんに頼《たの》めば時限爆弾《じげんばくだん》くらい、へっちゃらで作《つく》ってくれるんじゃない？」

「久美子《くみこ》、じょうだんは止《や》めてくれよ、谷本《たにもと》だって過激派《かげきは》じゃないんだ。そんなもの作《つく》れないよ」

「なんだ、そうか。じゃあこういうのはどうかな？　海《うみ》の真《ま》ん中《なか》で船《ふね》が動《うご》かなくなっちゃうなんて……」

「久美子《くみこ》、高校《こうこう》に入《はい》ってから頭《あたま》の働《はたら》きがよくなったな」

英治《えいじ》は、久美子《くみこ》の頭《あたま》を見《み》つめた。

「じろじろ見《み》ないで。わたしは奥手《おくて》なのかもね」

「久美子《くみこ》のアイディアはすごくおもしろい。ぜひやってほしいと言《い》いたいところだが、危険《きけん》が多《おお》すぎる。きみたちは連中《れんちゅう》の人数《にんずう》、できれば武器《ぶき》、どんな船《ふね》かを探《さぐ》って、こちらに連絡《れんらく》してくれればいい。それと食料調達《しょくりょうちょうたつ》だ」

「わかりました」

久美子《くみこ》は、ひとみと純子《じゅんこ》に向《む》かって舌《した》を出《だ》した。

これは、勝手《かって》にやるという合図《あいず》に違《ちが》いない。

「おれたちは七月三十一日《がつにち》にそこで合流《ごうりゅう》する。ただし、そこに敵《てき》がいたら、別《べつ》の場所《ばしょ》で泊《と》まる」

「了解《りょうかい》。ではいつ下津井《しもつい》に行《い》けばいい？」

久美子《くみこ》がきいた。

「できるだけ早《はや》いほうがいい」

「じゃあ、あした行《い》こう。いいね？」

久美子《くみこ》はひとみと純子《じゅんこ》に言《い》った。

「いいよ」

二人《ふたり》の目《め》が光《ひか》っている。

「じゃあ、よろしく頼《たの》む。おれたちは、これから行《い》くところがあるから」

相原《あいはら》は三人《にん》に言《い》って、英治《えいじ》と『玉《たま》すだれ』を出《で》た。

「あいつたち、やるかもしれねえぜ」

英治《えいじ》は、表通《おもてどお》りに出《で》ると言《い》った。

「やるだろうな。だから、いまから谷本《たにもと》の家《いえ》に行《い》くんだ」

「そうか。やるとすれば谷本《たにもと》に頼《たの》むはずだよな。やめさせるのか？」

「その反対《はんたい》だ。成功《せいこう》するかしないかは別《べつ》として、やってみる必要《ひつよう》はある」

「三人《にん》は、あしたの朝《あさ》、東京《とうきょう》を発《た》つんだぜ。それまでに作《つく》らなくちゃ」

「谷本《たにもと》ならできる」

相原《あいはら》は、谷本《たにもと》を信頼《しんらい》しきっている様子《ようす》だった。

5

曙学園《あけぼのがくえん》では、毎朝《まいあさ》七時半《じはん》に事務室《じむしつ》の前《まえ》に全員《ぜんいん》が集《あつ》まって朝礼《ちょうれい》を行《おこな》う。

その日《ひ》の朝礼《ちょうれい》に、晴彦《はるひこ》は姿《すがた》を見《み》せなかった。

「加藤《かとう》はどうした?」

ボスが壇上《だんじょう》からどなった。

「知《し》りません」

水原拓也《みずはらたくや》が答《こた》えた。

「知《し》りませんとはどういうことだ?」

「きのうの夜《よる》から帰《かえ》ってきません」

「どうして、夜報告《よるほうこく》しなかったのだ?」

ボスの声《こえ》が甲高《かんだか》くなった。

「寝《ね》ていると思《おも》ったのです」

「寝《ね》ていると思《おも》った? 無責任《むせきにん》なこと言《い》うな。トンビ、ヤキを入《い》れろ」

飛島《とびしま》は、つかつかと水原《みずはら》の前《まえ》に進《すす》みでると、胸《むな》ぐらをつかんで、みんなの前《まえ》に立《た》たせた。

「足《あし》を開《ひら》け。腕《うで》をうしろに組《く》め。歯《は》を食《く》いしばれ」

水原《みずはら》が言《い》われたようにする。飛島《とびしま》は右腕《みぎうで》をうしろに引《ひ》くと、拳《こぶし》を固《かた》め、全身《ぜんしん》の力《ちから》をこめて水原《みずはら》の左《ひだり》ほおをなぐった。

水原《みずはら》がふっ飛《と》んで倒《たお》れた。

「立《た》て」

水原《みずはら》は、よろめきながら立《た》ちあがる。

こんどは右《みぎ》ほおに拳《こぶし》が飛《と》んだ。

ふたたび、水原《みずはら》がふっ飛《と》んだ。

すぐに起《お》きあがると、

「ありがとうございます」

と言《い》った。

口《くち》から糸《いと》を引《ひ》くように血《ち》が流《なが》れている。

「ただいまから三時間《じかん》、加藤《かとう》を捜《さが》せ。加藤《かとう》が見《み》つかるまで絶食《ぜっしょく》」

ボスがどなると、全員《ぜんいん》が四方《しほう》の森《もり》の中《なか》へ散《ち》っていった。

麻衣《まい》は、みんなと分《わ》かれて一人《ひとり》で森《もり》の奥《おく》へ入《はい》っていった。

晴彦《はるひこ》は、麻衣《まい》と会《あ》ったあと、その足《あし》で隠《かく》れ家《が》に行《い》ったようだ。

たいして広《ひろ》くない島《しま》のことだ。徹底的《てっていてき》に捜《さが》せば、見《み》つかってしまうのではないだろうか。

突然《とつぜん》、うしろから背中《せなか》をたたかれた。ふり向《む》くとあずさだった。

「何《なに》を考《かん》えこんでるの？」

「加藤《かとう》くん、どこへ行《い》ったのかと思《おも》って」

「あなた、知《し》ってるんじゃない？」

「え？」

麻衣《まい》は思《おも》わず足《あし》が止《と》まった。

「きのうの夜《よる》、晴彦《はるひこ》くんと会《あ》ってたんでしょう？」

「ええ」

「用事《ようじ》は何《なに》？」

「わたしが島抜《しまぬ》けしたわけを、ボスに話《はな》して申《もう》しわけないとあやまられたわ」

「話《はな》したのはみんななんだから、彼《かれ》が特別《とくべつ》あやまることはないでしょう」

「拷問《ごうもん》に負《ま》けてしゃべってしまったことが恥《は》ずかしいって」

「かっこうつけちゃって」

あずさは、ふんと言《い》った。

「あずささん、加藤《かとう》くんが好《す》きじゃないんですか？」

「別《べつ》に。でも、さやかはほれてる。だから、あんなにむきになるのよ。あなたも気《き》をつけたほうがいいよ」

「わたしは別《べつ》に……」

「嫌《きら》いってわけじゃないでしょう？」

「嫌《きら》いではないわ」

「じゃあ、好《す》きってことよ。晴彦《はるひこ》くん、脱《ぬ》けだすこと話《はな》さなかった？」

「話《はな》さなかったわ」

「どうして？　わたしには話《はな》したわよ」

麻衣《まい》は、一瞬言葉《いっしゅんことば》がつまった。

「逃《に》げるつもり？」

「逃《に》げられっこないじゃない。いかだもないんだから」

「じゃあ、どうして？」

「助《たす》けが来《く》るのを待《ま》ってんのよ」

「自分《じぶん》だけ助《たす》かるつもり？」

「さあ、それはどうかな？」

あずさは首《くび》をふった。

「こんなに捜《さが》して、見《み》つからない場所《ばしょ》があるの？」

「あるらしいわ」

「食料《しょくりょう》や水《みず》はどうするの？」

「だれかが運《はこ》んでやらなけりゃ、一日《にち》しかもたないでしょう」

「だれかってだれ？」

「さあ、だれかしら？」

あずさは、意味《いみ》ありげな笑《わら》いを浮《う》かべた。

「きのう、部屋《へや》に入《はい》る前《まえ》に人影《ひとかげ》を見《み》たの」

「男《おとこ》？　女《おんな》？」

「女《おんな》。小《ちい》さい体《からだ》だったから、マザーのような気《き》がする」

「じゃあ、マザーはあなたたちの話《はなし》を聞《き》いていたのよ」

麻衣《まい》は、顔《かお》から血《ち》の気《け》が引《ひ》いていくのがわかった。

「あとが怖《こわ》いよ。覚悟《かくご》しておいたほうがいいわ。ひどい目《め》に遭《あ》わされるかも。また失神《しっしん》したら？」

麻衣《まい》は、時間《じかん》の経《た》つのが恐《おそ》ろしかった。

このまま時間《じかん》が停《と》まってくれればいい。

しかし、三時間《じかん》はあっという間《ま》に過《す》ぎてしまった。

ふたたび、全員《ぜんいん》が事務室《じむしつ》の前《まえ》に整列《せいれつ》させられた。

「何《なに》か見《み》つけた者《もの》は手《て》を上《あ》げろ」

ボスが見《み》まわした。

「だれもいないのか？　そうか、ではおまえたちは共犯《きょうはん》と認《みと》める」

「共犯《きょうはん》ではありません」

植村《うえむら》が言《い》った。植村《うえむら》は背《せ》が百八十センチくらいあるが、まだ中学生《ちゅうがくせい》である。

「そうか、ではこの中《なか》に共犯者《きょうはんしゃ》がいるから見《み》つけるんだ」

「どうやって見《み》つけるんですか？」

「自分《じぶん》で考《かんが》えろ」

「あれだけ捜《さが》して見《み》つからないのは、島脱《しまぬ》けしたんではないですか？」

木田悟《きださとる》が言《い》った。

「おまえは見《み》たのか？」

「見《み》てないけど、それ以外考《いがいかんが》えられません。もう島《しま》にはいないと思《おも》います」

「いいか、これから三日間《みっかかん》、おまえたちの自由行動《じゆうこうどう》は許《ゆる》さん。これはどういうことを意味《いみ》するか、植村《うえむら》わかるか？」

「わかりません」

「では教《おし》えてやる。加藤《かとう》がどこにかくれていたとしても、三日間《みっかかん》飲《の》まず食《く》わずだったら、必《かなら》ず死《し》ぬ。もし加藤《かとう》を死《し》なせたくないなら、加藤《かとう》の隠《かく》れ場所《ばしょ》を言《い》いに来《こ》い。罰《ばつ》はあたえん」

ボスは、みんなの顔《かお》をなめるように見《み》て言《い》った。

「ひどいことになったね。これで晴彦《はるひこ》は死《し》ぬよ」

さやかが低《ひく》い声《こえ》でつぶやいた。

「だったら、助《たす》けに行《い》ってやりなよ」

とたんに、あずさが、うしろから言《い》う。

「行《い》こうと行《い》くまいとわたしの勝手《かって》だ。おまえに、つべこべ言《い》われる筋合《すじあ》いはないよ」

「じゃあ教《おし》えてやろう。晴彦《はるひこ》は殺《ころ》されて海《うみ》に捨《す》てられたんだ」

「ほんとう？」

麻衣《まい》は、ショックで目《め》の前《まえ》が暗《くら》くなった。

「でたらめに決《き》まってるよ。あいつの言《い》うことを信《しん》じちゃだめだよ」

「垣内《かきうち》、何《なに》をしゃべっとるんや？」

ボスがさやかを指《ゆび》さした。

「井口《いぐち》さんが、加藤《かとう》くんは殺《ころ》されて海《うみ》に捨《す》てられたと言《い》ったので、うそだと言《い》いました」

みんなの間《あいだ》にざわめきが起《お》こった。

「井口《いぐち》、それはほんとうの話《はなし》か？」

「いいえ、口《くち》から出《で》まかせを言《い》っただけです」

あずさが弁明《べんめい》した。

「井口《いぐち》、あとで事務室《じむしつ》に来《こ》い」

「どうしてですか？」

「文句言《もんくい》わずに来《こ》い」

「はい」

あずさはふてくされて返事《へんじ》した。

「事務室《じむしつ》でたっぷりヤキを入《い》れてもらいな」

ふたたびなぐり合《あ》いがはじまるかと思《おも》ったとき、唐沢《からさわ》がやってきて、あずさを引《ひ》っぱっていった。

「こいつら社会《しゃかい》の敵《てき》ね？」

「ボスだってそうさ。親《おや》の弱《よわ》みにつけこんで、手《て》に負《お》えなくなった子《こ》どもを処理《しょり》するんだから。わたしたちが親《おや》の言《い》うことを聞《き》かないからって、社会《しゃかい》のくずにされることはないだろう」

「そうよ、わたしたちが何悪《なにわる》いことをしたっていうの？」

「わたしたちは、親《おや》にとってペットの犬《いぬ》と同《おな》じさ。小《ちい》さくてかわいいときはかわいがるけど、大《おお》きくなって反抗《はんこう》したら捨《す》てられ、野犬《やけん》になって、あげくの果《は》ては殺《ころ》されてしまう」

「ほんとだわ」

「あいつたちは、死《し》んだ肉《にく》を食《く》う、ハイエナさ」

さやかの言《い》うとおりだと思《おも》った。

「わたしは、何度自殺《なんどじさつ》しようと思《おも》ったかしれない。だけど、そのたびに、やつらに復讐《ふくしゅう》するまではと思《おも》って生《い》きてきたんだ」

「そうだったの？」

麻衣《まい》はこれまで、人《ひと》に対《たい》してこんなにも怒《いか》り、こんなにも憎《にく》んだことはない。

さやかは、よほどひどい体験《たいけん》をさせられたに違《ちが》いない。

「いいかみんな、これから部屋《へや》に入《はい》ったらドーベルマンを放《はな》つ。外《そと》に出《で》て食《く》い殺《ころ》されても、それはおまえたちの責任《せきにん》だ」

ボスの声《こえ》を背《せ》に、麻衣《まい》たちは女子棟《じょしとう》に向《む》かった。

「けんかはしてるけど、ほんとうは、あずさだっ

てかわいそうなやつさ」

さやかがぽつりと言《い》った。

「憎《にく》んでないの？」

「憎《にく》んでなんかいないよ。ここにいると、むしゃくしゃするから、けんかしてるだけだよ。それと、やつらに仲《なか》の悪《わる》いところをわざと見《み》せてるところもある」

「なんだ、そうだったの。それで安心《あんしん》したわ。わたし、本気《ほんき》で憎《にく》みあってるのかと思《おも》った」

「憎《にく》いのはやつらだけさ。いざとなったら、あずさだって一緒《いっしょ》に戦《たたか》うよ」

「ここにいる人《ひと》たちは、みんなかわいそうなんだ」

「江戸時代《えどじだい》だって、島流《しまなが》しされた人《ひと》は、必死《ひっし》に島抜《しまぬ》けしようとしたんだ。わたしたちだって、ここから一生出《いっしょうで》られないと思《おも》ったら、大人《おとな》なんて、どいつもこいつも恨《うら》みたくなるし、島抜《しまぬ》けもしたいよ。だから、麻衣《まい》をいかだで送《おく》りだしたんだ」

「わたしは帰《かえ》ってきたわ」

「麻衣《まい》はえらい。わたしは島《しま》にもどってきた麻衣《まい》の姿《すがた》を見《み》たとき、涙《なみだ》がこぼれそうだったよ」

「あと四日《よっか》で来《く》るわ」

「ほんとうに来《き》てくれる？」

「あの人《ひと》たちのことだから、きっと来《く》る。いえ必《かなら》ず来《く》るわ」

「あいつたちは待《ま》ちかまえてるよ。人数《にんずう》もきっとふやすに違《ちが》いない」

「何考《なにかんが》えてるのかしら？」

「あずさが探《さぐ》ってくるよ」

「え？」

「あずさは、やつらのスパイで、わたしたちの動《うご》きを報告《ほうこく》してるんだ。だから、さっきも事務室《じむしつ》に連《つ》れていかれたのさ」

「じゃあ、あれはヤキを入《い》れられるためじゃなかったの？」

「そうさ」

「許《ゆる》せない」

「そうじゃない。スパイと見《み》せかけて、実《じつ》は逆《ぎゃく》スパイなのさ」

「逆《ぎゃく》スパイか……」

「彼女《かのじょ》やるだろう。いい度胸《どきょう》してるよ。だって、ばれたらやられる。命《いのち》がけだよ」

「すごい人《ひと》ね」

「あずさの逆《ぎゃく》スパイがばれないように、派手《はで》なけんかをしてるのさ」

「わたしが失神《しっしん》から目《め》ざめたとき、そばについて看病《かんびょう》してくれたのも、そういうことだったのね？」

「やっとわかったか」

「わたし、勇気《ゆうき》が湧《わ》いてきた。その日《ひ》が来《き》たら、やるわよ」

「やろう」

麻衣《まい》は、さやかの手《て》をしっかりとにぎりしめた。

四章《しょう》　捕虜《ほりょ》

1

ひとみと久美子《くみこ》と純子《じゅんこ》が下津井《しもつい》に行《い》って一日《にち》経《た》った。

着《つ》いたという電話《でんわ》があって以来連絡《いらいれんらく》はない。

英治《えいじ》は、相原《あいはら》の家《いえ》で電話《でんわ》を待《ま》った。

「こんなに心配《しんぱい》してんの、あいつたちわかってんのか？」

「わかってねえよ、いまごろ港《みなと》で釣《つ》りでもしてんじゃないのか」

「ちくしょう。もう心配《しんぱい》するのやめた」

英治《えいじ》のスマホが鳴《な》った。

ひとみたちからだと思《おも》った英治《えいじ》は、すばやくスマホに手《て》を伸《の》ばした。

「もしもし」

日比野《ひびの》の間《ま》のびした声《こえ》がした。

「なんだ、日比野《ひびの》かぁ」

「なんだはねえだろう。せっかく電話《でんわ》したってのに」

「用件《ようけん》はなんだ？」

「いまテレビ見《み》てたら、向《む》こう一週間《しゅうかん》の天気予報《てんきよほう》を発表《はっぴょう》したぞ。よろこべ、一週間《しゅうかん》とも晴《は》れで穏《おだ》やかな天気《てんき》がつづくってさ」

「よかったな」

「気《き》のない返事《へんじ》だな。それからもう一つ。食料《しょくりょう》はどうする？　こっちで買《か》って持《も》っていくか、それとも現地調達《げんちちょうたつ》か、どっちだ？」

「暑《あつ》いから現地調達《げんちちょうたつ》だ」

「何《なに》を買《か》うか、おれにまかせてくれるか？」

「まかせる。連中《れんちゅう》は島《しま》でろくなもの食《く》ってないからな、栄養《えいよう》のあるもの食《く》わせてやってくれよ」

「そっちのほうならまかせてくれ」

日比野《ひびの》の声《こえ》を聞《き》くだけで、なんとなく腹《はら》が空《す》いてくるから不思議《ふしぎ》だ。

「島《しま》にぶたとにわとりがいるらしいから、それをつかったら安《やす》あがりにいくぜ」

「殺《ころ》すのはごめんだ。それはかんべんしてくれ」

いままで明《あか》るかった日比野《ひびの》の声《こえ》が、急《きゅう》に暗《くら》くなった。

「いま下津井《しもつい》には、ひとみと久美子《くみこ》と純子《じゅんこ》が行《い》っている。あいつたちにまかせといたら、カレーライスに決《き》まってるから、おまえ行《い》って、食料買《しょくりょうか》い出《だ》しの指導《しどう》してくれよ」

「OK《オーケー》。あいつらのカレーライスなんて食《く》わされたら最悪《さいあく》だぜ。よし、すぐ行《い》くよ」

「頼《たの》んだぜ」

電話《でんわ》を切《き》ったとたん、英治《えいじ》はカレーライスが食《た》べたくなった。

「日比野《ひびの》は、土《ど》、日《にち》にイタリア料理店《りょうりてん》にアルバイトに行《い》ってるから、けっこう腕《うで》あげたかもしれないぜ」

相原《あいはら》がイタリア料理《りょうり》と言《い》ったので、スパゲティが食《た》べたくなった。

また、電話《でんわ》が鳴《な》った。こんどこそ、ひとみたちからだと思《おも》った。

通話《つうわ》ボタンを押《お》すと、

「元気《げんき》?」

と、久美子《くみこ》の声《こえ》がした。

「それはこっちが聞《き》きたいぜ」

英治《えいじ》が言《い》うと、三人《にん》そろって、

「元気《げんき》だよーん」

と、返《かえ》ってきたので、思《おも》わずスマホを耳《みみ》から離《はな》した。

「そんなに元気《げんき》なところをみると、釣《つ》りでもやって、遊《あそ》んでんじゃねえのか?」

「ピンポーン」

「仕事《しごと》はどうした？」

「やってるよ」

ひとみの声《こえ》だ。

「その声《こえ》はやってる声《こえ》じゃない」

「あつーい、純子《じゅんこ》、あけなよ」

久美子《くみこ》の声《こえ》が聞《き》こえた。

「どうしたんだ？」

「電話《でんわ》ボックスに三人《にん》も入《はい》ってるから、暑《あつ》くて死《し》にそう。汗《あせ》びっしょり」

「怪《あや》しいやつを見《み》かけたか？」

「見《み》かけたよ」

ひとみは、けろりとして言《い》う。

「ほんとうか？」

「ほんとうだよ。わたしたち仲《なか》よくなっちゃった」

「そいつたち、ヤッちゃんじゃないのか？」

「そうだよ」

「何《なに》しに来《き》たかきいたか？」

「もちろんきいたよ。島《しま》に遊《あそ》びに行《い》くんだって」

「何人《なんにん》だ」

「五人《にん》」

「島《しま》にはいつ行《い》くって言《い》ってた？」

「三十日《にち》だって」

「船《ふね》は来《き》てるか？」

「かっこいいモーターボートがつないである。久美子《くみこ》が乗《の》ったから説明《せつめい》するよ」

「久美子《くみこ》でーす」

「モーターボートに乗《の》ったんだって？」

「乗《の》せてーって頼《たの》んだら、乗《の》せてくれたよ」

「何人乗《なんにんの》りだ？」

「八人《にん》は乗《の》れるって」

「でっかいな」

「あいつら、ボート乗《の》りまわして遊《あそ》んでる」

「どんなやつらだ？」

「どいつもけんかは強そうだけど、頭《あたま》は空《から》っぽみたい。どこから来《き》たってきくから、名古屋《なごや》って言《い》ってやった」

「身分《みぶん》がばれないだろうな？」

「だいじょうぶ。あいつら、わたしたちのことを名古屋《なごや》の女《おんな》の子《こ》だと思《おも》ってるみたいだから」

「油断《ゆだん》するなよ」

「谷本《たにもと》くんの装置《そうち》、セットするからね」

「いつやるんだ？」

「三十日《にち》に島《しま》に行《い》くとき」

「どうやってやるんだ？」

「ボートが出《で》る前《まえ》に、海《うみ》にもぐって船底《ふなぞこ》にはりつけるんだ。磁石《じしゃく》がついてるからぴったりはりつくって」

「つけるとどうなるんだ」

「三十分後《ぶんご》に爆発《ばくはつ》して、船底《ふなぞこ》に穴《あな》があくってさ」

「それはヤバイ。やめろ」

そばで聞《き》いていた相原《あいはら》が言《い》った。

「だいじょうぶだって。夜《よる》にまぎれてやるんだから気《き》づかれやしないよ」

「無理《むり》するな。少《すこ》しでもヤバイと感《かん》じたら、すぐ中止《ちゅうし》しろ」

「わかってるよ」

久美子《くみこ》の声《こえ》はいつもとまったく変《か》わらない。

「あした、日比野《ひびの》がそちらに行《い》くぞ」

「何《なに》しに来《く》るの？」

「みんなの食料《しょくりょう》の調達《ちょうたつ》だ」

「そんなのわたしたちがやるよ」

「カレーライスを作《つく》るつもりだろう？」

「そうだよ」

「日比野《ひびの》は、本場《ほんば》のイタリア料理《りょうり》を食《く》わせてくれるってさ」

「そんなこと言《い》ったの？」

「まずいカレーライスを食《く》うくらいなら、塩水《しおみず》をかけて食《た》べたほうがいいってさ」

「よくも言《い》ったわね」

ひとみが怒《おこ》っている。

「あいつが来《き》たら、塩水《しおみず》飲《の》ませてやろうよ」

純子《じゅんこ》も頭《あたま》に来《き》ている。

「あいつは将来《しょうらい》プロのシェフになるんだ。花《はな》を持《も》たせてやってくれよ」

相原《あいはら》が下手《したて》に出《で》たので、ようやく三人《にん》の機嫌《きげん》がおさまったようだ。

「みんなは、いつこっちに来《く》るの？」

ひとみがきいた。

「三十一日《にち》だ」

「じゃあ、あいつらはいないから、安心《あんしん》して来《き》ていいよ」

「じゃあな。あいつらがヤクザだってことを、くれぐれも忘《わす》れるなよ。それから、食《しょく》あたりと夏《なつ》かぜにも気《き》をつけろ」

「ありがとう、ママ」という声《こえ》がして電話《でんわ》が切《き》れた。

「ちくしょう。ひとみのやつ」

英治《えいじ》は、切《き》れたあとのスマホをなぐりたくなった。

「久美子《くみこ》は無鉄砲《むてっぽう》だからなぁ」

相原《あいはら》は、窓《まど》の外《そと》に目《め》を向《む》けたまま言《い》った。

「成功《せいこう》すれば、こっちの勝利《しょうり》は確実《かくじつ》だけどな」

「この賭《か》け、おまえは乗《の》るか？　おれなら降《お》りるぜ」

「じゃあ、やめさせるか……？」

「うん、やめたほうがいいと思《おも》う」

「旅館《りょかん》に電話《でんわ》するか？」

「それより、日比野《ひびの》に言《い》わせたほうがいい」

「日比野《ひびの》か……」

日比野《ひびの》が、あの三人《にん》を説得《せっとく》できるだろうか。

「とにかく、日比野《ひびの》に電話《でんわ》しよう」

相原《あいはら》はスマホを手《て》にした。

2

あずさは、夜《よる》おそく部屋《へや》にもどってくると、そのまま自分《じぶん》のベッドへ行《い》った。

麻衣《まい》が目《め》をあけて見《み》ていると、麻衣《まい》のほうをちらと見《み》て、

「起《お》きてたの？」

と言《い》った。麻衣《まい》がうなずいた。

「どうだった？」

「やられたよ。あいつのおかげで」

あずさは、さやかのベッドに目《め》をやった。さやかは、起《お》きているのか眠《ねむ》っているのかわからないが、向《む》こうを向《む》いていた。

「男《おとこ》といたんでしょう?」

麻衣《まい》は、声《こえ》を殺《ころ》して言《い》った。あずさが、麻衣《まい》を見《み》つめる。

「知《し》っていたの?」

「彼女《かのじょ》に聞《き》いたわ。何《なに》もかも」

「そう。じゃあ外《そと》に出《で》よう」

あずさが外《そと》へ出《で》ていく。麻衣《まい》も足音《あしおと》を立《た》てないように、そっとあずさのあとにつづいた。

廊下《ろうか》に並《なら》んで座《すわ》った。

「ここから出《で》たら、ドーベルマンにやられるからね」

廊下《ろうか》には明《あ》かりがついていないので、隣《となり》にいるあずさの顔《かお》も見《み》えない。

「あいつら、仲間《なかま》を五人《にんよ》呼んだらしいわ」

「いつ来《く》るの?」

「三十日《にち》だって言《い》ってた」

「やっぱり呼《よ》んだのね」

英治《えいじ》たちは、敵《てき》は四人《にん》だと思《おも》ってやってくるはずだ。五人《にん》ふえたことを、どうやって知《し》らせたらいいのだろう。

「こんど来《く》るやつはプロの殺《ころ》し屋《や》だからね、みんなライフルを持《も》っている」

「殺《ころ》すつもりなの？」

「島《しま》に上《あ》がるまえに、船《ふね》ごと沈《しず》めてしまうつもりらしい。もし上《あ》がってきたら撃《う》ち殺《ころ》すんだって」

「船《ふね》ごと、どうやってやるの？」

「やつらは、上陸地点《じょうりくちてん》を希望岬《きぼうみさき》だと信《しん》じている」

「そうよ、そのとおりだわ。そこから上陸《じょうりく》するようわたしが教《おし》えたんだもの」

「八月一日《がつついたち》、あんたはトランシーバーを持《も》ってそこへ行《い》かされる」

「いやだと言《い》ったら？」

「殺《ころ》されるだけ。だから、素直《すなお》に行《い》ったほうがいい」

「通信《つうしん》が入《はい》ったらどうするの？」

「だいじょうぶ。前《まえ》もってわたしが電池《でんち》を抜《ぬ》いておくから、通信《つうしん》は入《はい》らない」

「そんなことして、ばれない？」

「ばれるかばれないか。ここまで来《き》たら考《かんが》えてられないよ。やるしかないのさ」

「連絡《れんらく》がつかなければ変《へん》だと思《おも》うわね？」

「そう思《おも》ってくれることを祈《いの》っていなよ」

「それでも、来《く》るかもしれないわ」

「そのために、ここに火《ひ》をつける」

「すぐ燃《も》える？」

「床下《ゆかした》に、段《だん》ボール箱《ばこ》や、燃《も》えそうなものをぎっしり詰《つ》めこんであるから、マッチ一本《ぽん》でめらめらよ」

「へえ」

麻衣《まい》は言葉《ことば》もなかった。

彼女《かのじょ》たちが、そこまで考《かんが》えていたとは、想像《そうぞう》もしていなかった。

「ここは、一度火事《いちどかじ》になったら、水《みず》がないから消《け》すことができない。パニックだわ」

「すごいことになるわね。加藤《かとう》くんは何《なに》をやるの？」

「彼《かれ》は暗闇《くらやみ》の木《き》のかげとか、木《き》の上《うえ》に隠《かく》れて、通《とお》る敵《てき》をうしろから倒《たお》すの」

「映画《えいが》の『ランボー』みたい」

「そうよ。そのために針金《はりがね》とかロープを、木《き》の枝《えだ》の間《あいだ》にかくしてあるのよ」

「なんだか、勝《か》てそうな気《き》がしてきた」

麻衣《まい》は、心《こころ》が浮《う》きたってきた。

「このくらいでは、とてもとても。敵《てき》を攪乱《かくらん》するだけよ。あとはあんたの仲間《なかま》にまかせるわ」

「うまく上陸《じょうりく》できればいいけど」

「あんたが心配《しんぱい》しなくても、きっとうまくやるわよ」

「そうね。そう考《かんが》えることにするわ」

二人《ふたり》は、出《で》てきたときと同《おな》じように、一人《ひとり》ずつ部屋《へや》に入《はい》っていった。

翌朝《よくあさ》、食事《しょくじ》のとき、さやかが隣《となり》に座《すわ》って、

「どうだった？」

ときいた。麻衣《まい》は左手《ひだりて》を開《ひら》いて、

「来《く》るらしいわ」

と答《こた》えた。

「いつ？」

さやかは、さりげない顔《かお》をして、食事《しょくじ》をしている。

「三十日《にち》」

「晴彦《はるひこ》に連絡《れんらく》しとかなくちゃ」

「わたしがやるわ」

「あんたじゃヤバイ。わたしがやる」

「犬《いぬ》がいるわよ」

「だいじょうぶ。手《て》なずけてあるから」

「彼《かれ》、『ランボー』やるんだって？」

「そのまえに、やってもらいたいことがあるのよ」

「何《なに》？」

「ボートが入《はい》ってくるとき、上《うえ》から爆弾《ばくだん》を落《お》とすのよ」

「爆弾《ばくだん》？」

「岩《いわ》よ。ちょっと押《お》せば、落《お》ちるようになってるの」

「そうか、だからあそこにいるの」

「そうよ。いまごろわかったの？」

さやかは、かすかに唇《くちびる》をゆるめた。

「あなたたちって、すごいこと考《かんが》えるのね？」

「毎日《まいにち》、何《なに》もやることがないから、いつか時《とき》が来《き》たら、やろうと思《おも》って考《かんが》えてたの。その時《とき》がいよいよ来《き》たってわけ」

マザーが入《はい》ってきた。

「顔《かお》を伏《ふ》せな。あいつと目《め》が合《あ》うとヤバイからね」

さやかに低《ひく》い声《こえ》で言《い》われて、麻衣《まい》は目《め》を伏《ふ》せた。

「いま、神《かみ》のお告《つ》げがあった。この中《なか》に裏切《うらぎ》り者《もの》がいる。みんな顔《かお》を上《あ》げるんだ」

麻衣《まい》は、仕方《しかた》なく顔《かお》を上《あ》げたが、目《め》は別《べつ》のほうを見《み》ていた。

マザーは一人《ひとり》ずつ順番《じゅんばん》に顔《かお》をのぞきこんでいく。

麻衣《まい》の番《ばん》が来《き》た。麻衣《まい》は目《め》を固《かた》く閉《と》じた。

「私《わたし》の目《め》を見《み》るんだよ」

目《め》をあけてマザーの目《め》を見《み》た。凹《へこ》んだ眼窩《がんか》の奥《おく》に、鋭《するど》くて小《ちい》さい目《め》が光《ひか》っている。

マザーは、しばらく見《み》つめていたが、黙《だま》って立《た》ち去《さ》った。

腕《うで》の下《した》から冷《ひ》や汗《あせ》が流《なが》れおちた。

「いまから裏切《うらぎ》り者《もの》の名前《なまえ》を言《い》う」

マザーは、全員《ぜんいん》の顔《かお》を見終《みお》わると、冷《ひ》ややかな声《こえ》で言《い》った。

部屋《へや》は静《しず》まりかえって、自分《じぶん》の動悸《どうき》が聞《き》こえそうだった。

「おまえだよ」

マザーは横山優美《よこやまゆみ》を指《ゆび》さした。

「わたしが何《なに》をしたんですか？」

「おまえは裏切《うらぎ》り者《もの》だ」

「わたしは何《なに》もしていません」

優美《ゆみ》は金切《かなき》り声《ごえ》をあげた。

「神《かみ》さまがそう言《い》ったんだよ。おいで」

マザーに見《み》つめられると、優美《ゆみ》は催眠術《さいみんじゅつ》にでもかかったみたいに、ふらふらと立《た》ちあがり、マザーのあとについて部屋《へや》を出《で》ていった。

みんなの口《くち》からため息《いき》がもれた。

「裏切《うらぎ》り者《もの》って何《なに》？」

「優美《ゆみ》を痛《いた》めつけて、部屋《へや》の連中《れんちゅう》の様子《ようす》を探《さぐ》るのさ」

「きたないわね」

「あいつたちは人間《にんげん》じゃないんだから、きたなくてあたりまえだよ。優美《ゆみ》は、きょうのいけにえの山羊《やぎ》さ」

「かわいそう」

「しんぼうしな。いまにかたきを取《と》ってやるから」

「マザーとボスの関係《かんけい》はどうなってるの？」

「あのばあさんが神《かみ》さまの言葉《ことば》を聞《き》いて、それをボスに伝《つた》えるんだ。すると、ボスが実行《じっこう》するってわけ」

「すると、マザーがいなければ、ボスはどうしようもない人間《にんげん》ってわけ？」

「そうなの。だから、真《ま》っ先《さき》にねらうのはばあさんだよ」

「わかったわ」

麻衣《まい》も闘志《とうし》が湧《わ》いてきた。

3

七月《がつ》三十日《にち》。

英治《えいじ》と相原《あいはら》は、期《き》せずして同時《どうじ》に時計《とけい》を見《み》た。

時計《とけい》は午後《ごご》の四時《じ》をまわったところだった。

「ボートが港《みなと》を出《で》るまであと二時間《じかん》か……」

相原《あいはら》がつぶやいた。

「予定《よてい》では七時《じ》だったんだろう。なぜ一時間早《じかんはや》めたんだ？」

「六時《じ》ではまだ明《あか》るすぎる。心配《しんぱい》だな」

「久美子《くみこ》はやるらしいぜ」

さっき、日比野《ひびの》から電話《でんわ》がかかってきて、出港時間《しゅっこうじかん》が一時間早《じかんはや》まって六時《じ》になったが、予定《よてい》どおり決行《けっこう》するということであった。

相原《あいはら》は日比野《ひびの》に、計画《けいかく》は中止《ちゅうし》させるよう強《つよ》く言《い》った。

日比野《ひびの》は話《はな》してみると言《い》ったまま、電話《でんわ》はない。

「電話《でんわ》がないところをみると、やめたんじゃないか。この明《あか》るさじゃあ、いくら潜《もぐ》ったって、船《ふね》に近《ちか》づくのは無理《むり》だよ」

「そうだといいんだけどなあ」

電話《でんわ》が鳴《な》った。日比野《ひびの》からだった。

「三人《にん》が港《みなと》へ行《い》くと言《い》って出《で》ていった」

「三人《にん》そろってだな？」

相原《あいはら》が念《ねん》を押《お》した。

「スイカを持《も》って出《で》かけていった。やつらにプレゼントするんだってさ」

「そうか、すると久美子《くみこ》はもう潜《もぐ》らないつもりだな？」

「港《みなと》に人《ひと》がいるし、潜《もぐ》ればばれちゃうからスイカを持《も》っていったんだ」

「なんでスイカなんだ？」

英治《えいじ》がきいた。

「このスイカには柿沼医院調合《かきぬまいいんちょうごう》の強力下剤《きょうりょくげざい》が注射《ちゅうしゃ》してあるのさ。こいつを食《く》えば、三日間《みっかかん》は下《くだ》りっぱなしだってさ」

「やるう」

英治《えいじ》は思《おも》わず吹《ふ》きだした。

「やつらはどこにいる？」

「もうボートに乗《の》りこんでる」

「よし、ボートが港《みなと》を出《で》たら、また、電話《でんわ》くれ」

日比野《ひびの》の電話《でんわ》が切《き》れた。

「これでほっとした」

相原《あいはら》が大《おお》きく息《いき》をついた。とたん、また、スマホが鳴《な》った。英治《えいじ》が電話《でんわ》に出《で》ると、

「おれだ」

という声《こえ》がした。

「矢場《やば》さん？」

「そうだ。船《ふね》は下津井《しもつい》にまわしていいか？」

「いいよ、もうやつらはいないから」

「やつら？」

「助《すけ》っ人《と》が五人島《にんしま》へ向《む》かったんだ」

「そうか、助《たす》けを呼《よ》んだのか……」

「六時《じ》に港《みなと》を出《で》る」

「もうじきだな」

「そいつら、プロの殺《ころ》し屋《や》だってさ」

「殺《ころ》し屋《や》が五人《にん》もか……？」

「そうらしい」

「それにしては、びびってないじゃないか」

「ここまで来《く》れば、びびったってはじまらないよ」

「いい度胸《どきょう》だ」

「矢場《やば》さん、だいじょうぶ？」

「だいじょうぶさ」

「奥《おく》さんに何《なに》か言《い》われない？」

「女房《にょうぼう》には話《はな》してない」

それはそうだと英治《えいじ》は思《おも》った。

「ただ戦《たたか》うだけならなんとかなるけど、人質《ひとじち》がいるからなあ」

相原《あいはら》がつぶやいた。

「全員《ぜんいん》を救《すく》いださなくては成功《せいこう》といえん」

「そうなんだ、一人《ひとり》でも殺《ころ》されたら失敗《しっぱい》だからね」

「自信《じしん》はあるのか？」

「敵《てき》は四人《にん》と計算《けいさん》して計画《けいかく》を立《た》てたんだけど、九人《にん》でも同《おな》じさ」

「武器《ぶき》を持《も》ってるんだろう？」

「ライフルを持《も》ってるらしい」

「そいつはヤバイな、防弾《ぼうだん》チョッキを着《き》ていくか……」

「死《し》んだら、お嫁《よめ》さんが泣《な》くからね」

「まだ未亡人《みぼうじん》にするには若《わか》すぎる」

「二人《ふたり》とも、言《い》ってくれるじゃないか。泣《な》かせるぜ」

矢場《やば》は、大《おお》きくせきばらいした。

「アメリカのＦＢＩ《エフビーアイ》の訓練《くんれん》なんかで使《つか》ってる、人形《にんぎょう》の標的《ひょうてき》があるじゃない？」

英治《えいじ》が言《い》った。

「ベニヤ板《いた》みたいなものに描《か》いた絵《え》だろう？　それがどうした？」

「あれを段《だん》ボールでいっぱい作《つく》ったんだ」

「どうするんだ？」

「やつらの目《め》の前《まえ》に、さっと出《だ》すんだよ。そうすりゃ、暗闇《くらやみ》だから人間《にんげん》と間違《まちが》えて撃《う》つんじゃないかな？」

「そいつはいい考《かんが》えだ。ひっかかるかもしれんな。どんな絵《え》を描《か》いた？」

「こっちには絵《え》のうまい秋元《あきもと》がいるからね。銃《じゅう》を構《かま》えている警官《けいかん》の絵《え》だよ」

「警官《けいかん》か。いかにもきみらしいな。そいつはおどろくぞ」

「そして、天野《あまの》が放送《ほうそう》するんだ。こちらは岡山県警《おかやまけんけい》だ。銃《じゅう》を捨《す》てて、抵抗《ていこう》はやめろとか言《い》ってね」

「いいぞ。ヤクザというのは、警察《けいさつ》とはけんかしないものだからな」

「そうか、それならいけるね」

「いける、いける。今回《こんかい》は花火《はなび》は使《つか》わないのか？」

「もちろん使《つか》うよ、花火師《はなびし》を連《つ》れていくんだから」

「立石《たていし》か？」

「よく知《し》ってるね」

「これだけつき合《あ》ってりゃ、いやでも名前《なまえ》くらいおぼえるさ」

「真《ま》っ暗《くら》じゃ、矢場《やば》さんなんにも撮《と》れないだろうから、花火《はなび》で明《あか》るくするよ」

「気《き》を遣《つか》ってもらって悪《わる》いな」

「どういたしまして。それからこういうのも考《かんが》えたんだ。やつらが森《もり》の中《なか》へ入《はい》ったら、突然目《とつぜんめ》の前《まえ》に生《なま》首《くび》があらわれる」

「生首《なまくび》？」

「赤《あか》い水《みず》を入《い》れた風船《ふうせん》さ。それに人《ひと》の顔《かお》を描《か》いて、毛糸《けいと》で髪《かみ》を作《つく》るんだ。それを木《き》の枝《えだ》の間《あいだ》につるしておき、下《した》を通《とお》りかかったらおろすんだ。これもいけると思《おも》わない？」

矢場《やば》は笑《わら》いだした。

「こういうことになると、きみらはいくらでもアイディアが浮《う》かんでくるんだな」

「まだまだあるぜ」

英治《えいじ》の頭《あたま》がフル回転《かいてん》しはじめた。

「よし、それは向《む》こうで聞《き》く。では」

矢場《やば》は電話《でんわ》を切《き》った。

「風船《ふうせん》のこと、聞《き》いてなかったぞ」

相原《あいはら》が言《い》った。

「あれは、しゃべっているうちに急《きゅう》に思《おも》いついたのさ」

「おとろえてねえな」

「いまからおとろえたんじゃ、先《さき》は暗《くら》いぜ。そうだ。風船《ふうせん》の下《した》に針金《はりがね》を張《は》っておこう。やつら生首《なまくび》に気《き》を取《と》られているうちに、針金《はりがね》にひっかかって転《ころ》ぶってわけだ」

「転《ころ》んだところにネットを置《お》いとく」

「どうしておまえ……」

英治《えいじ》は相原《あいはら》の顔《かお》を見《み》た。

「それくらいわかるさ。これで一丁《いっちょう》あがりってわけか」

「そういうこと」

電話《でんわ》が鳴《な》った。時計《とけい》を見《み》るとちょうど六時《じ》だった。

「日比野《ひびの》だな」

英治《えいじ》はスマホを取《と》った。

「たいへんだ！」

日比野《ひびの》の悲鳴《ひめい》が聞《き》こえた。

「どうした？」

「三人《にん》とも連《つ》れていかれちゃった」

「どういうことだ？　くわしく説明《せつめい》しろ」

相原《あいはら》がどなった。

「三人《にん》が、スイカを持《も》って桟橋《さんばし》に係留《けいりゅう》してあるボートへ行《い》ったんだ。そうしたら、中《なか》から男《おとこ》が出《で》てきて、
三人《にん》はボートに乗《の》った。と思《おも》ったとたん、ボートは動《うご》きだしたんだ」

「そうか……。久美子《くみこ》は爆弾《ばくだん》をセットしたか？」

「してない」

「よかった」

「よかないよ。三人《にん》とも捕虜《ほりょ》になっちまったんだぜ」

日比野《ひびの》は泣《な》きそうな声《こえ》だ。

「無事《ぶじ》に島《しま》に着《つ》いてくれさえすればなんとかする」

「そうか」

「もうそこには、やつらはいないのか？」

「いない」

「もうすぐ、こっちの船《ふね》が着《つ》くからな。食料品《しょくりょうひん》を積《つ》みこんでくれよ」

「わかった。それはまかせてくれ。みんなはいつ来《く》る？」

「あすの東京発《とうきょうはつ》六時《じ》の『のぞみ』に乗《の》る。岡山着《おかやまちゃく》は九時《じ》九分《ふん》だ。十一時《じ》にはそこへ着《つ》けるだろう」

「待《ま》ってるぜ」

日比野《ひびの》はすっかり落《お》ちこんでいる。

「元気出《げんきだ》せ」

と言《い》って電話《でんわ》を切《き》ったとたん、

「まずいことになったな」

と、相原《あいはら》は頭《あたま》をかかえた。

「あいつたち、調子《ちょうし》にのりすぎだぜ。うまいことやったと思《おも》ったのは自分《じぶん》たちだけで、向《む》こうは知《し》ってたんじゃねえのか」

「そうかもしれねえ。うまくいきすぎてると思《おも》ったぜ。しかし、日比野《ひびの》がいてよかった」

「せっかく持《も》っていったスイカを、自分《じぶん》たちが食《く》わされたらどうなっちゃうんだ?」

英治《えいじ》は、腹《はら》をおさえている三人《にん》の姿《すがた》を想像《そうぞう》したとたん吹《ふ》きだしてしまった。

「笑《わら》いごとじゃないぞ」

「ほんとだ」

しかし、笑《わら》いは止《と》まらなかった。

4

優美《ゆみ》がぼろぼろになって、かつぎこまれてきた。

ベッドに寝《ね》かせると、八重子《やえこ》が血《ち》だらけの顔《かお》をタオルでふいた。

「ひどいことをしやがって」

優美《ゆみ》がかすかに唇《くちびる》を動《うご》かした。八重子《やえこ》が唇《くちびる》に耳《みみ》をあてた。

「なんにも言《い》わなかったって」

八重子《やえこ》が、みんなのほうを見《み》て言《い》った。

「優美《ゆみ》、よくやったよ」

あずさが額《ひたい》をなでると、優美《ゆみ》はかすかに微笑《ほほえ》んだ。

「もうすぐ、かたきは取《と》ってやるからね」

さやかが、あずさの耳《みみ》に口《くち》を寄《よ》せて、

「行《い》ってくる」

と言《い》った。あずさがうなずいた。

麻衣《まい》は、さやかのあとについて部屋《へや》を出《で》ると、

「わたしも一緒《いっしょ》に連《つ》れてって」

と言《い》った。

「しようがないねえ。途中《とちゅう》ヤバイところがあるから気《き》をつけるんだよ」

さやかは、周囲《しゅうい》を見《み》まわして女子棟《じょしとう》を出《で》た。

「走《はし》るよ」

森《もり》まで二十メートル。懸命《けんめい》に走《はし》った。転《ころ》げこむように森《もり》の中《なか》に入《はい》ると、さやかは大《おお》きく息《いき》をついた。

しばらく息《いき》を整《ととの》えていると、ドーベルマンがやってきた。

さやかが頭《あたま》をなでてやると、おとなしくしていたが、

「あっちへ行《い》きな」

と言《い》うと、もと来《き》たほうへ帰《かえ》っていってしまった。

外《そと》はかなりの暑《あつ》さだが、森《もり》の中《なか》は涼《すず》しい。

かなりの傾斜《けいしゃ》だから木《き》の枝《えだ》をつかみながら降《お》りないと、下《した》まで転《ころ》げ落《お》ちてしまいそうだ。

やっと森《もり》を抜《ぬ》けると、切《き》りたつような断崖《だんがい》の上《うえ》に出《で》た。

はるか下《した》に島《しま》へ入《はい》る水路《すいろ》が見《み》える。

「ここが洞《どう》くつの上《うえ》だよ。ここから降《お》りるんだけど、気《き》をつけなよ。落《お》ちたらおだぶつだからね」

さやかは、一歩一歩《いっぽいっぽ》降《お》りはじめた。麻衣《まい》は、さやかがやることをそっくりまねて、あとにつづいた。

岩《いわ》の割《わ》れ目《め》の、やっと体《からだ》が通《とお》るような狭《せま》い隙間《すきま》もある。

十分《ぶん》ほど下《くだ》って、やっと洞穴《ほらあな》が見《み》えた。

晴彦《はるひこ》が上《うえ》を見上《みあ》げている。

最初《さいしょ》にさやかが洞穴《ほらあな》に入《はい》り、つづいて麻衣《まい》が入《はい》った。

中《なか》は三人《にんはい》入るといっぱいの広《ひろ》さだった。

「ここで寝《ね》てたの？」

麻衣《まい》がきいた。

「そうだ」

洞穴《ほらあな》から身《み》を乗《の》りだすようにして下《した》を見《み》ると、水路《すいろ》が見《み》えた。

「ここからだと、水路《すいろ》を通《とお》る船《ふね》は丸見《まるみ》えだ」

「きょう、五人《にん》の助《すけ》っ人《と》を乗《の》せたボートが来《く》るはずよ」

さやかが言《い》った。

「いつでも来《こ》い。ここを通《とお》れるものなら通《とお》ってみろ」

晴彦《はるひこ》は目《め》の前《まえ》の岩《いわ》を指《ゆび》さした。

「この岩《いわ》は、麻衣《まい》が片手《かたて》で押《お》しても転《ころ》がり落《お》ちる」

麻衣《まい》は、こわごわと岩《いわ》に触《ふ》れてみた。直径《ちょっけい》は一メートルくらいある。

これがボートの真上《まうえ》に落《お》ちれば、ひとたまりもなく沈《しず》んでしまうに違《ちが》いない。

「元気《げんき》そうね」

さやかは、いかにも親《した》しそうにきく。

「ああ、食《く》うものを食《く》っていたからな。それはいいけど、退屈《たいくつ》で困《こま》ったぜ」

「もう少《すこ》しのしんぼう。すぐに派手《はで》な戦《たたか》いがはじまるから」

「助《たす》けは、予定《よてい》どおりに来《く》るのか？」

晴彦《はるひこ》は麻衣《まい》にきいた。

「もし予定《よてい》の変更《へんこう》があれば、花火《はなび》が上《あ》がるはず」

「希望岬《きぼうみさき》に来《こ》させない方法《ほうほう》はないかな？」

「家《いえ》に火《ひ》をつけるくらいしかないわ。それで異変《いへん》が起《お》きたとわかってくれればいいけど」

「確率《かくりつ》は五分五分《ごぶごぶ》だな」

晴彦《はるひこ》は、海《うみ》の彼方《かなた》に落《お》ちかける太陽《たいよう》に目《め》を向《む》けている。

「もし上陸《じょうりく》が失敗《しっぱい》したら？」

さやかは、赤《あか》く染《そ》まった晴彦《はるひこ》の横顔《よこがお》に目《め》を向《む》けた。

「おれたちでやるしかない」

「そうね」

「やるだけのことをやって、それでだめならしかたねえよ」

さやかは何《なに》も言《い》わない。

この二人《ふたり》は、そうなったら死《し》ぬつもりなのかもしれないと麻衣《まい》は思《おも》った。

「あの人《ひと》たちのことだから、みすみすやられるようなことは絶対《ぜったい》ないわ」

「信《しん》じてるんだな？」

晴彦《はるひこ》が言《い》った。

「そうよ。だって、いままで負《ま》けたことは一度《いちど》もないんだもの」

晴彦《はるひこ》は、麻衣《まい》の言《い》うことを聞《き》いていなかったみたいに、目《め》を細《ほそ》めて海《うみ》の彼方《かなた》を眺《なが》めている。

「やってくるなら、日没前《にちぼつまえ》のはずだ。暗《くら》くなったら、この水路《すいろ》を通《とお》りぬけるのは難《むずか》しいからな」

「もうやってきてもよさそうね」

さやかも、晴彦《はるひこ》と並《なら》んで水平線《すいへいせん》を見《み》つめた。

太陽《たいよう》が水平線《すいへいせん》にかかりはじめた。

「音《おと》がしないか?」

突然《とつぜん》、晴彦《はるひこ》が言《い》った。

麻衣《まい》には、水路《すいろ》に打《う》ちよせる波《なみ》の音《おと》しか聞《き》こえない。

「あ、聞《き》こえる」

さやかが言《い》った。

「島《しま》をまわりこんでやってくるんだ。二人《ふたり》とも中《なか》へ入《はい》ってろ」

晴彦《はるひこ》に言《い》われて、麻衣《まい》とさやかは洞穴《ほらあな》に入《はい》った。

黙《だま》って座《すわ》っていると、麻衣《まい》の耳《みみ》にも、はっきりとボートのエンジン音《おん》が聞《き》こえてきた。

「来《く》るぞ」

晴彦《はるひこ》が低《ひく》い声《こえ》で言《い》った。

時間《じかん》がゆっくり過《す》ぎていく。

エンジン音《おん》が変《か》わった。

「速度《そくど》を落《お》とした。これから水路《すいろ》に入《はい》ってくる」

エンジン音《おん》がしなくなった。

「そうだ。ゆっくりと来《こ》い……。いまだ」

晴彦《はるひこ》が岩《いわ》を押《お》した。岩《いわ》はゆっくりと動《うご》き、すぐに激《はげ》しい音《おと》を立《た》てて落下《らっか》していった。

「命中《めいちゅう》だ！」

麻衣《まい》とさやかは、身《み》を乗《の》りだして下《した》を見《み》おろした。

ボートが逆立《さかだ》ちしたようなかっこうで、沈《しず》みはじめるところだった。

「へさきにあたったんだ」

「この水路《すいろ》深《ぶか》いの？」

麻衣《まい》がきいた。

「せいぜい二メートルだからたいしたことない。しかし、これで中《なか》のボートも外《そと》へは出《で》られねえぞ」

沈《しず》みかけるボートから人間《にんげん》が這《は》いだしてきた。

「女《おんな》がいるぞ」

晴彦《はるひこ》に言《い》われてよく見《み》ると、ひとみだった。

「ひとみだわ」

「知《し》ってるのか？」

「わたしの仲間《なかま》よ」

つづいて、久美子《くみこ》と純子《じゅんこ》が出《で》てきた。

「久美子《くみこ》と純子《じゅんこ》もいる。どうして？」

麻衣《まい》は頭《あたま》が混乱《こんらん》した。

もう、みんな下津井《しもつい》までやってきたんだ。

しかし、なんだって三人《にん》の女子《じょし》だけがボートに乗《の》っているの？

「やっぱり五人《にん》だな」

晴彦《はるひこ》がつぶやいた。

みんな一列《れつ》になって泳《およ》ぎながら、洞《どう》くつの中《なか》に消《き》えていった。

「よかった。あの三人《にん》を危《あや》うく殺《ころ》すところだったぜ」

晴彦《はるひこ》が胸《むね》をなでた。

「あんた知《し》らなかったの？」

さやかがきいた。

「こんな打《う》ち合《あ》わせはしてなかったわ」

麻衣《まい》は首《くび》をふった。

「そうだよね。あとから五人《にん》の助《すけ》っ人《と》がやってくるなんて知《し》らないものね」

「前《まえ》もって島《しま》に潜入《せんにゅう》するにしては、敵《てき》と一緒《いっしょ》というのはおかしいな。それとも、連《つ》れてってとか言《い》って
ついてきたのか……」

晴彦《はるひこ》は腕組《うでぐ》みして考《かんが》えこんだ。

「港《みなと》でうろちょろしてて、捕《つか》まったのかもよ？」

さやかが呆《あき》れ顔《がお》で言《い》った。

「どうしてなのかはもうすぐわかるさ。おれはもう少《すこ》しここでがんばるから、おまえたちは帰《かえ》れよ」

「捕虜《ほりょ》になるなんて、どじ過《す》ぎるわ」

麻衣《まい》は、腹《はら》が立《た》つのを通《とお》りこして、おかしくなった。

5

七月《がつ》三十一日《にち》。

英治《えいじ》、相原《あいはら》、谷本《たにもと》、立石《たていし》、天野《あまの》、柿沼《かきぬま》、中尾《なかお》、佐竹《さたけ》、近藤《こんどう》の九人《にん》が、東京《とうきょう》六時《じ》発《はつ》の『のぞみ』一号《ごう》に乗《の》った。

「安永《やすなが》の姿《すがた》がないな。どうしたんだ?」

天野《あまの》が見《み》まわして言《い》った。

「安永《やすなが》は、仕事《しごと》をやって、二十二時《じ》発《はつ》の寝台特急《しんだいとっきゅう》『サンライズ瀬戸《せと》』でやってくる。岡山《おかやま》には、あしたの朝《あさ》六時《じ》二十七分《ふん》に着《つ》く」

相原《あいはら》が言《い》った。

「そうか、たいへんだなあ。あいつはえらいよ」

天野《あまの》は大《おお》きなあくびをした。

「みんなに紹介《しょうかい》する。ここにいるのがみんなに話《はな》した近藤《こんどう》、岩登《いわのぼ》りのプロだ」

相原《あいはら》が紹介《しょうかい》すると、近藤《こんどう》は、

「近藤《こんどう》です。よろしく」

と、頭《あたま》を下《さ》げた。

「あしたは、よろしくおねがいしまーす」

と、みんな口《くち》ぐちに言《い》いながら、それぞれ自己紹介《じこしょうかい》した。

「いい仲間《なかま》がいていいな」

近藤《こんどう》は、羨《うらやま》しそうに英治《えいじ》に話《はな》しかけた。

「〽つらいこともありました
　楽《たの》しいこともありました
　あっという間《ま》に三年《ねん》過《す》ぎて
　すてきな仲間《なかま》になりました　だよ」

天野《あまの》がやってきて言《い》った。

「おれも仲間《なかま》に入《い》れてくれるか？」

近藤《こんどう》がきいた。

「もちろんだよ。なあ、みんな」

「おう」

いっせいに歓声《かんせい》があがった。

「おれたちは、中尾《なかお》を除《のぞ》いてはそれほど勉強《べんきょう》はできねえ。しかし、ここにはプロが集《あつ》まっている。たとえば、立石《たていし》はプロの花火師《はなびし》だ」

「天野《あまの》、それはちょっとオーバーだぜ」

立石《たていし》が照《て》れて頭《あたま》をかいた。

「まあ、島《しま》に行《い》ったら見《み》てくれ。敵《てき》の度肝《どぎも》を抜《ぬ》くような仕掛《しか》け花火《はなび》をやるからな」

「そうか、おれ、花火大好《はなびだいす》きなんだ」

近藤《こんどう》が目《め》を輝《かがや》かせた。

「それから、こちらはハイテクの魔術師《まじゅつし》谷本《たにもと》」

谷本《たにもと》は、眼鏡《めがね》をずり上《あ》げるようにして、

「こんどは、島《しま》で新兵器《しんへいき》の実験《じっけん》をしてみようと思《おも》う。期待《きたい》してくれ」

「新兵器《しんへいき》ってなんだ？」

柿沼《かきぬま》がきいた。

「それは、見《み》てのお楽《たの》しみだ」

「けち」

「この柿沼《かきぬま》は将来医者《しょうらいいしゃ》になる……と言《い》っているが、なれるかなれないかは、だれにもわからない」

「おれは必《かなら》ずなる。なると決《き》めたんだ」

柿沼《かきぬま》はきっぱりと言《い》った。

「ではここで、みなさんのご意見《いけん》をおうかがいします。柿沼《かきぬま》が医者《いしゃ》になれると思《おも》う方《かた》は、手《て》をあげてください。とても無理《むり》だと思《おも》う方《かた》は、舌《した》を出《だ》してください。どうぞ」

手《て》をあげたのは中尾《なかお》だけだった。

「みなさん舌《した》を出《だ》しました。柿沼先生《かきぬませんせい》、ついでですから、みなさんの健康《けんこう》チェックをしてください」

「いまの柿沼《かきぬま》はむかしの柿沼《かきぬま》ではない。しかし、舌《した》を出《だ》した連中《れんちゅう》はむかしのままだと思《おも》っている。この舌《した》はそういう頭《あたま》の固《かた》さの、つまり、すでに老化《ろうか》してしまっている色《いろ》だ」

「さすがに柿沼先生《かきぬませんせい》はいいことをおっしゃいます。ではみなさん、舌《した》をしまいましょう」

「うまいなあ」

近藤《こんどう》が感心《かんしん》した。

「よく言《い》ってくれました。近藤《こんどう》くん。わたしのおしゃべりは、もうプロに認《みと》められているのです」

「ほんとうか？」

「わたしはうそは申《もう》しません。もうあと数年《すうねん》したら、テレビでお目《め》にかかりましょう」

近藤《こんどう》が拍手《はくしゅ》した。

「ありがとう。きみがいたんで、久《ひさ》しぶりにのることができたぜ」

天野《あまの》は上機嫌《じょうきげん》である。

「菊地《きくち》はなんのプロなんだ？」

「菊地《きくち》は、大人《おとな》をやっつけるいたずらのアイディアを考《かんが》えだすプロだ」

「へえ、そうか」

近藤《こんどう》に見《み》つめられて、英治《えいじ》はすっかり照《て》れてしまった。

「それほどでもないさ」

「相原《あいはら》は？」

「相原《あいはら》はおれたちのリーダーであり、ディレクターであり、プロデューサーであり、コーディネーターだ」

「そう言《い》えば、えらそうに聞《き》こえるけど、要《よう》するに世話役《せわやく》ってことさ」

相原《あいはら》は、英治《えいじ》のように、照《て》れたり、慌《あわ》てたりする様子《ようす》もなく、憎《にく》いほど落《お》ち着《つ》いている。

「あいつら、どうなったかなあ」

ふいに柿沼《かきぬま》が言《い》いだすと、一瞬《いっしゅん》しんとなったが、

「いまごろ、自分《じぶん》たちの持《も》ってったスイカ食《く》わされて、ピーピーやってるよ」

天野《あまの》が言《い》うと柿沼《かきぬま》が、

「あの薬《くすり》は特別強力《とくべつきょうりょく》だからな。あれを飲《の》んだら、手《て》がつけられなくなるぜ」

柿沼《かきぬま》は深刻《しんこく》な表情《ひょうじょう》になった。

「かわいそう」

立石《たていし》が言《い》ったとたん爆笑《ばくしょう》となった。

「あの連中《れんちゅう》を下津井《しもつい》に行《い》かせたのは失敗《しっぱい》だった。麻衣《まい》といい、あの三人《にん》といい、おれはどじばかりした」

相原《あいはら》は肩《かた》を落《お》とした。

「落《お》ちこむなって。おれたちでなんとかするから」

「天野《あまの》みたいに楽天家《らくてんか》になりたいよ」

「絶対成功《ぜったいせいこう》するって思《おも》わなきゃ、おっかなくて行《い》けねえぜ」

「それはそうだ。天野《あまの》の言《い》うとおりだ。それでなくてもおれは、殺《ころ》し屋《や》のことを考《かんが》えると、なんとかが縮《ちぢ》みあがってんだ」

「佐竹《さたけ》は、女《おんな》がいるときは、かっこうつけてるくせに、いねえとすぐこうだからな」

立石《たていし》が言《い》ったとたん、また笑《わら》いになった。

いつもと同《おな》じように、みんなよく笑《わら》うが、なんとなくうつろに感《かん》じるのは、これからはじまるデスマッチのせいだ。

みんな、口《くち》では明《あか》るいことを言《い》っているが、内心《ないしん》は佐竹《さたけ》と同《おな》じ心境《しんきょう》なのだ。

もちろん、英治《えいじ》もそうである。

こんなとき、一人《ひとり》だったらとても耐《た》えられない。どこかに逃《に》げだしたくなるに違《ちが》いない。

九人《にん》で、わあわあやっているので、なんとか不安《ふあん》をごまかすことができるのだ。

下津井《しもつい》に着《つ》くと日比野《ひびの》が迎《むか》えに出《で》ていた。

「おれがついていたのに、あんなことになってすまん」

日比野《ひびの》は、みんなの顔《かお》を見《み》ると、体《からだ》を小《ち》さくして頭《あたま》を下《さ》げた。

「日比野《ひびの》の責任《せきにん》じゃねえ、あいつらがどじだったんだ。心配《しんぱい》すんなよ」

立石《たていし》が、日比野《ひびの》の肩《かた》をたたいた。

「そう言《い》ってくれるとありがたい」

日比野《ひびの》は、いつもの日比野《ひびの》ではない。しょんぼりしている。

「それより腹《はら》が減《へ》った。何食《なにく》わしてくれるんだ？」

「カレーライスだ」

「カレーライス？　おまえ、カレーライスなんて料理《りょうり》じゃねえって言《い》ったじゃんか？」

柿沼《かきぬま》がふくれた。

「たしかにそう言《い》った。しかし、あの三人《にん》がみんなに食《く》わせるって、強引《ごういん》に作《つく》っちまったんだ。捨《す》てるのももったいねえから、がまんして食《く》ってくれよ。そのかわり、晩《ばん》めしは、おれが腕《うで》によりをかけるからさ」

「いいよ、いいよ。腹《はら》さえふくれりゃなんでもいい」

英治《えいじ》は、さっきから腹《はら》が鳴《な》ってたまらない。

腹《はら》が空《す》いていたせいか、カレーライスが意外《いがい》にうまかった。

「これはいけるぜ」

グルメの柿沼《かきぬま》が言《い》ったとたん、みんな口《くち》ぐちにうまいと言《い》った。

「そうか、それを聞《き》いたら三人《にん》が喜《よろこ》ぶぜ」

日比野《ひびの》は、三人《にん》と言《い》ったとたん、またしょんぼりして、

「あいつら、殺《ころ》されやしねえよな？」

と、相原《あいはら》の顔《かお》を見《み》た。

「だいじょうぶ。それはおれが保証《ほしょう》する」

矢場《やば》が入《はい》ってきて、

「みんなおそろいだな。うまそうじゃないか。おれにも食《く》わせろよ」

と言《い》った。

「船《ふね》は？」

相原《あいはら》がきいた。

「港《みなと》へ行《い》ってみろ。ちゃんと着《つ》いてる」

「見《み》たら、おどろくような船《ふね》だぜ」

日比野《ひびの》が言《い》うと、天野《あまの》が、

「そんなにおんぼろか？」

と言《い》った。

「その反対《はんたい》だ」

「どうして、そんな船《ふね》が借《か》りられたんだ？」

英治《えいじ》がきいた。

「それは、おれのカオさ」

矢場《やば》は、顔《かお》を突《つ》きだした。

夢中《むちゅう》で、カレーライスをかきこんでいると、いつの間《ま》にか腹《はら》がふくれてきた。

そうなると、急《きゅう》に元気《げんき》が出《で》てきた。

「やるぞぉ！」

英治《えいじ》は思《おも》わず大《おお》きい声《こえ》が出《で》た。

「おう」

みんなが拳《こぶし》を突《つ》きあげた。

6

麻衣《まい》とさやかが女子棟《じょしとう》にもどると、あずさが待《ま》っていて、

「どうだった？」

と、麻衣《まい》にきいた。

「やってきたのは、やっぱり五人《にん》だった」

「わたしがきいたとおりね」

「晴彦《はるひこ》、ボートを沈《しず》めたよ」

さやかが言《い》った。

「やったじゃん。それじゃ、もう水路《すいろ》は使《つか》いものにならないね？」

「しばらくはね」

「しばらくでもいいよ。ボートが使《つか》えないだけでも有利《ゆうり》だよ」

「それはいいんだけど、仲間《なかま》が三人捕虜《にんほりょ》になってるの」

「捕虜《ほりょ》？」

あずさの目《め》が揺《ゆ》れた。

「ひとみと純子《じゅんこ》と久美子《くみこ》の三人《にん》」

「なんだ、女《おんな》ばっかりじゃん。助《たす》けに来《き》てくれるのは女子《じょし》だったの？」

「違《ちが》う。女子《じょし》は来《こ》ないはずだったんだ」

「じゃあ、どうして？」

あずさの強《つよ》い視線《しせん》に、麻衣《まい》はたじろいだ。

「わからないよ」

「きっと、下津井《しもつい》まで来《き》たんだよ。そこでうろうろしてて、やつらに捕《つか》まったんじゃないのかな？」

さやかが言《い》った。

「それはおかしいよ。女《おんな》の子《こ》が三人《にん》いるだけで、麻衣《まい》の仲間《なかま》だってわかるわけないだろう？」

「そう言《い》えば、そうだね。どうしてだろう？」

麻衣《まい》にも、そこのところがどうしてもわからない。

「もしかしたら、島《しま》に潜入《せんにゅう》するつもりでボートに乗《の》ったってこと考《かんが》えられない？」

あずさが麻衣《まい》の顔《かお》を見《み》た。

「そうねえ。あの人《ひと》たち度胸《どきょう》あるから、それくらいのことやるかもしれない」

「ばかだねえ。そんなの度胸《どきょう》って言《い》えないよ。やつらの怖《こわ》いことぜんぜんわかっちゃいないんだ」

さやかが苛立《いらだ》たしそうに拳《こぶし》をふった。

「あいつらが、怖《こわ》い連中《れんちゅう》だってことはよく話《はな》したんだけど……」

「話《はな》したくらいじゃわからないよ」

「どうしたらいい？」

麻《ま》衣《い》は、さやかにきいた。

「もうすぐ麻《ま》衣《い》を呼《よ》びに来《き》て、三人《にん》と面合《めんあ》わせさせられるよ。そうしたら、絶対知《ぜったいし》らないで押《お》しとおすんだよ」

「わかってるわ」

麻《ま》衣《い》はうなずいた。

「知《し》らないって言《い》ったら、麻《ま》衣《い》にヤキ入《い》れをやらせるかもしれないよ」

あずさが言《い》った。

「ヤキ入《い》れ？」

「麻《ま》衣《い》の知《し》らない連中《れんちゅう》なんだから、ヤキ入《い》れくらいできるはずだって言《い》うに決《き》まってる」

「だって、向《む》こうが勝手《かって》に連《つ》れてきたんでしょう？」

「そんなの関係《かんけい》ない。それが島《しま》の掟《おきて》だって言《い》われれば、麻《ま》衣《い》はやらないわけにはいかないよ。もし、いやだって言《い》えば、仲間《なかま》だってことはばれちゃう」

「ヤキ入《い》れって、どんなことするの？」

「最初《さいしょ》は、手《て》の甲《こう》にたばこの火《ひ》を押《お》しつけるくらいじゃないかな」

「ここに、たばこの火《ひ》を？」

麻衣《まい》は、手《て》の甲《こう》を指《ゆび》さした。

「わたしなんか、何度《なんど》もやられたけど、これは効《き》くよ」

あずさは平気《へいき》な顔《かお》で言《い》うが、麻衣《まい》は、思《おも》わず頭《あたま》がくらくらっとした。

「それをわたしがやるの？」

「仕方《しかた》ない。やるしかないよ」

「友《とも》だちにそんなことできないよ」

「できないじゃすまないよ。三人《にん》のためにやるんだ」

さやかが、きびしい顔《かお》で言《い》った。

「仲間《なかま》だとわかったら、三人《にん》とも希望岬《きぼうみさき》に吊《つる》されるかもしれないよ」

「やめて」

麻衣《まい》は、あずさの口《くち》を手《て》で押《お》さえた。

崖《がけ》から三人《にん》がロープで吊《つる》されている姿《すがた》が、目《め》の前《まえ》にちらついた。

「そっちもそうだけど、晴彦《はるひこ》の隠《かく》れ家《が》もヤバくなったね？」

「晴彦《はるひこ》は、もう出《で》て、第二《だい》の隠《かく》れ家《が》に行《い》ってるはずよ」

「そうか、それなら安心《あんしん》した」

あずさの表情《ひょうじょう》がやわらいだ。麻衣《まい》には、さやかとあずさの会話《かいわ》の内容《ないよう》がわからない。

「第《だい》二の隠《かく》れ家《が》ってどこ？」

「木《き》の上《うえ》だよ」

「捜《さが》したら見《み》つからない？」

「下《した》からは絶対《ぜったい》見《み》えないところがあるのよ。もし見《み》つけようとしたら、島《しま》の木《き》を一本一本《いっぽんいっぽん》登《のぼ》ってみなけりゃわかんないよ」

さやかは自信《じしん》たっぷりに言《い》う。

「それなら安心《あんしん》ね」

麻衣《まい》が言《い》ったとき、入《い》り口《ぐち》に飛島《とびしま》があらわれた。

「三矢麻衣《みつやまい》、来《こ》い」

「いよいよ来《き》たよ」

さやかが耳《みみ》もとでささやいた。

麻衣《まい》は入《い》り口《ぐち》に向《む》かった。

「しっかりするんだよ」

あずさの声《こえ》がうしろからした。

「何《なん》の用《よう》ですか？」

麻衣《まい》は開《ひら》き直《なお》ってきいた。

「待《ま》ちに待《ま》っとった、おまえの仲間《なかま》が迎《むか》えに来《き》たんや。よろこべ」

飛島《とびしま》は、みんなの顔《かお》を眺《なが》めまわした。

「ふん」

麻衣《まい》はそっぽを向《む》いた。

「なんだ、うれしくないんか？」

「わたしを迎《むか》えに来《く》る仲間《なかま》なんて、いないからさ」

「ところが来《き》たんや。事務室《じむしつ》で待《ま》っとるさかい、来《く》るんや」

「じゃあ、行《い》ってくるよ」

麻衣《まい》は、激《はげ》しい動悸《どうき》を抑《おさ》えて言《い》うと、部屋《へや》のみんなに手《て》をふって外《そと》へ出《で》た。

外《そと》は日《ひ》が沈《しず》んで薄暗《うすぐら》くなっている。女子棟《じょしとう》から事務室《じむしつ》までは三十メートルほどの距離《きょり》がある。

「やってきたのは女《おんな》や。知《し》っとるやろ？」

「知《し》りません」

「知《し》らんで通《とお》る思《おも》うたら、がんばってみるんやな」

飛島《とびしま》は唇《くちびる》のはしに冷笑《れいしょう》を浮《う》かべた。

「がんばるもがんばらないも、知《し》らないものは知《し》りません」

麻衣《まい》が事務室《じむしつ》に入《はい》ると、久美子《くみこ》、ひとみ、純子《じゅんこ》の三人《にん》が、しょんぼりとベンチに腰《こし》かけていた。

「仲間《なかま》がやってきよった。あいさつせんかい」

ボスが麻衣《まい》に言《い》った。

「知《し》りません」

麻衣《まい》は首《くび》をふった。

「そうか、おまえたちはどうや。この子《こ》を知《し》っとるやろ？」

ボスは久美子《くみこ》に言《い》った。

「さっきから言《い》ってるでしょう。わたしたちは名古屋《なごや》の女子高生《じょしこうせい》で、ただ遊《あそ》びに来《き》ただけだって。どうしてこんなことするんですか？　こんなことしたら誘拐《ゆうかい》ですよ」

「誘拐《ゆうかい》やて」

ボスは、いかにもおもしろそうに笑《わら》った。

「何《なに》がおかしいんですか？　わたしたちがいなくなれば、警察《けいさつ》だって捜《さが》しに来《き》ますよ」

「元気《げんき》のええ子《こ》やなあ。警察《けいさつ》がやってきてもかまへん」

「どうしてですか？」

「あんたらは見《み》つからんからや」

「え？」

三人《にん》がボスの顔《かお》を見《み》つめた。

「警察《けいさつ》が来《き》たときは海《うみ》の底《そこ》や、魚《さかな》に食《く》われてしまって、なんにも残《のこ》っとらん」

「そんな……。ひどい」

ひとみが悲鳴《ひめい》をあげた。

「ひどいと思《おも》うたら、ほんまのことを白状《はくじょう》するんや。ほんまは、この麻衣《まい》の仲間《なかま》やろ？」

ボスは、妙《みょう》に優《やさ》しい声《こえ》になった。

「仲間《なかま》ではありません。こんな子《こ》、見《み》たこともありません」

「そうか、ほんまに仲間《なかま》やないんやな？」

「はい」

三人《にん》が口《くち》をそろえて言《い》った。

「わかった。では、この島《しま》の掟《おきて》を三人《にん》にもやってもらう」

「掟《おきて》ってなんですか？」

純子《じゅんこ》がきいた。

「島《しま》にやってきた者《もの》への儀式《ぎしき》みたいなもんや」

「何《なに》をするんですか？」

「手《て》の甲《こう》に、たばこの火《ひ》を押《お》しつけるんや」

「ええっ、そんなのいやです」

ひとみが、大《おお》きく首《くび》をふった。

「いやでは通《とお》らん。みんなやるんや」

「それがいやなら、おでこに十字《じゅうじ》の入《い》れ墨《ずみ》をしてやる。どちらでも好《す》きなほうを選《えら》んでいいで」

「どっちもいやです」

三人《にん》が首《くび》をふった。

「もう、ごたくを聞《き》くのはたくさんや。はよ、やろ」

マザーが冷《つめ》たい声《こえ》で言《い》った。

「なんにも知《し》らない三人《にん》に、そんなことするのはかわいそうです。わたしにやってください」

麻衣《まい》が言《い》った。

「感心《かんしん》なこと言《い》う子《こ》や。ほなら麻衣《まい》にやるさかい。みんなよく見《み》るんや」

ボスが言《い》うと、マザーが、

「手《て》の甲《こう》を出《だ》しや」

と言《い》った。麻衣《まい》は甲《こう》を上《うえ》にして手《て》を突《つ》きだした。

ボスがたばこに火《ひ》をつけ、それを深《ふか》く吸《す》って、マザーにわたした。マザーは麻衣《まい》の指《ゆび》をにぎって、たばこの火《ひ》を手《て》の甲《こう》に押《お》しつけた。

気《き》の遠《とお》くなるような熱《あつ》さに、麻《ま》衣《い》は思《おも》わず悲《ひ》鳴《めい》をあげた。

「やめて！」

久《く》美《み》子《こ》が、いきなりマザーの持《も》っているたばこを手《て》ではらった。

「やっぱり仲《なか》間《ま》なんやな」

ボスはうなずくと、

「トンビ、四人《にん》とも牢《ろう》屋《や》に入《い》れておけ」

と言《い》った。飛《とび》島《しま》は、指《ゆび》を曲《ま》げて、来《こ》いという合《あい》図《ず》をした。

三人《にん》とも不《ふ》安《あん》そうな表《ひょう》情《じょう》をしている。

事《じ》務《む》室《しつ》から外《そと》に出《で》たとき、麻《ま》衣《い》は久《く》美《み》子《こ》と目《め》が合《あ》った。

久《く》美《み》子《こ》は、どじしちゃったという目《め》をしている。

麻《ま》衣《い》は、へっちゃらというつもりで、片《かた》目《め》をつぶって見《み》せた。

五章《しょう》　エリチョフ型《がた》コレラ

1

安永《やすなが》が米軍《べいぐん》の迷彩服《めいさいふく》を着《き》て、やはり米軍《べいぐん》の大《おお》きいバッグを肩《かた》にかけてやってきた。

「すっげえや」

安永《やすなが》を見《み》るなり、日比野《ひびの》が奇声《きせい》を発《はっ》した。

「まるで戦争《せんそう》に行《い》くみてえじゃん」

「これが戦争《せんそう》でなきゃなんだよ？」

安永《やすなが》は、バッグのジッパーをあけると、中《なか》から迷彩《めいさい》をほどこした鉄《てっ》かぶとと防弾《ぼうだん》チョッキを取《と》りだした。

「防弾《ぼうだん》チョッキか？」

英治《えいじ》がおどろいてきいた。

「そうさ。向《む》こうは銃《じゅう》を持《も》ってるんだろう？　これくらい用意《ようい》するのが常識《じょうしき》じゃねえのか？」

逆《ぎゃく》にきかれて、英治《えいじ》は言葉《ことば》につまった。

「おれが持《も》ってるのはヘルメットだけだ」

天野《あまの》が心細《こころぼそ》い声《こえ》を出《だ》した。

「プラスチックのやつか？」

「うん」

「そんなものはぜんぜん役《やく》に立《た》たねえ。弾丸《だんがん》が当《あ》たればイチコロだ」

「ほんとか？」

みんな急《きゅう》に暗《くら》いムードになった。

「まあ、こんなことしたって気休《きやす》めだ。かっこうつけただけさ」

安永《やすなが》にそう言《い》われて、英治《えいじ》もなんとなくほっとしたが、危険《きけん》であることに変《か》わりはない。

そのことに気《き》づかなかったのは、うかつだったと思《おも》った。

「女子《じょし》の姿《すがた》が見《み》えねえな」

安永《やすなが》は、見《み》まわして言《い》った。

「三人《にん》とも、敵《てき》に捕《つか》まって島《しま》に連《つ》れていかれちゃったんだ」

「それ、どういうことだ？」

安永《やすなが》が日比野《ひびの》の顔《かお》をにらみつけた。

「そんなにおっかない顔《かお》するなよ。話《はな》しにくくなるじゃんか」

日比野《ひびの》は、三人《にん》が連《つ》れていかれたいきさつを安永《やすなが》に説明《せつめい》した。

「あいつら、えらそうなこと言《い》うくせにどじなんだ」

安永《やすなが》は、怒《いか》りの持《も》っていき場《ば》のない顔《かお》をしている。

「向《む》こうで麻衣《まい》と顔《かお》を合《あ》わせたとき、仲間《なかま》だとばれなきゃいいんだけどな」

英治《えいじ》が気休《きやす》めに言《い》った。

「どんな間抜《まぬ》けでも、それくらいはわかるさ。いまごろしめあげられてるぜ。結局足手《けっきょくあしで》まといになるだけなんだから、来《こ》なきゃよかったんだ」

安永《やすなが》の怒《いか》りはおさまりそうもない。

「マイナスばかりじゃない。彼女《かのじょ》たちは、助《すけ》っ人《と》が五人《にん》やってきたことを報告《ほうこく》してくれた。ついでに、その五人《にん》をやっつけようと思《おも》ったのが勇《いさ》み足《あし》だったんだ」

相原《あいはら》がとりなすように言《い》った。

「やっちまったことはしようがねえ。それでどうする？」

「最初《さいしょ》の計画《けいかく》どおり、こんや十二時《じ》に島《しま》に上陸《じょうりく》する」

相原《あいはら》が言《い》った。

「上陸地点《じょうりくちてん》はどこだ？」

「ここだ」

英治《えいじ》は、地図《ちず》を開《ひら》いて、B《ビー》ポイントを指《ゆび》さした。

「下《した》は岩場《いわば》で、八メートルの断崖《だんがい》か。どうやって登《のぼ》るんだ？」

「安永《やすなが》、おれの学校《がっこう》の近藤《こんどう》だ。彼《かれ》は岩登《いわのぼ》りのプロだから、彼《かれ》にやってもらう」

相原《あいはら》は、近藤《こんどう》を安永《やすなが》に紹介《しょうかい》した。

「そうか。そういう隠《かく》し球《だま》があったのか？」

安永《やすなが》と近藤《こんどう》は自己紹介《じこしょうかい》しあった。

「最初《さいしょ》はA《エー》ポイントに近《ちか》づいて、麻衣《まい》とトランシーバーで連絡《れんらく》し合《あ》うつもりだったんだが、いまとなっては、それは無理《むり》だと思《おも》うんだ」

「向《む》こうは、そこからおれたちが上陸《じょうりく》すると待《ま》ちかまえているかもしれねえぞ」

「安永《やすなが》の言《い》うとおりだ。もし待《ま》ちかまえているとすれば、陽動作戦《ようどうさくせん》でA《エー》ポイントから上陸《じょうりく》すると見《み》せかける必要《ひつよう》がある」

矢場《やば》が言《い》った。

「あ、矢場《やば》さん。しばらくです」

安永《やすなが》は、矢場《やば》がそこにいるのに気《き》づかなかったらしく、慌《あわ》てて頭《あたま》を下《さ》げた。

「ちょっと見《み》ない間《あいだ》に、たくましくなったな」

「たくましくなったのは体《からだ》のほうばかりで……」

安永《やすなが》は頭《あたま》をかいた。

「いや、頭《あたま》もなかなかのものだ」

「A《エー》ポイントに敵《てき》の主力《しゅりょく》を引《ひ》きつけておいて、B《ビー》ポイントから上陸《じょうりく》するというのはいい案《あん》だ。さすがに矢場《やば》さんは、おれとは頭《あたま》のできが違《ちが》う」

「安永《やすなが》、つまらないことでほめるな」

矢場《やば》はしかし、まんざらでもない顔《かお》をして、

「A《エー》ポイントにはだれが行《い》く？」

と言《い》った。

「おれが行《い》く」

「いや、安永《やすなが》はB《ビー》ポイントだ。A《エー》ポイントはかっこうつけるだけだから、天野《あまの》と立石《たていし》がいいだろう」

「え？」

天野《あまの》と立石《たていし》は顔《かお》を見合《みあ》わせた。

「まず、予定《よてい》の十二時《じ》より前《まえ》にA《エー》ポイントの近《ちか》くまで行《い》って、トランシーバーで連絡《れんらく》するんだ」

「きょうのお天気《てんき》は？　ってやるのか？」

天野《あまの》が言《い》った。

「そうだ。するとだれが応答《おうとう》するか……？」

「麻衣《まい》だったら？」

「きっと、晴《は》れと言《い》うと思《おも》う」

「どうしてわかる？」

天野《あまの》は、矢場《やば》の顔《かお》を見《み》た。

「そう言《い》わなければ、三人《にん》を殺《ころ》すと言《い》われれば言《い》うさ」

「そうだな。うん」

天野《あまの》はうなずいた。

「そのあときみは、口《くち》から出《で》まかせをしゃべればいい」

「口《くち》から出《で》まかせって言《い》われたって、わかんねえよ」

「要《よう》するに、これから凄《すご》い救出作戦《きゅうしゅつさくせん》が行《おこな》われるとはったりをかますんだ」

「それなら、まかしといてくれ」

天野《あまの》は胸《むね》をたたいた。

「おれは何《なに》をするんだ？」

立石《たていし》が言《い》った。

「A《エー》ポイントの岩場《いわば》に花火《はなび》を仕掛《しか》けて、それをいっせいにあげるんだ」

「それは効果《こうか》ありそうだぜ」

相原《あいはら》が言《い》うと立石《たていし》は、

「まかしといてくれ」

と落《お》ち着《つ》いた声《こえ》で言《い》った。それがいかにも頼《たの》もしく聞《き》こえて、英治《えいじ》はすっかり安心《あんしん》した。

「近《ちか》づいたら、敵《てき》はボートを撃《う》ってくるぜ」

柿沼《かきぬま》が言《い》った。

「もちろん撃《う》ってくる。撃《う》たれて沈《しず》められてもいいように、廃船《はいせん》の釣《つ》り用《よう》ボートを手《て》に入《い》れたんだ」

矢場《やば》が言《い》った。

「へえ、やるもんだね。いくらだった？」

「たださ。港《みなと》はどこも捨《す》てられたボートの処理《しょり》に困《こま》っているんだ」

「ただは気《き》に入《い》ったぜ」

「こいつにエンジンだけつけて、無人《むじん》のままA《エー》ポイントに突《つ》っこませるんだ」

「すると、おれはどこでしゃべるんだ？」

天野《あまの》がきいた。

「きょう相原《あいはら》や菊地《きくち》と島《しま》のまわりを調《しら》べたんだが、A《エー》ポイントから少《すこ》しまわりこんだ岩場《いわば》に上《あ》がってやってくれ。ここなら上《うえ》からは見《み》えない」

矢場《やば》が言《い》った。

「こんや九時に下津井港《しもついこう》を出港《しゅっこう》して、十時半《じはん》に母船《ぼせん》は島《しま》の沖合《おきあい》に到着《とうちゃく》する。そこで曳《ひ》いてきたボートに、近藤《こんどう》、安永《やすなが》、それに天野《あまの》、立石《たていし》が乗《の》り、島《しま》に向《む》かう」

相原《あいはら》の声《こえ》もいつになく緊張《きんちょう》している。それがみんなにつたわるのか、どの顔《かお》もきびしくなった。

「ボートはA《エー》ポイントの岩《いわ》かげに天野《あまの》と立石《たていし》をおろし、そのあとB《ビー》ポイントに近藤《こんどう》と安永《やすなが》をおろして、すぐ母船《ぼせん》にもどる」

「私《わたし》を忘《わす》れていやしないでしょうね？」

為朝《ためとも》が相原《あいはら》に言《い》った。

「忘《わす》れてませんよ。為朝《ためとも》さんはわれわれの目《め》なんだから、目《め》が見《み》えなくちゃ戦《たたか》いにならないですよ」

「そう言《い》ってもらわなくちゃ」

為朝《ためとも》が満足《まんぞく》そうにうなずいた。

「第二陣《だいじん》は、おれと菊地《きくち》、佐竹《さたけ》、それと為朝《ためとも》さん」

「おれは連《つ》れてってくれねえのかよ」

日比野《ひびの》がふくれた。

「ボートは四人《にん》しか乗《の》れねえんだ。それに日比野《ひびの》は重《おも》いから上《うえ》に上《あ》げるのは無理《むり》だ。崖《がけ》の下《した》で補給《ほきゅう》を手《て》つだってくれ」

「重《おも》いと言《い》われりゃ仕方《しかた》ねえ。島《しま》までは行《い》けるんだな？」

「第《だい》三陣《じん》だ。矢場《やば》さんと一緒《いっしょ》に行《い》くことになってる」

「それで安心《あんしん》した。矢場《やば》さん、よろしくおねがいします」

日比野《ひびの》は矢場《やば》に頭《あたま》を下《さ》げた。

「こちらこそよろしく。きみは泳《およ》げるのか？」

「走《はし》るのは不得意《ふとくい》だけど、水《みず》の中《なか》なら、いるかみたいなもんさ」

「そいつは助《たす》かった。おれはぜんぜん泳《およ》げないから、ボートが沈《しず》んだら頼《たの》むぞ」

「日比野《ひびの》は浮《う》き袋《ぶくろ》みたいなもんだから、二、三人《にん》つかまったって、だいじょうぶだ」

柿沼《かきぬま》のひと言《こと》で、それまで張《は》りつめていた空気《くうき》がやわらいだ。

「こんやはおそらく徹夜《てつや》になるから、それまでゆっくり休《やす》もうぜ」

相原《あいはら》がリラックスして言《い》った。

「おれは遺書《いしょ》でも書《か》いておくかな」

日比野《ひびの》が言《い》うと、柿沼《かきぬま》がすかさず、

「肉《にく》はみんなで召《め》し上《あ》がってくださいというのはどうだ」

と言《い》ったので爆笑《ばくしょう》になった。

2

麻衣《まい》と久美子《くみこ》、ひとみ、純子《じゅんこ》の四人《にん》が放《ほう》りこまれた牢屋《ろうや》は、一辺《いっぺん》が二メートルほどの四角《しかく》い箱《はこ》のような小屋《こや》である。

床《ゆか》は土《つち》で、まわりは木《き》の板《いた》、天井《てんじょう》は鉄板《てっぱん》である。そこで一夜《いちや》があけた。

朝《あさ》になり、天井《てんじょう》に直射日光《ちょくしゃにっこう》があたると、中《なか》はまるでサウナに入《はい》っているみたいで、息《いき》をするのも苦《くる》しい。

「反抗《はんこう》するとここに入《い》れられるんだけど、一日《にち》でたいていはぶっ倒《たお》れるわ」

麻衣《まい》は、ここに入《い》れられたときの様子《ようす》を三人《にん》に話《はな》した。

「それは一人《ひとり》でしょう?」

久美子《くみこ》がきいた。板《いた》の隙間《すきま》からかすかに外《そと》の光《ひかり》が入《はい》ってくるだけなので、おたがいの表情《ひょうじょう》もぼんやりとしかわからない。

「四人《にん》だから、夕方《ゆうがた》まではぶっ倒《たお》れるかもしれない」

「わたしはもうだめ」

ひとみが、死《し》にそうな金魚《きんぎょ》みたいに口《くち》をぱくぱくさせた。

「まだお昼前《ひるまえ》よ。これからもっと暑《あつ》くなるから、がんばらなくちゃ」

「水《みず》がほしい」

純子《じゅんこ》が声《こえ》をあえがせた。

「水《みず》は夜《よる》までくれないよ」

「ええっ!?」

「こうなったら、どうしようもないんだから、がたがた言《い》わずに座《すわ》ってな」

久美子《くみこ》が、三人《にん》の中《なか》ではいちばんしっかりしていると麻衣《まい》は思《おも》った。

「こんなところに閉《と》じこめられたんじゃ、みんなが来《き》ても何《なに》もできないよ」

純子《じゅんこ》は泣《な》き声《ごえ》になった。

「あした来《く》るの？」

「来《く》るさ。もちろん」

「わたしトランシーバー取《と》られちゃったから、連絡《れんらく》のしようがないよ。それに、あの場所《ばしょ》は危険《きけん》だわ」

「だいじょうぶ。A《エー》ポイントからは上陸《じょうりく》しないよ」

「ほんと？」

久美子《くみこ》が言《い》った。

「きっとそんなところだろうと思《おも》って、上陸地点《じょうりくちてん》を変更《へんこう》したのよ」

「さすがね。よかった」

麻衣《まい》は、それまでずっとのしかかっていたものが、すっと消《き》える思《おも》いだった。

八月一日《がつついたち》になると、四人《にん》とも精神《せいしん》が朦朧《もうろう》としてきた。きょうの夜《よる》みんなが来《く》るのだと思《おも》おうとしても思考《しこう》が定《さだ》まらない。

「あのスイカが食《た》べたいよ」

純子《じゅんこ》がうわごとのようにつぶやいている。

「ばか、あれを食《た》べたら腹下《はらくだ》りじゃないか」

「何《なに》？　腹下《はらくだ》りって？」

麻衣《まい》は久美子《くみこ》にきいた。

「五人《にん》の助《すけ》っ人《と》たちに、下剤《げざい》入《い》りのスイカを食《た》べさせようと思《おも》って持《も》ってきたのよ。そうしたら、マザーに食《た》べさせるんだとか言《い》って食《た》べないの。マザーってだれ？」

「マザーって、ここのボスのおふくろ。さっき見《み》たばあさんよ」

「なんだ、マザーっていうから校長先生《こうちょうせんせい》かと思《おも》った」

「あのばあさんは人間《にんげん》じゃない。妖怪《ようかい》だからね。何《なに》するかわからないわよ、覚悟《かくご》しといたほうがいいわ」

「何《なに》するって、何《なに》？」

純子《じゅんこ》の声《こえ》が急《きゅう》に小《ちい》さくなった。

「なぐる、ける、火責《ひぜ》め、水攻《みずぜ》め……。ふつうの人《ひと》では考《かんが》えられないことをおもしろがってやるのよ」

「おそろしい人《ひと》ね」

「そうね。ただしスイカには目《め》がないの」

「そうか、だから、沈《しず》んだボートからスイカを持《も》っていったんだ」

純子《じゅんこ》が言《い》った。

「スイカを持《も》っていった？」

麻衣《まい》がきいた。

「そうよ。大事《だいじ》そうにかかえていったわ」

「ばあさんのところへ持《も》っていったんだわ」

「すると、ばあさんはスイカを食《た》べるね？」

「もちろんよ」

「やったあ。あれを食《た》べれば、もう起《お》きてこられないよ」

ひとみが手《て》をたたいた。

「そんなに凄《すご》い薬《くすり》が入《はい》ってるの？」

「柿沼医院《かきぬまいいん》が特別《とくべつ》に調合《ちょうごう》した強力《きょうりょく》下剤《げざい》だもん。便秘《べんぴ》でない人《ひと》が飲《の》んだら、超特急《ちょうとっきゅう》ひかり号《ごう》よ」

「そうかあ。ばあさんがそうなると、おもしろいことになるぞ」

「麻衣《まい》、どうしてなの？　教《おし》えて」

ひとみが言《い》った。

「あのボスは、ばあさんのリモコンで動《うご》いているロボットみたいなものなの。だから、ばあさんが指令《しれい》を出《だ》さなかったら、考《かんが》えることも、動《うご》くこともできないのよ」

「へえ、そうなると、わたしたちは凄《すご》いことをやっちゃったんだ」

久美子《くみこ》が急《きゅう》に明《あか》るい声《こえ》になった。

「そうよ。あのばあさんを倒《たお》したということは、敵《てき》の大将《たいしょう》の首《くび》を取《と》ったようなものよ。あなたたちは、大手柄《おおてがら》を立《た》てたんだわ」

「へへ、こいつはついてる、これで、みんなに合《あ》わせる顔《かお》ができたってもんだ」

「久美子《くみこ》、喜《よろこ》ぶのはまだ早《はや》いよ。わたしたちは、まだこれからどうなるかわかんないんだから」

純子《じゅんこ》がはしゃぐ久美子《くみこ》をたしなめた。

「ばあさんがぴんぴんしてれば、わたしたちはA《エー》ポイントの崖《がけ》にロープで吊《つる》されると思《おも》う」

「ええっ。やだぁ」

ひとみが悲鳴《ひめい》をあげた。

「ばあさんが、ぶっ倒《たお》れてたらわかんない」

「どうか、ばあさんがスイカを食《た》べますように」

純子《じゅんこ》とひとみが手《て》を合《あ》わせた。

「その薬《くすり》、食《た》べたらすぐ効《き》くの？」

「だいたい一時間《じかん》くらいだってカッキーが言《い》ってた。とすると、持《も》ってきた日《ひ》に食《た》べてれば、いまごろたいへんよ」

ひとみが言《い》った。

突然《とつぜん》、ドアが荒々《あらあら》しくあけられた。眩《まぶ》しくて、思《おも》わず四人《にん》とも目《め》を閉《と》じた。

「四人《にん》とも出《で》るんや」

飛島《とびしま》の声《こえ》である。

麻衣《まい》を先頭《せんとう》に、四人《にん》が小屋《こや》を出《で》る。いちばんうしろの純子《じゅんこ》がずるずると倒《たお》れた。

「どうしたんや？」

「水《みず》、水《みず》」

純子《じゅんこ》はうつろな目《め》を空《くう》に向《む》けている。

「水《みず》を飲《の》ませてください。そうしないと、この子《こ》は死《し》にます」

ひとみが心配《しんぱい》そうに駆《か》けよって言《い》った。

二人《ふたり》の芝居《しばい》もなかなかのものである。麻衣《まい》はおかしくなった。

「事務室《じむしつ》に行《い》ったら飲《の》ませてやるさかい、早《はや》く来《こ》い」

目《め》のくらみそうな暑《あつ》さ。さすがに麻衣《まい》も頭《あたま》がくらくらした。

事務室《じむしつ》に行《い》くと、長《なが》いすにマザーが寝《ね》ており、ボスが心配《しんぱい》そうにのぞきこんでいる。

「おまえらが持《も》ってきよったスイカを食《く》ったらこの始末《しまつ》や。何《なに》か毒《どく》でも入《い》れたんと違《ちが》うか？」

ボスの目《め》がひきつっている。

「知《し》りません」

久美子《くみこ》が首《くび》をふった。

「どういう症状《しょうじょう》ですか？」

ひとみがきいた。

「どういう症状《しょうじょう》やと？　医者《いしゃ》みたいな口《くち》きくな」

ボスがどなった。

「この子《こ》、医者《いしゃ》の子《こ》ですから、病気《びょうき》のことならわかります」

純子《じゅんこ》がぬけぬけと言《い》う。

「ほなら、見《み》てみい」

ひとみは、マザーの顔《かお》をのぞきこんだ。

「どんなぐあいですか？」

「スイカを食《た》べて一時間《じかん》もしたら、腹《はら》が痛《いと》うなって、便所《べんじょ》へ行《い》ったんや。まるで滝《たき》みたいな便《べん》が出《で》よった」

「いつ食《た》べました？」

「きのうや」

「何度《なんど》でもトイレに行《い》きたくなりますか？」

ひとみは、まるでドクター気取《きど》りである。麻衣《まい》は、思《おも》わず久美子《くみこ》と顔《かお》を見合《みあ》わせた。

「何度《なんど》でもや」

「そうですかぁ」

ひとみは、ちょっと考《かんが》えてから、

「これは、すぐ入院《にゅういん》しないといけないかもしれません」

と、深刻《しんこく》そうな表情《ひょうじょう》をしてボスに言《い》った。

「入院《にゅういん》？　おどかすんやないで」

「おどかしていません。これはコレラの症状《しょうじょう》です」

「コレラ？」

ボスは、のどにはりついたような声《こえ》を出《だ》した。

「はい、コレラは腹痛《ふくつう》の後《あと》、水《みず》みたいな便《べん》が出《で》て、しばらくすると、体《からだ》の水分《すいぶん》がみんななくなってしまいます」

「わしはミイラはいやや」

マザーがしわがれ声《ごえ》で叫《さけ》んだ。

「早《はや》く病院《びょういん》へ連《つ》れていけば治《なお》ります」

「ここにいてはあかんのか？」

「だめです。放《ほう》っておいたら二日《ふつか》以内《いない》に死《し》にます」

「ほんまか？」

「うそだと思《おも》ったら、放《ほう》っておいたらどうですか？」

ボスがうろたえるので、ひとみはすっかりのってきた。

「だれか下津井《しもつい》に連絡《れんらく》して、すぐ船《ふね》で迎《むか》えに来《く》るように言《い》え」

ボスが唐沢《からさわ》に言《い》った。

「これはスイカではありません。きっと水《みず》です。みなさんの中《なか》にも、同《おな》じような症状《しょうじょう》が出《で》てくるのは時《じ》間《かん》の問題《もんだい》です」

「そうか……」

ボスが肩《かた》を落《お》とした。

「これから、水《みず》は必《かなら》ず沸《わ》かして飲《の》んでください。生水《なまみず》は絶対《ぜったい》だめです」

水《みず》と聞《き》いたとたん、麻衣《まい》は無性《むしょう》に水《みず》が飲《の》みたくなった。

「このやかんに入《はい》っているのは水《みず》ですか？」

「それは麦茶《むぎちゃ》だ」

麻衣《まい》はコップに麦茶《むぎちゃ》を注《つ》いで純子《じゅんこ》にわたした。

純子《じゅんこ》がうまそうに飲《の》み干《ほ》した。つづいて、麻衣《まい》と久美子《くみこ》も麦茶《むぎちゃ》を何杯《なんばい》も飲《の》んだ。

「船《ふね》が来《く》るまで、わたしにマザーの看病《かんびょう》をさせてください」

ひとみが、しおらしい顔《かお》で言《い》った。

「いいだろう」

ボスの声《こえ》はほとんどうつろだ。

飛島《とびしま》が事務室《じむしつ》に入《はい》ってきて、

「いま阿部《あべ》と無線《むせん》の連絡《れんらく》がとれました。さっそく来《く》るそうです」

と言《い》った。

「よし、おまえはここに残《のこ》って、三人《にん》は女子棟《じょしとう》へ連《つ》れていけ」

「牢屋《ろうや》やないんですか？」

唐沢《からさわ》がボスにきいた。

「女子棟《じょしとう》や」

ボスはほとんど目《め》がうつろである。

事態《じたい》が思《おも》わぬ方向《ほうこう》へ動《うご》きだしたので、麻衣《まい》は体《からだ》がぞくぞくしてきた。

「どうせ、おまえらの命《いのち》もこんや限《かぎ》りや」

唐沢《からさわ》が憎々《にくにく》しげに言《い》った。

3

英治《えいじ》は、夜《よる》のために眠《ねむ》っておこうと思《おも》ったが、そう思《おも》えば思《おも》うほど、なかなか寝《ね》つかれない。

ようやく、うとうとしかけたとき、まわりが騒《さわ》がしくなった。

隣《となり》を見《み》ると、寝《ね》ていたはずの相原《あいはら》の姿《すがた》がない。大部屋《おおべや》の外《そと》に出《で》ると人《ひと》だかりしていた。

「どうしたんだ？」

英治《えいじ》は安永《やすなが》にきいてみた。

「為朝《ためとも》さんが港《みなと》で雑魚《ざこ》を釣《つ》ってきたんだってさ」

「魚釣《さかなつ》りなんかしてたのか？」

ずいぶんのんきなものだぜ。

そう思《おも》っていると、為朝《ためとも》が二十歳《はたち》くらいの男《おとこ》をつれてやってきた。

「為朝《ためとも》さん、魚《さかな》は……？」

「これですよ」

為朝《ためとも》は、英治《えいじ》を見《み》て、にやっと笑《わら》った。

為朝《ためとも》と男《おとこ》のあとにつづいて、みんな大部屋《おおべや》にもどった。

「ではみなさん、ちょっと説明《せつめい》させてもらいます」

為朝《ためとも》は、男《おとこ》を脇《わき》に正座《せいざ》させるとみんなの顔《かお》を見《み》わたした。

「さっき、私《わたし》はなんの気《き》なしに港《みなと》へ行《い》きました。するとこの男《おとこ》に会《あ》いました。この男《おとこ》は名前《なまえ》を阿部《あべ》といい、曙学園《あけぼのがくえん》の職員《しょくいん》です」

阿部《あべ》は、職員《しょくいん》というよりはチンピラといった感《かん》じである。

「もともと阿部《あべ》はあの島《しま》に収容《しゅうよう》されていたんですが、ボスに気《き》に入《い》られて、本土《ほんど》と島《しま》との連絡係《れんらくがかり》になりました」

阿部《あべ》がうなずいた。

「さっき島《しま》から連絡《れんらく》があったろう。その内容《ないよう》をみなさんにお話《はな》ししろ」

為朝《ためとも》が阿部《あべ》の頭《あたま》をつつくと、阿部《あべ》は一礼《いちれい》して、

「さっきの島《しま》からの連絡《れんらく》は、急病人《きゅうびょうにん》が出《で》たから、船《ふね》を迎《むか》えによこせというものでした」

「船《ふね》なら島《しま》にあるじゃないか」

相原《あいはら》が言《い》った。

「そうなんですが、ぐあいがわるくて、いまは動《うご》かせないので、船《ふね》を見《み》つけろということでした。それで港《みなと》へ船《ふね》を捜《さが》しに行《い》ったんです。そうしたらこの方《かた》に会《あ》いました」

阿部《あべ》は為朝《ためとも》のほうをちらと見《み》た。

「私《わたし》は港《みなと》をぶらぶらしていると阿部《あべ》に会《あ》いました。挙動《きょどう》がおかしいので聞《き》いてみると、例《れい》の島《しま》へ行《い》く船《ふね》を捜《さが》しているというじゃありませんか。それなら船《ふね》を貸《か》してくれる人《ひと》がいるからと言《い》って、連《つ》れてきたんです」

「そういうことだったんですか」

相原《あいはら》は何度《なんど》もうなずいてから、

「おれたちはモーターボートを持《も》っているから、急病人《きゅうびょうにん》を運《はこ》ぶんなら貸《か》してもいいぜ」

「ほんとうですか？」

阿部《あべ》の顔《かお》が明《あか》るくなった。

「いいとも。しかし、急病人《きゅうびょうにん》なら医者《いしゃ》を連《つ》れていったほうがいいんじゃないかな？」

「そうですか？」

「島《しま》に無線《むせん》で連絡《れんらく》してみたら？」

「そうですね」

阿部《あべ》は素直《すなお》にうなずいた。

「こう言《い》うんだ。モーターボートを貸《か》してくれる人《ひと》が見《み》つかった。その人《ひと》は医者《いしゃ》で一緒《いっしょ》に行《い》ってもいいと言《い》ってくれるがどうかと……」

為朝《ためとも》が言《い》った。

「島《しま》に行《い》ってくれる医者《いしゃ》がいるんですか？」

「この人《ひと》がお医者《いしゃ》さんなんだ」

相原《あいはら》は矢場《やば》を指《ゆび》さして言《い》った。

「ああ、私《わたし》は医者《いしゃ》だ。この子《こ》たちがサマーキャンプをやるというので、ついてきたのだ」

矢場《やば》は、いきなり相原《あいはら》からふられたが、ちゃんと受《う》けた。

「そうですか。お医者《いしゃ》さんですか……。それではさっそく連絡《れんらく》します」

阿部《あべ》はすっかり信《しん》じている。

「サマーキャンプなんて、よけいなことを言《い》うな。病人《びょうにん》のことは私《わたし》が代《か》わりに聞《き》く」

阿部《あべ》は、バッグから無線機《むせんき》を出《だ》すと島《しま》を呼《よ》びだしはじめた。

「急病人《きゅうびょうにん》っていうのは、もしかしたら三人《にん》が持《も》っていったスイカを食《く》ったのかもしれねえぜ」

柿沼《かきぬま》が小《ち》いさな声《こえ》で言《い》った。

「スイカ？」

矢場《やば》は、柿沼《かきぬま》の顔《かお》を見《み》た。

「強力下剤《きょうりょくげざい》が注射《ちゅうしゃ》してあるから、食《く》えば下《くだ》り超特急《ちょうとっきゅう》」

「そうか、そういうことか……」

矢場《やば》がうなずいた。

『もしもし、阿部《あべ》です。どうぞ』

『おう、阿部《あべ》か。飛島《とびしま》や。船《ふね》は見《み》つかったんか？　どうぞ』

『モーターボートが見《み》つかりました。どうぞ』

『そうか、はよ持《も》ってこい。どうぞ』

『そのボートの持《も》ち主《ぬし》なんですが、お医者《いしゃ》さんなんです。急病人《きゅうびょうにん》だと言《い》ったら、様子《ようす》を聞《き》かせろと言《い》ってます。いま代《か》わります。どうぞ』

『私《わたし》が曙学園《あけぼのがくえん》の園長《えんちょう》、大宮《おおみや》です。病人《びょうにん》は母《はは》ですが、はげしい下痢《げり》がつづいとります。どうぞ』

『お母《かあ》さんの年《とし》は何歳《なんさい》ですか？　どうぞ』

『七十五歳《さい》です。もしかしたら、コレラではないかと言《い》う者《もの》もおりますが、どうでしょうか？　どうぞ』

『コレラ？』

矢場《やば》が大《おお》きい声《こえ》を出《だ》すと、柿沼《かきぬま》が何度《なんど》もうなずいて、

「それはヤバイ、すぐ隔離《かくり》しなくちゃ」

と言《い》った。

『コレラかどうかは、診察《しんさつ》してみないとわかりませんが、もしそうだったらすぐに隔離《かくり》して保健所《ほけんじょ》に届《とど》けなければなりません。どうぞ』

『そこをなんとか、こっそり診《み》てもらうわけにはいきませんやろか？　お金《かね》はいくらでも出《だ》しますさか

い。どうぞ』

『それはだめです。もしばれたら、私《わたし》は医師免許《いしめんきょ》を取《と》りあげられてしまいます。どうぞ』

『それはわかっとります。だれにも絶対口外《ぜったいこうがい》しませんさかい。おねがいします。どうぞ』

『そこまで言《い》われたら、診《み》ないわけにはいきませんなあ。では、看護師《かんごし》がいないので、助手《じょしゅ》を一人《ひとり》つれてそちらへ行《い》きます。どうぞ』

矢場《やば》は、もったいをつけて言《い》った。

『ありがとうございます。先生《せんせい》のご恩《おん》は一生忘《いっしょうわす》れません。どうぞ』

『では、病人《びょうにん》は隔離《かくり》しておいてください。そこに消毒薬《しょうどくやく》はありますか？　どうぞ』

『ありまへん。ヨーチンだけです。どうぞ』

『薬《くすり》を持《も》って、一時間後《じかんご》に行《い》きます。どうぞ』

『了解《りょうかい》。おおきに』

無線《むせん》が切《き》れた。

「為朝《ためとも》さん、阿部《あべ》さんをつれて町《まち》に行《い》って、アルコールとクレゾールを買《か》ってきてくれませんか？」

「わかりました」

為朝《ためとも》は、阿部《あべ》をつれて旅館《りょかん》から出《で》ていった。

「おもしろいことになってきたな」

英治《えいじ》は、何《なに》か考《かんが》えこんでいる相原《あいはら》に話《はな》しかけた。

「うん」

相原《あいはら》は、うわの空《そら》である。

「ただの下痢《げり》をコレラだと思《おも》いこむというのはふつうじゃねえ。きっと医学知識《いがくちしき》のあるやつが意図的《いとてき》に言《い》ったのに違《ちが》いねえ」

柿沼《かきぬま》が言《い》った。

「もしかしたら、三人《にん》のだれかが苦《くる》しまぎれに言《い》ったんじゃねえのか」

英治《えいじ》は、そんな気《き》がしてきた。

「それは言《い》える。あの三人《にん》の中《なか》で医学知識《いがくちしき》のあるのはだれだ？」

相原《あいはら》が言《い》った。

「だれもたいしたことねえよ」

柿沼《かきぬま》は首《くび》をふった。

「柿沼《かきぬま》、きみはおれと一緒《いっしょ》に来《き》てくれ」

「おれが……？」

「そうだ。おれは医学知識《いがくちしき》はぜんぜんだ。きみがついていてくれれば鬼《おに》に金棒《かなぼう》だ」

矢場《やば》は柿沼《かきぬま》の肩《かた》をたたいた。

「そりゃ、行《い》けって言《い》えば行《い》くよ」

しかし、柿沼《かきぬま》は浮《う》かない顔《かお》をしている。

「びびってんのか？」

天野《あまの》がきいた。

「びびってなんかいねえよ。この役《やく》はおれしかできねえんだから」

「そうだ。久美子《くみこ》たち四人《にん》もコレラにして、どこかに隔離《かくり》するってのはどうだ？」

それまで黙《だま》っていた相原《あいはら》が、だしぬけに言《い》った。

「相原《あいはら》、それはグッドアイディアだ。よし、それでいこう」

柿沼《かきぬま》に向《む》かって、矢場《やば》が言《い》った。

「病気《びょうき》のことならまかしといてくれ、コレラでもなんでも……」

柿沼《かきぬま》も元気《げんき》が出《で》てきた。

「矢場《やば》さん、カメラは？」

英治《えいじ》が心配《しんぱい》になってきいた。

「持《も》っていくさ。それがなきゃ商売《しょうばい》にならねえ。それと顕微鏡《けんびきょう》もいるな」

「顕微鏡《けんびきょう》？」

「顕微鏡《けんびきょう》で三人《にん》の便《べん》を調《しら》べるんだ。そうしてコレラ菌《きん》がいると言《い》えば、やつらは信用《しんよう》するだろう」

「なるほど、さすが矢場《やば》さんは芸《げい》が細《こま》かい」

英治《えいじ》はやけに感心《かんしん》した。

「為朝《ためとも》さんが帰《かえ》ってきたら、学校《がっこう》に行《い》ってもらって、ちょっと拝借《はいしゃく》するか」

「ちょうど夏休《なつやす》みだし、為朝《ためとも》さんなら朝《あさ》めし前《まえ》の仕事《しごと》だぜ」

佐竹《さたけ》が明《あか》るい声《こえ》で言《い》った。佐竹《さたけ》だけではなく、全体《ぜんたい》のムードが明《あか》るくなった。

4

矢場《やば》と柿沼《かきぬま》が島《しま》に着《つ》いたのは、午後《ごご》三時《じ》をまわっていた。

ボートは洞《どう》くつの入《い》り口《ぐち》から引《ひ》きかえさせ、二人《ふたり》は、水路《すいろ》わきの岩《いわ》づたいに、洞《どう》くつに入《はい》った。

そこを通《とお》りぬけると池《いけ》があり、ボートが一艘《そう》係留《けいりゅう》してあった。

水路《すいろ》に沈《しず》んでいるボートのために、このボートを出《だ》すことができないのだということがわかった。

池《いけ》から急勾配《きゅうこうばい》の道《みち》を登《のぼ》ると広場《ひろば》に出《で》た。思《おも》ったより広《ひろ》く、バラックが点在《てんざい》している。

洞《どう》くつの入《い》り口《ぐち》で待《ま》っていた男《おとこ》の案内《あんない》で、正面《しょうめん》の建物《たてもの》に向《む》かった。

建物《たてもの》の玄関《げんかん》に、太《ふと》って頭《あたま》の薄《うす》くなった男《おとこ》が立《た》っていて、矢場《やば》と柿沼《かきぬま》が近《ちか》づいた。

「ほんまに、ご苦労《くろう》はんでした。私《わたし》が学園長《がくえんちょう》の大宮《おおみや》です」

大宮《おおみや》は、最敬礼《さいけいれい》すると、矢場《やば》の手《て》を痛《いた》いほどにぎりしめた。

「病人《びょうにん》はどこですか?」

矢場《やば》は事務的《じむてき》に言《い》った。

「こちらです」

大宮《おおみや》は、先《さき》に立《た》って建物《たてもの》の中《なか》に入《はい》っていった。

入《はい》ったところが事務室《じむしつ》らしく、その奥《おく》が寝室《しんしつ》になっており、ベッドにおばあさんが寝《ね》ていた。

その脇《わき》にひとみがいたが、二人《ふたり》の姿《すがた》を見《み》ると、目《め》を大《おお》きく見開《みひら》いたまま息《いき》を呑《の》んだ。

柿沼《かきぬま》が目配《めくば》せしたが、顔《かお》は硬直《こうちょく》したままだ。

「下痢《げり》はつづいていますか?」

矢場《やば》がもっともらしくきく。おばあさんがうなずいた。

「お腹《なか》は痛《いた》みますか?」

「はい」

「コレラではないかと言《い》ったのはだれですか?」

「わたしです。わたしのうちは医者《いしゃ》なので、少《すこ》し知《し》っているのです」

ひとみは、柿沼《かきぬま》の顔《かお》をちらと見《み》て言《い》った。

「症状《しょうじょう》があらわれ出《だ》したのは、いつからですか?」

「きのうの昼《ひる》からです」

ひとみが答《こた》えた。

「何《なに》を食《た》べました？」

「わたしが持《も》ってきたスイカを食《た》べてからです。もしかしたら……」

「あるいはそうかもしれません。便《べん》を調《しら》べてみましょう」

矢場《やば》は、柿沼《かきぬま》にバッグの中《なか》から顕微鏡《けんびきょう》を出《だ》すよう言《い》ってから、

「あなたは一人《ひとり》でこの島《しま》に来《き》たのですか？」

「いいえ、三人《にん》で来《き》ました」

「では、念《ねん》のために三人《にん》の便《べん》も調《しら》べてみましょう。もしかすると、あなたたちの中《なか》に保菌者《ほきんしゃ》がいるかもしれません」

「保菌者《ほきんしゃ》いうたら何《なん》ですか？」

大宮《おおみや》がきいた。

「コレラ菌《きん》を体《からだ》に持《も》っている人《ひと》です。本人《ほんにん》はなんともないのに、ほかの人《ひと》にはうつるのです」

「へえ、そんな人間《にんげん》がおるのですか？」

「はい」

矢場《やば》は、実際《じっさい》そうなのかどうか知《し》らないが、保菌者《ほきんしゃ》という言葉《ことば》は聞《き》いたことがある。

「二人《ふたり》はどこにいますか？」

「女子棟《じょしとう》です」

大宮《おおみや》が答《こた》えた。

「それはまずい。もしその中《なか》に保菌者《ほきんしゃ》がいたら、ほかの人《ひと》たちにもうつります」

「それはたいへんや。すぐ二人《ふたり》を呼《よ》んでこい」

大宮《おおみや》は、そばにいる男《おとこ》に言《い》った。

「用意《ようい》ができました」

柿沼《かきぬま》が言《い》った。

「では、この患者《かんじゃ》さんの便《べん》をシャーレに採《と》ってくれたまえ」

「あの、トイレには行《い》けないので、それにおまるもないので、おむつでしています」

ひとみが言《い》った。

「では、おむつでもいい。おむつは一回一回《いっかいいっかい》捨《す》ててるだろうね？」

「はい」

柿沼《かきぬま》は、おむつをシャーレにつけ、それを矢場《やば》にわたした。

久美子《くみこ》と純子《じゅんこ》が、男《おとこ》につれられて入《はい》ってきたが、矢場《やば》と柿沼《かきぬま》の姿《すがた》を見《み》て入《い》り口《ぐち》で立《た》ちすくんだ。

「きみたちの中《なか》に、コレラの保菌者《ほきんしゃ》がいるかもしれないから調《しら》べさせてもらうよ。あちらに行《い》って、わたしの助手《じょしゅ》にシャーレをわたしてくれたまえ」

矢場《やば》は、柿沼《かきぬま》と三人《にん》が事務室《じむしつ》から出《で》ていくのを見《み》はからって顕微鏡《けんびきょう》に向《む》かった。

顕微鏡《けんびきょう》などのぞいたこともない矢場《やば》には何《なに》も見《み》えない。

三分間《ぷんかんま》待って、大宮《おおみや》のところにもどると、

「やはり真性《しんせい》のエリチョフ型《がた》コレラでした」

矢場《やば》はせいいっぱい深刻《しんこく》そうな顔《かお》つきで言《い》った。

「エリチョフ型《がた》コレラというのは、どういうコレラですか?」

大宮《おおみや》がきいた。

エリチョフというのは、とっさにロシアの大統領《だいとうりょう》とソ連《れん》の書記長《しょきちょう》のエリツィンとゴルバチョフを合成《ごうせい》したものだ。

柿沼《かきぬま》が聞《き》いていたら吹《ふ》きだしたにちがいない。

「エリチョフ型《がた》コレラというのは、症状《しょうじょう》があらわれて十二時間後《じかんご》に、激烈《げきれつ》な痛《いた》みと下痢《げり》を起《お》こし、その十二時間後《じかんご》には脱水状態《だっすいじょうたい》になり、二日《ふつか》で死《し》に至《いた》ります」

「二日《ふつか》言《い》うたら、あしたやおまへんか?　それで、あしたには死《し》ぬんでっか?」

「残念《ざんねん》ながら、そういうことになります」

矢場《やば》は両手《りょうて》を合《あ》わせた。

「そないな冷《つめ》たいこと言《い》わんと、なんとか助《たす》けておくれやす。頼《たの》んます。このとおりだす」

大宮《おおみや》は、矢場《やば》の手《て》をにぎって何度《なんど》も頭《あたま》を下《さ》げた。

柿沼《かきぬま》がやってきて、

「三人《にん》の便《べん》を採取《さいしゅ》しました」

と言《い》った。矢場《やば》はふたたび顕微鏡《けんびきょう》の前《まえ》に行《い》って、三人《にん》の便《べん》を順《じゅん》に見《み》ていった。

柿沼《かきぬま》のことだから、シャーレにつばでも吐《は》かせたのだろう。それらしいものはなんにもない。

矢場《やば》はゆっくりと見終《みお》えて、もとの席《せき》にもどると、

「三人《にん》の便《べん》にエリチョフ型《がた》のコレラ菌《きん》が発見《はっけん》された」

「ええっ」

三人《にん》が派手《はで》におどろいた。これも柿沼《かきぬま》の指導《しどう》に違《ちが》いない。

「きみらはスイカを食《た》べたのか？」

「はい。持《も》ってきたのとは違《ちが》いますが食《た》べました」

久美子《くみこ》が、しおらしげに答《こた》える。

「そうか、スイカが原因《げんいん》だな。園長《えんちょう》、この四人《にん》は直《ただ》ちに隔離《かくり》しなければいけません。どこかにそういう場所《ばしょ》はありますか？」

「そういう場所《ばしょ》と言《い》われても……」

大宮《おおみや》は口《くち》をにごした。

「隔離《かくり》しなければ島《しま》の全員《ぜんいん》がコレラになりますが、それでもいいんですか？」

矢場《やば》は、図《ず》にのって責《せ》めたてた。

「それは困《こま》ります。ほならテントでもよろしゅうおますか？」

「緊急《きんきゅう》の場合《ばあい》です。ぜいたくは言《い》えません。テントでも仕方《しかた》ないでしょう」

「助《たす》かりました。トンビ、若《わか》いもんを呼《よ》んで、あちらの隅《すみ》にテントを張《は》るんや」

大宮《おおみや》は飛島《とびしま》に命《めい》じた。

「わたし、まだなんともありませんけど……」

純子《じゅんこ》が、いたずらっぽい目《め》で言《い》う。

「きみらは年《とし》が若《わか》いから、症状《しょうじょう》の出《で》るのが遅《おそ》いんだ。もうすぐ激《はげ》しい腹痛《ふくつう》と下痢《げり》に襲《おそ》われる」

矢場《やば》が言《い》ったとたん、久美子《くみこ》が、

「わたし、お腹《なか》がしぼられるように痛《いた》くなってきた」

と、腹《はら》を押《お》さえた。

「いよいよ来《き》たな、薬《くすり》を」

矢場《やば》が言《い》うと、柿沼《かきぬま》は二百ミリリットル入《い》りの瓶《びん》を三人《にん》にわたした。

「味《あじ》はひどく苦《にが》いが、がまんして飲《の》むんだ」

中身《なかみ》は、はちみつ入《い》りのレモンジュースである。

「にがーい」

ひとみが、顔《かお》を歪《ゆが》めて飲《の》みほした。つづいて久美子《くみこ》と純子《じゅんこ》も、「苦《にが》い、苦《にが》い」と言《い》いながら飲《の》んでしまった。

「よし、よく飲《の》んだ。あとは安静《あんせい》だ。お母《かあ》さんにはこちらの薬《くすり》をさし上《あ》げろ」

矢場《やば》に言《い》われて、柿沼《かきぬま》は薬瓶《くすりびん》を持《も》って、マザーの部屋《へや》に入《はい》っていった。

「ひどい味《あじ》や」

おばあさんの声《こえ》が聞《き》こえる。つづいて柿沼《かきぬま》の、

「がまんして飲《の》んでください」

という声《こえ》がした。こちらには睡眠薬《すいみんやく》が入《はい》っているので、二十分《ぷん》もすれば眠《ねむ》りはじめるはずだと柿沼《かきぬま》が言《い》った。

5

テント小屋《ごや》は三十分《ぷん》でできあがった。そこに簡易《かんい》ベッドを置《お》いて三人《にん》が横《よこ》になった。

マザーだけは、いつも使《つか》っている本物《ほんもの》のベッドであるが、睡眠薬《すいみんやく》のために深《ふか》い眠《ねむ》りに落《お》ちている。

「用事《ようじ》があったら呼《よ》んでくれまへんか」

テント小屋《ごや》から出《で》ようとする飛島《とびしま》に、矢場《やば》は、

「その消毒液《しょうどくえき》で手《て》を洗《あら》っていきなさい」

と言《い》った。

飛島《とびしま》は手《て》を洗《あら》うのもそこそこに、逃《に》げるように出《で》ていった。

「どう？　わたしたち、やるでしょう？」

ひとみは、いちおうマザーの顔《かお》を見《み》てから言《い》った。

「このばあさんは、あしたの朝《あさ》までだいじょうぶだ」

柿沼《かきぬま》が言《い》うと、ほんとうにそうだと思《おも》えてくる。

「どじしちゃって、一時《いちじ》はどうなるかと思《おも》ったよ」

久美子《くみこ》が、「あーあ」と、大《おお》きい伸《の》びをした。

「みんな、かんかんだったぞ。日比野《ひびの》なんて、自分《じぶん》が悪《わる》かったみたいに小《ちい》さくなってる」

「かわいそう」

純子《じゅんこ》が言《い》うと、ひとみが、

「だけど、さっきのお薬《くすり》おいしかった。もうないの？」

「そんなにあるかよ。あれは、ビタミン入《い》りの特製《とくせい》ジュースだからな。もりもり元気《げんき》が出《で》てくるぞ」

「お腹《なか》が空《す》いちゃった」

「純子《じゅんこ》がきっとそう言《い》うだろうって、日比野《ひびの》が特製《とくせい》カツサンドを作《つく》った」

柿沼《かきぬま》は、バッグから五センチ以上《いじょう》も厚《あつ》さのあるカツサンドとパック入《い》りの牛乳《ぎゅうにゅう》を取《と》りだして、三人《にん》に配《くば》った。

「日比野《ひびの》くん好《す》き！」

純子《じゅんこ》は、そう言《い》いながらカツサンドに食《く》いついた。

しばらく、食《た》べることに夢中《むちゅう》になって沈黙《ちんもく》がつづいた。

最初《さいしょ》に食《た》べおわった久美子《くみこ》が、

「さあ、矢《や》でも鉄砲《てっぽう》でも持《も》ってこい。もうなんにも怖《こわ》いものはないぞ」

と、腹《はら》をたたいた。

「こんや、みんな来《く》るの？」

「もちろんだ。十二時《じ》に上陸《じょうりく》する」

「どこから上陸《じょうりく》することにした？」

純子《じゅんこ》が不安《ふあん》そうな目《め》をした。

「A《エー》ポイントからは上陸《じょうりく》しない。ただし、かっこうだけはつける」

柿沼《かきぬま》が言《い》った。

「かっこうつけるって、どういうこと？」

久美子《くみこ》がきいた。

「A《エー》ポイントの岩《いわ》かげに隠《かく》れて、立石《たていし》が花火《はなび》を上《あ》げる」

「花火《はなび》上《あ》げるの？　凄《すご》い！」

久美子《くみこ》の目《め》が輝《かがや》いた。

「麻衣《まい》が持《も》ってきたトランシーバーはどうなった？」

「取《と》りあげられちゃったって」

「そうだろうと思《おも》った。天野《あまの》は予定《よてい》どおりきょうのお天気《てんき》は？　とやる」

「トランシーバーを持《も》たせられるのは麻衣《まい》だろうって言《い》ってたよ。でも、麻衣《まい》は、脅《おど》かされてもほんとうのことを言《い》うって言《い》ってたよ」

「それはまずい。そんなことしたら麻衣《まい》は殺《ころ》されるぞ。麻衣《まい》はどこにいる？」

「女子棟《じょしとう》にいるわ」

「よし、女子棟《じょしとう》に行《い》って会《あ》ってくる」

「だめだよ。行《い》ったらヤバイよ」

「だいじょうぶ。久美子《くみこ》と純子《じゅんこ》と一緒《いっしょ》にいた者《もの》は、いちおう調《しら》べると言《い》えば会《あ》えるさ」

「カッキー冴《さ》えてるう」

久美子《くみこ》が感心《かんしん》した。

「おれは、ほんとうは頭《あたま》がいいんだ。それが照《て》れくさいから、わざときざなかっこうしてるんだ」

「ほんとう。そうかもしれない」

純子《じゅんこ》までほめるので、柿沼《かきぬま》はすっかり気分《きぶん》をよくした。

「ねえ。A《エー》ポイントでないとすると、どこから上陸《じょうりく》するの？」

ひとみがきいた。

「東側《ひがしがわ》のいちばん崖《がけ》のきついところだ」

「あそこ？　あそこは登《のぼ》れないよ」

「そう思《おも》うだろう。だからそこにしたんだ。つまり、敵《てき》の裏《うら》をかくってやつさ」

「でも、どうやって登《のぼ》るの？」

「そのために、岩登《いわのぼ》りのプロを連《つ》れてきたんだ。菊地《きくち》のクラスメイトで近藤《こんどう》っていうんだ」

「へえ、菊地《きくち》くんもやるね」

「あったりまえさ。菊地《きくち》、心配《しんぱい》してたぞ。ひとみのこと。殺《ころ》されるんじゃないかって」

ひとみは、胸《むね》がぐっとつまった。

「生《い》きてること教《おし》えてあげたい」

「おれが教《おし》えてやるよ」

「戦《たたか》いが始《はじ》まったら、わたしたちどうなる？」

「どさくさにまぎれて逃《に》げるんだ」

矢場《やば》が言《い》った。

「このばあさん連《つ》れていくよ」

「ひとみの優《やさ》しいのはいいけど、何《なに》もここでそんなことするなよ」

柿沼《かきぬま》が呆《あき》れた顔《かお》をした。

「違《ちが》う。ここのボスは、このばあさんのリモコンで動《うご》いてるんだって。だから、ばあさんがいなくなりゃ、電池《でんち》の切《き》れたロボットみたいなものよ」

「そうか。そいつはいいこと聞《き》いたぞ」

矢場《やば》が手放《てばな》しで喜《よろこ》んだ。

「わたしたちって、やるでしょう？」

三人《にん》がそろって言《い》った。

「軍隊《ぐんたい》だったら論功行賞《ろんこうこうしょう》ものだ」

「それは、ごほうびをもらえるってこと？」

純子《じゅんこ》がきいた。

「そうだ」

「これで、どじしたのは帳消《ちょうけ》しだよ」

久美子《くみこ》と純子《じゅんこ》が手《て》を握《にぎ》りあった。

「じゃあ、ちょっと麻衣《まい》のところに行《い》ってくる。だれかがやってきて、見《み》つかるとヤバイから、おとなしく寝《ね》てろよ」

矢場《やば》はそう言《い》いおいて、柿沼《かきぬま》とテントを出《で》ていった。


「まわりをよく見《み》ておけよ。こんやは、ここが戦場《せんじょう》になるんだからな」

矢場《やば》は、歩《ある》きながら柿沼《かきぬま》に言《い》った。

「だけど、あいつたちほんとは吊《つる》されてたかもしれないのに、運《うん》の強《つよ》い連中《れんちゅう》だよ。呆《あき》れちゃうよ」

「きみの言《い》うとおりだ。あの運《うん》の強《つよ》さは、こんやの戦《たたか》いにも味方《みかた》するぞ。戦《たたか》いも結局《けっきょく》は運《うん》だからな」

矢場《やば》にそう言《い》われてみると、そんな気《き》がしてくる。

事務室《じむしつ》に行《い》くと、大宮《おおみや》がぼんやりといすに腰《こし》かけていた。

「どうしましたんや？」

入《はい》ってきた二人《ふたり》の姿《すがた》を見《み》て、いすから飛《と》びあがりそうなほどおどろいた。

「ちょっと相談《そうだん》がありまして……」

矢場《やば》が言《い》うと、大宮《おおみや》は胸《むね》をさすった。

「おふくろがもうあかんのと違《ちが》うか思《おも》いましたんや。心臓《しんぞう》が停《と》まるところでしたわ」

「お母《かあ》さんはだいじょうぶです。いま眠《ねむ》っておられますが、命《いのち》に別状《べつじょう》はないでしょう。処理《しょり》が早《はや》かったから、多分《たぶん》あすの朝《あさ》には元気《げんき》になられるでしょう」

「それを聞《き》いて安心《あんしん》しました」

大宮《おおみや》の緊張《きんちょう》がやっとほぐれた。

「私《わたし》がまいりましたのは、女子棟《じょしとう》に行《い》った三人《にん》が三矢麻衣《みつやまい》という子《こ》と接触《せっしょく》しています。彼女《かのじょ》も念《ねん》のため調《しら》べてみたいのですが……」

「どうぞ、どうぞ。十分調《じゅうぶんしら》べておくれやす。女子棟《じょしとう》に行《い》って、三矢麻衣《みつやまい》を連《つ》れてくるんや」

いつも大宮《おおみや》の脇《わき》にいる男《おとこ》に言《い》った。ひとみの話《はなし》によると、この男《おとこ》は飛島《とびしま》といい、ひどく凶暴《きょうぼう》なやつらしい。

飛島《とびしま》は、五分《ふん》くらいで麻衣《まい》を連《つ》れてきた。

柿沼《かきぬま》を見《み》たとたん、麻衣《まい》は立《た》ちすくんだ。

「先生《せんせい》がおまえのことを調《しら》べたいそうや」

大宮《おおみや》が言《い》った。

「何《なに》を調《しら》べるんですか？」

「コレラかどうかや」

「コレラ？」

「おまえと一緒《いっしょ》にいた三人《にん》はコレラや。おまえもうつっとるかもしれん」

「調《しら》べるのは簡単《かんたん》です。こちらに来《き》てください」

柿沼《かきぬま》は、麻衣《まい》をつれて外《そと》へ出《で》た。

「こんや、予定《よてい》どおりみんなが来《く》る。A《エー》ポイントからは上陸《じょうりく》しない。上陸《じょうりく》するかっこうをつけるだけだから、もしトランシーバーを持《も》たされたら、やつらに言《い》われるよう言《い》うんだ。天野《あまの》が適当《てきとう》に返事《へんじ》するから」

柿沼《かきぬま》は一気《いっき》にしゃべった。

「わかったわ。三人《にん》はどうしてる？」

「あそこに見《み》えるテントに隔離《かくり》してある。コレラだからな」

柿沼《かきぬま》が笑《わら》いだすと、麻衣《まい》もつられて笑《わら》った。

「笑《わら》うの忘《わす》れてた—」

「こんや、やつらをやっつけたら、思《おも》いきり笑《わら》ってくれ」

「それはいいけど、どこから上陸《じょうりく》するつもり？」

「東側《ひがしがわ》だ。だからできるだけやつらをA《エー》ポイントにはりつけておきたいんだ」

「いいわ。まかしといて」

トイレの前《まえ》にやってきた。

「いちおう中《なか》に入《はい》って、このシャーレにつばをはいてくれよ」

麻衣《まい》が中《なか》に入《はい》ると、柿沼《かきぬま》はまた話《はな》しかけた。

「みんなはどうされてるんだ？」

「男子棟《だんしとう》と女子棟《じょしとう》から出《で》られなくなってるの」

「見張《みは》りがいるのか？」

「ドーベルマンと銃《じゅう》を持《も》った男《おとこ》がいて出《で》られないの。でも、わたしがA《エー》ポイントへ行《い》ったら、火《ひ》をつけるつもり。そうなりゃパニックよ」

「だれが火《ひ》をつけるんだ」

「さやかって子《こ》。この子《こ》と加藤《かとう》くんっていう男《おとこ》の子《こ》が脱走《だっそう》の計画《けいかく》を練《ね》ったのよ」

「じゃあ、さやかに言《い》ってくれ。火《ひ》をつけるのは、みんなが上陸《じょうりく》して、準備《じゅんび》が完了《かんりょう》してからにしてくれって」

「どうやって、それがわかるの？」

「放送《ほうそう》をはじめる」

「放送《ほうそう》？」

「広場《ひろば》のまわりの木《き》にスピーカーを取《と》りつけるんだ」

「そんなことやるの？」

「そうさ。それがいっせいに放送《ほうそう》をはじめるんだ」

「おもしろい」

「放送《ほうそう》で、こんやは楽《たの》しい夜《よる》だと言《い》ったら、火《ひ》をつけてくれ。言《い》わなかったら、つけるな」

「わかったわ。さやかに言《い》っておく。それから加藤《かとう》くんだけど、彼《かれ》が水路《すいろ》でボートを沈《しず》めたのよ」

「どうやって？」

「洞《どう》くつの上《うえ》から岩《いわ》を落《お》としたの」

「やるじゃんか。そいつ、いまどこにいる？」

「森《もり》の木《き》の上《うえ》にかくれてるわ。みんな必死《ひっし》に捜《さが》してるけど、見《み》つかりっこないわよ。彼《かれ》、もし上陸《じょうりく》が失《しっ》敗《ぱい》したら一人《ひとり》でも戦《たたか》うって言《い》ってるわ」

「頼《たの》もしいやつだな。連絡《れんらく》する方法《ほうほう》はあるか？」

「ないわ」

「じゃあ、放送《ほうそう》で言《い》おう。もうそろそろ出《で》てこいよ。あまり長《なが》くいると怪《あや》しまれる」

柿沼《かきぬま》が言《い》うと、麻衣《まい》が汗《あせ》びっしょりでトイレから出《で》てきた。

「ああ暑《あつ》かった」

麻衣《まい》は水《みず》をかぶったように汗《あせ》をかいている。

「じゃあ、事務室《じむしつ》にもどろうぜ」

二人《ふたり》は事務室《じむしつ》にもどって、柿沼《かきぬま》は、シャーレを矢場《やば》にわたした。

矢場《やば》が顕微鏡《けんびきょう》でもっともらしく見《み》る。しばらくして、

「シロです」

と言《い》った。

「よかった」

大宮《おおみや》の相好《そうごう》がくずれた。

「帰《かえ》ってもらってけっこうです」

矢場《やば》が言《い》うと、飛島《とびしま》が麻衣《まい》をつれて事務室《じむしつ》を出《で》ていった。

「私《わたし》たちは、こんやは四人《にん》の看病《かんびょう》をしますが、あすになったら、帰《かえ》していただけますか？　もちろん、症状《しょうじょう》が安定《あんてい》したらの話《はなし》ですが……」

「けっこうです。そのかわり、また往診《おうしん》してもらえまっか？」

「医者《いしゃ》ですから、それは当然《とうぜん》いたします。ただし、感染症《かんせんしょう》予防法《よぼうほう》がありますので、くれぐれも口外《こうがい》なさらないようにねがいます」

「ご恩《おん》になった先生《せんせい》に、ご迷惑《めいわく》はかけまへんさかい、安心《あんしん》しておくれやす」

「では、病室《びょうしつ》へもどります」

二人《ふたり》は事務室《じむしつ》の外《そと》へ出《で》た。

日《ひ》が傾《かたむ》きかけた。

時計《とけい》を見《み》ると五時《じ》をまわっている。

「あと七時間《じかん》か……」

そのとき、ここが戦場《せんじょう》になると思《おも》うと、柿沼《かきぬま》の胸《むね》が高鳴《たかな》ってくる。

六章《しょう》　島《しま》よさらば

1

八月一日《がつついたち》、午後《ごご》九時《じ》。

「これで全員《ぜんいん》だな」

英治《えいじ》が確認《かくにん》をとった。

「おう」

力強《ちからづよ》い声《こえ》が返《かえ》ってきた。阿部《あべ》だけがデッキの隅《すみ》で小《ちい》さくなっている。

船《ふね》は、ゆっくりと桟橋《さんばし》を離《はな》れた。

町《まち》の明《あ》かりが遠《とお》のくにつれて、真上《まうえ》に拡《ひろ》がる星空《ほしぞら》がはっきりとしだした。

昼《ひる》の暑《あつ》さがうそのように消《き》えて、快《こころよ》い夜風《よかぜ》がほおをなでる。

谷本《たにもと》が、船室《せんしつ》からデッキにやってきた。

「みんな聞《き》いてくれ。いまカッキーから無線《むせん》が入《はい》った。全員無事《ぜんいんぶじ》、B《ビー》ポイントで待《ま》つ」

「やったあ」

いっせいに拍手《はくしゅ》と歓声《かんせい》が沸《わ》きおこった。

ひとみは殺《ころ》されたかもしれない。

きのうから、その妄想《もうそう》に取《と》り憑《つ》かれていた英治《えいじ》は、体《からだ》の力《ちから》が一度《いちど》に抜《ぬ》けてしまった。

「悪運《あくうん》の強《つよ》い連中《れんちゅう》だぜ」

安永《やすなが》がそばに来《き》て言《い》った。安永《やすなが》だってこうは言《い》っているものの、内心《ないしん》はほっとしているに違《ちが》いない。

沖《おき》に出《で》たが波《なみ》はなく、船《ふね》はほとんど揺《ゆ》れない。

「阿部《あべ》さん、ボスに連絡《れんらく》を入《い》れてくれないか」

相原《あいはら》が時計《とけい》を見《み》て言《い》うと、阿部《あべ》は、「いいよ」とうなずいた。

夕食《ゆうしょく》に阿部《あべ》を招待《しょうたい》し、相原《あいはら》が真相《しんそう》を話《はな》した。阿部《あべ》はじっくり話《はなし》を聞《き》いたあと、協力《きょうりょく》していいと言《い》ったのだ。

「いま出港《しゅっこう》したと言《い》ってくれ」

『もしもし、阿部《あべ》です。どうぞ』

『飛島《とびしま》だ。何《なん》の用《よう》だ。どうぞ』

『九時《じ》に船《ふね》が港《みなと》を出《で》ました。そちらはだいじょうぶですか？　どうぞ』

『よけいな心配《しんぱい》するな。来《き》たら、みな殺《ごろ》しや。どうぞ』

『それではご健闘《けんとう》を祈《いの》ります。どうぞ』

『了解《りょうかい》』

阿部《あべ》は無線《むせん》を切《き》った。

「なんて言《い》った？」

佐竹《さたけ》がきいた。

「来《き》たら、みな殺《ごろ》しだと言《い》いおった」

「そう言《い》ってられるのは、いまのうちよ」

「佐竹《さたけ》、上陸《じょうりく》したらドーベルマンの始末頼《しまつたの》むぜ」

相原《あいはら》が佐竹《さたけ》の肩《かた》をたたいた。

「犬《いぬ》のことなら、おれにまかせてくれ。どんな犬《いぬ》でもなつかせてみせる。それに、こっちには睡眠薬入《すいみんやくい》りのドッグフードがあるからな、たちまちことんさ」

「よし、安永《やすなが》は佐竹《さたけ》のあとについていって、ドーベルマンの始末《しまつ》が終《お》わったら、発電機《はつでんき》の線《せん》を切《き》ってくれ」

「わかった」

安永《やすなが》がうなずいた。

「真《ま》っ暗《くら》になったら私《わたし》の出番《でばん》です」

為朝《ためとも》は、ポケットからパチンコを取《と》りだして見《み》せた。

「これで攻撃《こうげき》するの？」

天野《あまの》がきいた。

「ばかにしちゃいけませんよ。これでも顔《かお》にあたれば、かなりの効果《こうか》があります」

「おれはアーチェリーを持《も》ってきた」

それまで、ほとんど黙《だま》っていた中尾《なかお》が言《い》った。

「おまえ、アーチェリーができるのか？」

英治《えいじ》には、中尾《なかお》のアーチェリーは初耳《はつみみ》である。

「うちの学校《がっこう》、アーチェリーではインターハイでもいい線《せん》いってるんだ。おれもアーチェリー部《ぶ》に入《はい》ったから、ちっとはできるぜ」

「それはいいけど、当《あ》たったら死《し》ぬんじゃねえか？」

佐竹《さたけ》が不安《ふあん》そうな顔《かお》をした。

「人《ひと》は射《う》たない。矢《や》に線《せん》をつけて張《は》るんだ」

「線《せん》を張《は》るってどういうこと」

「スピーカーを四個《こ》、広場《ひろば》のまわりの木《き》に取《と》りつけるんだ。そのとき、いちいち線《せん》を持《も》って走《はし》ってたんではヤバイから、アーチェリーでやるのさ。どうだ、いい方法《ほうほう》だろう？」

谷本《たにもと》が言《い》った。

「二人《ふたり》でそんな相談《そうだん》してたのか？　やっぱり考《かんが》えることが違《ちが》うぜ」

英治《えいじ》は、すっかりうれしくなった。

「島《しま》が見《み》えてきたぞ」

相原《あいはら》が指《ゆび》さす方向《ほうこう》に、黒《くろ》いシルエットが見《み》える。

「いよいよだな」

天野《あまの》が立石《たていし》に話《はな》しかけたが、立石《たていし》はバッグの中《なか》をのぞきこんでいて返事《へんじ》をしない。

きっと、Ａ《エー》ポイントで打《う》ち上《あ》げる花火《はなび》の最終点検《さいしゅうてんけん》をしているにちがいない。

船《ふね》のスピードが落《お》ちた。島《しま》から五百メートルの沖合《おきあい》で船《ふね》は停《と》まり、あとは曳航《えいこう》してきたモーターボートで島《しま》に上陸《じょうりく》するのだ。

「用意《ようい》はいいか？」

相原《あいはら》が立石《たていし》にきいた。

「ＯＫ《オーケー》だ」

立石《たていし》は指《ゆび》で丸《まる》を作《つく》った。

船《ふね》が停止《ていし》した。島影《しまかげ》が黒々《くろぐろ》と見《み》える。

「じゃあ、頼《たの》んだぞ」

相原《あいはら》につづいて、みんなが近藤《こんどう》、安永《やすなが》、天野《あまの》、立石《たていし》の肩《かた》をたたく。

四人《にん》はモーターボートに乗《の》りうつった。と思《おも》うと、ボートはけたたましいエンジン音《おん》を残《のこ》して船《ふね》から離《はな》れていった。

見《み》る間《ま》にボートは遠《とお》ざかり、視界《しかい》から消《き》えた。

さっきまで雑談《ざつだん》していたが、いまはだれも口《くち》をきかない。

十分《ぷん》ほど経《た》ったとき、再《ふたた》び、モーターボートのエンジン音《おん》がしてきた。

「帰《かえ》ってきたな。では、おれと菊地《きくち》と、佐竹《さたけ》と為朝《ためとも》さんが行《い》く」

相原《あいはら》の声《こえ》が緊張《きんちょう》している。

「その次《つぎ》がおれと中尾《なかお》と谷本《たにもと》と日比野《ひびの》だな」

矢場《やば》はさすがに落《お》ち着《つ》いている。


「予定《よてい》どおり十二時《じ》に上陸《じょうりく》するけれど、希望岬《きぼうみさき》からは来《こ》ないよ」

麻衣《まい》は、さやかとあずさに言《い》った。

「よかったね。じゃあ、トランシーバーの電池《でんち》を抜《ぬ》く必要《ひつよう》はなくなったね」

「わたしは、命令《めいれい》されるままにしゃべればいいいってさ」

「じゃあ、いつここに火《ひ》をつけるの？」

さやかが言《い》った。

「放送《ほうそう》で、こんやは楽《たの》しい夜《よる》だと言《い》うまで火《ひ》はつけるなって」

「わかった。ばあさんはどうしてる？」

「コレラだって言《い》われて、テントの中《なか》で眠《ねむ》ってるよ」

「ボスの様子《ようす》はどう？」

「しぼんだ風船《ふうせん》みたいに元気《げんき》なかったよ」

「ざまあみろだ。ばあさんをさらっちゃおうよ」

「どこへ連《つ》れていく？」

さやかがあずさにきいた。

「晴彦《はるひこ》がいた木《き》の上《うえ》に上《あ》げちゃえば」

「それなら見《み》つからないね。ボスが焦《あせ》るよ」

「あのばばあには、おとしまえをつけさせてもらわなくちゃ」

二人《ふたり》はおもしろそうに笑《わら》った。

「麻衣《まい》」

入《い》り口《ぐち》で飛島《とびしま》の声《こえ》がした。

「来《き》たね。しっかりやんなよ」

さやかが、ささやいた。

「はい」

「来《こ》い」

麻衣《まい》は、ゆっくりと入《い》り口《ぐち》に向《む》かった。

「どこに行《い》くんですか？」

「いいからついてこい」

飛島《とびしま》のほかに、見《み》たことのない男《おとこ》が三人《にん》いる。

三人《にん》とも、ヤクザだとひと目《め》でわかる人相《にんそう》をしている。

「おまえはコレラやないのか？」

男《おとこ》の一人《ひとり》が麻衣《まい》にきいた。

「はい」

「あの三人《にん》はおまえの仲間《なかま》か？」

「いいえ、違《ちが》います」

「どうでもええが、えらいもん運《はこ》んだもんや。ボスにはおこられるし、さんざんや」

別《べつ》の男《おとこ》がぼやいた。

「こんや、おまえの仲間《なかま》がやってくるんか？」

「はい」

「やけに素直《すなお》やな」

「素直《すなお》にせんと、殺《ころ》す言《い》うたんで、あきらめたんや」

飛島《とびしま》が言《い》った。

「ほんまにそうか？」

最初《さいしょ》の男《おとこ》が、手《て》であごを持《も》ちあげた。

「はい」

「よろしい。女《おんな》は素直《すなお》がいちばんや」

懐中電灯《かいちゅうでんとう》を頼《たよ》りに、森《もり》の中《なか》を通《とお》って崖《がけ》っぷちに出《で》た。

「ええ見晴《みは》らしやなあ」

最初《さいしょ》の男《おとこ》が大《おお》きく伸《の》びをした。

「こいつは、ここから脱出《だっしゅつ》しおったんや」

飛島《とびしま》が言《い》った。

「ここから海《うみ》に飛《と》びこんだんか？」

「わしらに隠《かく》れていかだを作《つく》りおったんや。それで逃《に》げよったた」

「ようやる。勇気《ゆうき》あるやないか」

麻衣《まい》はまた、あごを持《も》ちあげられた。

「せっかく逃《に》げたのに、どうして帰《かえ》ってきたんや？」

「仲間《なかま》を呼《よ》ぶためや」

「そうか、そいつらがこれから来《く》るんか？」

「そうや」

飛島《とびしま》がうなずいた。

「かわいそうに、壇《だん》ノ浦《うら》やで」

男《おとこ》たちが笑《わら》った。

飛島《とびしま》は、トランシーバーを麻衣《まい》にわたした。

「暗号《あんごう》が決《き》めてあるんやろ？」

「はい」

「言《い》うてみい」

「きょうのお天気《てんき》は？　ときいてきます。上陸《じょうりく》ＯＫ《オーケー》なら、晴《は》れ。まずいときは雨《あめ》です」

「晴《は》れと言《い》うんやで。もし雨《あめ》や言《い》うたら、この場《ば》で殺《ころ》す」

飛島《とびしま》は、麻衣《まい》の首筋《くびすじ》にナイフをあてた。

「仲間《なかま》より自分《じぶん》の命《いのち》が大切《たいせつ》や。それを忘《わす》れたらあかんで」

別《べつ》の男《おとこ》が言《い》った。麻衣《まい》は黙《だま》ってうなずいた。

「もうそろそろやな」

飛島《とびしま》が言《い》ったとき、

『きょうのお天気《てんき》は？　きょうのお天気《てんき》は？』

と、トランシーバーから天野《あまの》の声《こえ》がした。

「晴《は》れと言《い》うんや」

飛島《とびしま》に脇腹《わきばら》をつつかれて麻衣《まい》は、

『晴《は》れ。どうぞ』

と言《い》った。

『麻衣《まい》か？　どうぞ』

『そうよ。どうぞ』

『そこは安全《あんぜん》か？　どうぞ』

『安全《あんぜん》よ。敵《てき》は眠《ねむ》ってるわ。どうぞ』

『ＯＫ《オーケー》。では、二十分後《ぶんご》に上陸《じょうりく》を開始《かいし》する。みんなにも迎《むか》えにきたことをつたえろ。どうぞ』

『了解《りょうかい》。どうぞ』

『おみやげにケーキを持《も》っていってやろうか？　何《なに》がいい？　どうぞ』

『何《なに》もいりません。どうぞ』

『遠慮《えんりょ》するなよ。どうぞ』

『いらないものはいりません』

『そうか、では、二十分後《ぶんご》、そこからロープを垂《た》らせ。バイバイ』

麻衣《まい》は、トランシーバーを飛島《とびしま》に返《かえ》した。

「ようやった」

飛島《とびしま》が、いつになく優《やさ》しい声《こえ》でほめた。

「二十分後《ぶんご》か、待《ま》ち遠《どお》しいな」

最初《さいしょ》の男《おとこ》が言《い》った。

「みんな殺《ころ》すの？」

麻衣《まい》は、いまにも泣《な》きそうな声《こえ》を出《だ》した。

「抵抗《ていこう》する者《もの》は殺《ころ》す。降参《こうさん》すれば殺《ころ》さん」

「上《あ》がってきたら、降参《こうさん》するよう言《い》ってもいい？」

「ここからは一人《ひとり》も上《あ》がってこられん」

麻衣《まい》はうそ泣《な》きをした。

「泣《な》くな」

「わたしはどうなるの？」

「おまえは、わしの女《おんな》にしてやる」

麻衣《まい》はいっそう大声《おおごえ》をあげた。

2

相原《あいはら》、佐竹《さたけ》、英治《えいじ》、為朝《ためとも》の四人《にん》が乗《の》っているボートは、B《ビー》ポイントの岩場《いわば》に着《つ》いた。

波《なみ》が無《な》いので、ボートから岩場《いわば》に飛《と》びうつるのは容易《ようい》だった。

下《した》から見上《みあ》げる崖《がけ》は、まるで高《たか》い壁《かべ》のようだ。

「だいじょうぶか？」

相原《あいはら》は不安《ふあん》になって、登《のぼ》る仕度《したく》をしている近藤《こんどう》にきいてしまった。

「それほど難《むずか》しくはない」

近藤《こんどう》は、崖《がけ》の頂上《ちょうじょう》を仰《あお》ぐようにして見《み》ている。

安永《やすなが》も為朝《ためとも》も、崖《がけ》を見上《みあ》げたまま口《くち》をきかない。

「じゃあ行《い》くぞ」

近藤《こんどう》は、岩《いわ》の割《わ》れ目《め》に手《て》をかけると、一歩《いっぽ》ずつ登《のぼ》りはじめた。

腰《こし》につけたロープが、少《すこ》しずつ伸《の》びていく。

「まともには見《み》ちゃいられねえよ」

為朝《ためとも》は目《め》をそらした。

岩場《いわば》に打《う》ちよせる、単調《たんちょう》な波《なみ》の音《おと》がしている。海《うみ》のほうを見《み》ると、遠《とお》くに往《い》き来《き》する船《ふね》の明《あ》かりが動《うご》いている。

あまりにも平穏《へいおん》すぎて、別《べつ》の世界《せかい》にいるようだ。

いま相原《あいはら》にできることは何《なに》もない。こうやって、時間《じかん》の過《す》ぎるのを待《ま》つだけだ。

遠《とお》くから、かすかにボートのエンジン音《おん》が聞《き》こえる。もうボートが戻《もど》ってきたのだ。

やがて、ボートが見《み》えてきた。

相原《あいはら》は、ボートに向《む》かって手《て》をふった。

エンジンが停《と》まって、ボートがゆっくりと近《ちか》づく。

ロープが投《な》げられた。それを安永《やすなが》がつかんで、ゆっくりと手《た》ぐり寄《よ》せる。

矢場《やば》、中尾《なかお》、日比野《ひびの》がボートからおり、谷本《たにもと》がボートから大《おお》きいバッグを四つも日比野《ひびの》に手《て》わたす。

それが終《お》わって谷本《たにもと》が岩場《いわば》におりると、ボートは帰《かえ》っていった。

このあとボートは母船《ぼせん》にもどり、曳航《えいこう》してきた廃船《はいせん》をA《エー》ポイントのかげの、天野《あまの》たちがいるところまで持《も》っていくことになっている。

「もう三分《ぶん》の一は登《のぼ》ったな」

英治《えいじ》は、崖《がけ》にとりついている近藤《こんどう》を見上《みあ》げた。
近藤《こんどう》からロープが一筋《ひとすじ》伸《の》びている。
「見《み》てると、息《いき》がつまりそうだな」
中尾《なかお》が肩《かた》で大《おお》きく息《いき》をした。
谷本《たにもと》はバッグからトランシーバーを出《だ》すと、
「カッキーを呼《よ》んでみる」
と言《い》って、
『〽でんでん　むしむし　かたつむり
　おまえのあたまは、どこにある　どうぞ』
と歌《うた》いだした。すると、
『〽わたしのあたまは　ここにある　どうぞ』
と、声《こえ》がした。
『カッキーか？　どうぞ』
『カッキーだよーん。いまどこにいる？　どうぞ』
『B《ビー》ポイントの崖《がけ》の下《した》だ。いま近藤《こんどう》が登《のぼ》っている。どうぞ』
『了解《りょうかい》。おれが上《うえ》からロープをおろす。どうぞ』

『そこからは見《み》えないかもしれないが、近藤《こんどう》は、太《ふと》い松《まつ》の下《した》から登《のぼ》っている。松《まつ》の幹《みき》からロープをおろしてくれ。どうぞ』

谷本《たにもと》は、双眼鏡《そうがんきょう》で見《み》ながら言《い》った。

『了解《りょうかい》』

谷本《たにもと》はトランシーバーをそのままにして、

「近藤《こんどう》を呼《よ》びだしてくれ」

と、相原《あいはら》に言《い》った。

『近藤《こんどう》、聞《き》こえるか？』

『聞《き》こえる』

近藤《こんどう》のヘルメットにはトランシーバーが取《と》りつけてある。

『いま谷本《たにもと》に代《か》わる』

『谷本《たにもと》だ。きみの頭《あたま》の上《うえ》はオーバーハングになってるだろう？』

『うん』

『無理《むり》せずに、そこで休《やす》め。上《うえ》からロープがおりてくるから、それでしっかり体《からだ》を確保《かくほ》してからやれ』

『だれがロープをおろすんだ？』

『カッキーだ』

『あっ、ロープがおりてきたぞ。つかんだ』

『よし、しっかり体《からだ》に巻《ま》きつけろ』

『巻《ま》きつけた』

『ちょっと待《ま》て。カッキー聞《き》こえるか？』

谷本《たにもと》は、もう一つのトランシーバーで呼《よ》びかけた。

『聞《き》こえる』

『いま、近藤《こんどう》がロープを体《からだ》に巻《ま》いた。もうすぐだから、そこでしっかり確保《かくほ》してくれ』

『了解《りょうかい》』

『近藤《こんどう》聞《き》こえたか？』

『聞《き》こえた』

『では、頂上《ちょうじょう》まであと少《すこ》しだ。がんばってくれ』

『OK《オーケー》』

近藤《こんどう》の明《あか》るい声《こえ》が聞《き》こえた。

「あの松《まつ》の下《した》がオーバーハングになってるなんて知《し》らなかったな。無理《むり》に登《のぼ》ったら転落《てんらく》するところだったぜ」

相原《あいはら》は、冷《ひ》や汗《あせ》が出《で》てきた。

「カッキーが上《うえ》にいてくれたことは、こっちに運《うん》がついてるってことだ。これでこんやの戦《たたか》いはいただきだぜ」

安永《やすなが》が言《い》うと為朝《ためとも》が、

「これは奇蹟《きせき》だ。天《てん》もあなたたちに味方《みかた》してくれたんです」

と、感動《かんどう》した声《こえ》で言《い》った。

「もうそろそろ、A《エー》ポイントで始《はじ》まる時間《じかん》だ」

英治《えいじ》が時計《とけい》を見《み》て言《い》った。


「ロープがおりてきたぜ」

天野《あまの》が立石《たていし》に言《い》った。

「あの流木《りゅうぼく》に結《むす》びつけて、引《ひ》き揚《あ》げさせるか？」

立石《たていし》は、ロープの下《した》に転《ころ》がっている直径《ちょっけい》二十センチ、長《なが》さ二メートルほどの流木《りゅうぼく》を指《ゆび》さした。

「いいだろう」

二人《ふたり》は、ロープを流木《りゅうぼく》の根《ね》の部分《ぶぶん》にくくりつけると、もといた岩《いわ》かげにもどった。

『麻衣《まい》、聞《き》こえるか？　どうぞ』

天野《あまの》はトランシーバーで話《はな》しかけた。

『聞《き》こえるわ。どうぞ』

『荷物《にもつ》を引《ひ》き揚《あ》げてくれ。少《すこ》し重《おも》いけど、中《なか》に銃《じゅう》が入《はい》ってるから大切《たいせつ》に頼《たの》む。どうぞ』

『了解《りょうかい》』

トランシーバーが切《き》れると、ロープがぴんと張《は》りつめた。

流木《りゅうぼく》の根《ね》の部分《ぶぶん》が少《すこ》し持《も》ちあがる。

「重《おも》いぜ」

二人《ふたり》は肩《かた》をたたきあって笑《わら》った。

流木《りゅうぼく》が、やっと岩場《いわば》を離《はな》れた。

天野《あまの》は、岩場《いわば》から少《すこ》し離《はな》れたところに停泊《ていはく》している、モーターボートに向《む》かって手《て》をふった。

廃船《はいせん》を発進《はっしん》させろという合図《あいず》である。

廃船《はいせん》がモーターボートを離《はな》れ、岩場《いわば》に向《む》かって直進《ちょくしん》する。

岩場《いわば》の間近《まぢか》まで来《く》ると、崖《がけ》の上《うえ》からいっせい射撃《しゃげき》が始《はじ》まった。

しかし、廃船《はいせん》はそのまま岩場《いわば》に激突《げきとつ》した。

モーターボートが岩場《いわば》に近《ちか》づいてきた。天野《あまの》と立石《たていし》が乗《の》りこむ。

「やるぞ」

立石《たていし》がリモコンのボタンを押《お》したとたん、A《エー》ポイントの崖下《がけした》にセットした花火《はなび》に点火《てんか》した。

「麻衣《まい》、おれの花火《はなび》をよく見《み》ろよ」

立石《たていし》が叫《さけ》んだとたん、花火《はなび》がいっせいに上《あ》がり、崖《がけ》の上《うえ》の森《もり》を昼《ひる》のように照《て》らしだした。

「すげえ」

ボートに乗《の》っている日比野《ひびの》と阿部《あべ》が嘆声《たんせい》をもらした。

「すげえだろう」

立石《たていし》は、陶然《とうぜん》と花火《はなび》を眺《なが》めている。

「麻衣《まい》、あとで会《あ》おうぜ」

天野《あまの》が合図《あいず》すると、ボートは岩場《いわば》を離《はな》れた。

島《しま》を半周《はんしゅう》してB《ビー》ポイントへ行《い》くと、そこは荷揚《にあ》げの真《ま》っ最中《さいちゅう》だった。

英治《えいじ》だけがいて、ほかの連中《れんちゅう》の姿《すがた》はない。

「みんなはどうした？」

天野《あまの》がきいた。

「もう上《うえ》だ」

「じゃあ、成功《せいこう》したんだな？」

「もちろんだ。そっちはどうだった？」

「大成功《だいせいこう》さ。いまごろやつらは、廃船《はいせん》に弾丸《だんがん》をぶちこんでるぜ」

「花火《はなび》はどうだった？」

「すげえ、きれい。菊地《きくち》にも見《み》せてやりたかったぜ」

日比野《ひびの》の表情《ひょうじょう》は、まだあの感動《かんどう》が消《き》えないらしく、うっとりとしている。

「日比野《ひびの》が来《き》てくれたから、おれと天野《あまの》と阿部《あべ》さんは上《うえ》へ行《い》くぞ。引《ひ》き揚《あ》げを頼《たの》む」

「おれがやるのか？」

日比野《ひびの》は情《なさ》けない顔《かお》で英治《えいじ》を見《み》た。

「おまえしかやる者《もの》はいないんだ。頼《たの》む」

英治《えいじ》は手《て》を合《あ》わせた。

「頼《たの》むと言《い》われちゃ、やるしかねえ。だけどおれはずっとここか？」

「そうだ。おまえがここにいてくれなくちゃ困《こま》るんだよ」

「おれって、いつもくじ運《うん》が悪《わる》いんだ」

「日比野《ひびの》、気《き》を落《お》とすなって。そのうちいいことあるからさ」

天野《あまの》は、しょんぼりしている日比野《ひびの》の肩《かた》をたたいてやった。

3

麻衣《まい》のまわりには、飛島《とびしま》をふくめて男《おとこ》が四人《にん》いる。

そのうち二人《ふたり》がロープを引《ひ》き揚《あ》げているが、重《おも》いらしく、なかなか揚《あ》がらない。

「やつら、大砲《たいほう》かミサイルでも持《も》ってきたんか？　やけに重《おも》いで」

男《おとこ》の額《ひたい》から汗《あせ》がしたたり落《お》ちている。

「船《ふね》や、船《ふね》がやってくるぞ」

突然《とつぜん》、飛島《とびしま》が叫《さけ》んだので、麻衣《まい》も海《うみ》のほうを見《み》ると、小船《こぶね》が猛《もう》スピードで岩場《いわば》に突《つ》っこんできた。

「撃《う》て、撃《う》つんや」

飛島《とびしま》はそう言《い》うなり、手《て》にしているライフルで船《ふね》を撃《う》ちはじめた。

もう一人《ひとり》の男《おとこ》も船目《ふねめ》がけて撃《う》っている。

「そんなもんはあとにして、撃《う》つんや」

飛島《とびしま》に言《い》われて、ロープを持《も》っていた二人《ふたり》は、ロープを離《はな》してライフルを下《した》に構《かま》えた。

そのとき、崖《がけ》の下《した》で爆発《ばくはつ》の起《お》きたような音《おと》がした。と思《おも》う間《ま》もなく火柱《ひばしら》が上《あ》がり、閃光《せんこう》で森《もり》が昼《ひる》のようになった。

四人《にん》の男《おとこ》たちは、ライフルを投《な》げだし、悲鳴《ひめい》とともに地《ち》に伏《ふ》せた。

――いまだ。

麻衣《まい》は森《もり》の中《なか》に逃《に》げこんだ。

閃光《せんこう》が消《き》え、一瞬闇《いっしゅんやみ》になった。

「撃《う》て、撃《う》て」

飛島《とびしま》がどなっている。一瞬、麻衣は自分が撃たれるのかと思った。

しかし、狙《ねら》っているのは廃船《はいせん》で、四人《にん》とも麻衣《まい》が逃《に》げたことに気《き》づいてもいない。

暗闇《くらやみ》を走《はし》るので、麻衣《まい》は何度《なんど》か足《あし》を取《と》られて転《ころ》んだ。

しかし、少《すこ》しでもあの連中《れんちゅう》から離《はな》れようと無我夢中《むがむちゅう》で走《はし》った。

女子棟《じょしとう》が見《み》えてきた。

もうすぐだと思《おも》ったとき、いきなりうしろから首《くび》をしめられた。

「どこへ行《い》く？」

息《いき》がつまって声《こえ》も出《で》ない。もうだめかと思《おも》ったとき、急《きゅう》に男《おとこ》の手《て》が離《はな》れ、その場《ば》に倒《たお》れた。

あっけにとられていると、目《め》の前《まえ》に晴彦《はるひこ》があらわれた。

「こいつで口《くち》をしばれ」

晴彦《はるひこ》が布《ぬの》きれを投《な》げてよこした。それで猿《さる》ぐつわをかませる。

晴彦《はるひこ》は、男《おとこ》を森《もり》の奥《おく》に引《ひ》きずっていき、木《き》の幹《みき》に針金《はりがね》でしばりつけた。

「飛島《とびしま》と三人《にん》の男《おとこ》はどうした？」

「だれも乗《の》ってない船《ふね》を撃《う》ってるわ」

「いつまでもつかな？」

「さあ……」

それは麻衣《まい》にもわからない。

「仲間《なかま》はどうなった？」

「東側《ひがしがわ》から上陸《じょうりく》したはずだわ」

「よし。おれが案内《あんない》する。麻衣《まい》は女子棟《じょしとう》からみんなを逃《に》がしてくれ」

「どこへ連《つ》れていったらいい？」

「東側《ひがしがわ》の森《もり》がいい」

「わかったわ」

麻衣《まい》は女子棟《じょしとう》に駆《か》けよって、入《い》り口《ぐち》のドアに体当《たいあ》たりした。

蝶番《ちょうつがい》がこわれて、中《なか》へ転《ころ》げこんだ。

「どうしたの？　麻衣《まい》」

さやかが顔《かお》をのぞきこんだ。

「見張《みは》りは倒《たお》したから、みんな逃《に》げて」

みんなが入《い》り口《ぐち》に殺到《さっとう》した。

「東側《ひがしがわ》の森《もり》よ」

麻衣《まい》は外《そと》に走《はし》りだす者《もの》に言《い》った。

「やつらはどうしたの？」

あずさがきいた。

「だれもいない船《ふね》を夢中《むちゅう》で撃《う》ってるわ」

「うまく、ひっかかったんだね？」

「ええ、でも、もう気《き》づくかもしれない。ここにいてはヤバイから逃《に》げよう」

三人《にん》は入《い》り口《ぐち》に向《む》かった。

「ちょっと待《ま》って。足音《あしおと》が聞《き》こえる」

さやかが言《い》った。

「窓《まど》から裏《うら》へ逃《に》げよう」

部屋《へや》に引《ひ》きかえし、窓《まど》から出《で》るのとほとんど同時《どうじ》に、部屋《へや》に踏《ふ》みこんでくる足音《あしおと》が聞《き》こえた。

「逃《に》げよった。見張《みは》りの森口《もりぐち》はどうしたんや？」

飛島《とびしま》の声《こえ》だ。窓《まど》の下《した》にはりついているので、のぞかれたらすぐわかってしまう。

「やられたんと違《ちが》うか？」

男《おとこ》の声《こえ》は自嘲的《じちょうてき》である。

「飛島《とびしま》はん、あんたのせいやで」

「わかっとる。とにかく事務室《じむしつ》に行《い》ってみんことには、何《なに》が何《なに》やら、さっぱりわからん」

「あの女《おんな》と話《はな》したやつはだれや？」

「仲間《なかま》やろ」

「そいつ、崖《がけ》の下《した》におったんかいな？」

「そうや。ロープに流木結《りゅうぼくむす》びよって。ふざけたやつや」

「船《ふね》は空《から》やったで、上陸《じょうりく》はあきらめたんかいな？」

「あきらめるようなやつらやない」

「ほな、どこから上陸《じょうりく》するんや。そないな場所《ばしょ》はあるんか？」

「あそこしかあらへん」

「まるで、狐《きつね》につままれたような気分《きぶん》や」

「わしは、あの三人《にん》の女《おんな》と医者《いしゃ》が怪《あや》しいと思《おも》う。コレラいうのはうそやないか？」

「わしもそういう気《き》がしてきた。マザーのことが心配《しんぱい》や」

飛島《とびしま》が狼狽《ろうばい》している。

「はよ行《い》ったほうがええで」

「おまえら二人《ふたり》はテントに行《い》け。わしと鳥居《とりい》は事務室《じむしつ》の様子《ようす》を見《み》に行《い》くさかい」

四人《にん》が慌《あわ》ただしく行《い》ってしまった。

「ばあさんをつれ出《だ》そうと思《おも》ったのに、ひと足遅《あしおそ》かった」

さやかが口惜《くや》しそうに言《い》った。


佐竹《さたけ》につづいて安永《やすなが》が島《しま》に上陸《じょうりく》した。まるで何《なに》も見《み》えない暗《くら》さだ。


「ここだ」

という佐竹《さたけ》の声《こえ》がした。

「どっちが事務室《じむしつ》だ？」

安永《やすなが》がきいたとたん、

「極楽島《ごくらくとう》へようこそ」

と言《い》う声《こえ》が耳《みみ》もとでした。

安永《やすなが》が懐中電灯《かいちゅうでんとう》を声《こえ》のほうに向《む》けると、柿沼《かきぬま》が、白《しろ》い歯《は》を見《み》せて笑《わら》った。

「ドーベルマンはどうした？　襲《おそ》われねえのか？」

佐竹《さたけ》がきいた。

「おれたちは医者《いしゃ》だからな。犬《いぬ》もちゃんと心得《こころえ》てるんだ。しかし、おまえらはわからんぞ」

「とにかく、発電機《はつでんき》のあるところへ案内《あんない》してくれ。まず、島内《とうない》の電気《でんき》を切《き》るんだ」

安永《やすなが》は、そのことで頭《あたま》がいっぱいである。

「よし、おれのあとについてこい」

柿沼《かきぬま》は懐中電灯《かいちゅうでんとう》をつけると、先頭《せんとう》に立《た》って歩《ある》きはじめた。

「ちょっと待《ま》ってくれ。あとから来《く》る連中《れんちゅう》のために、標識《ひょうしき》を置《お》いておく」

安永《やすなが》は白《しろ》いガムテープを木《き》の幹《みき》に貼《は》りつけながら、柿沼《かきぬま》のあとにつづいた。

しばらく森《もり》の中《なか》を歩《ある》くと、前方《ぜんぽう》が少《すこ》し明《あか》るくなった。

「これで森《もり》は終《お》わりだ。あそこに見《み》える建物《たてもの》が事務室《じむしつ》兼《けん》ボスの家《いえ》だ」

柿沼《かきぬま》の指《ゆび》さす彼方《かなた》に、電気《でんき》のついた建物《たてもの》が見《み》える。

「あの事務室《じむしつ》の建物《たてもの》の裏《うら》に小《ちい》さな小屋《こや》がある。そこに発電機《はつでんき》がある」

前方《ぜんぽう》から黒《くろ》いものが走《はし》ってくる。

「ドーベルマンが来《き》たぞ」

安永《やすなが》の体《からだ》が緊張《きんちょう》で硬《かた》くなった。佐竹《さたけ》がバッグからドッグフードを取《と》りだすと、ドーベルマンに向《む》けて投《な》げた。

ドーベルマンは、その前《まえ》でちょっと立《た》ちどまると、ひと口《くち》食《た》べた。

佐竹《さたけ》は、さらにドッグフードを投《な》げる。

「おまえは野菜《やさい》かレバーか、どちらが好《この》みかな?」

安永《やすなが》の緊張《きんちょう》に引《ひ》きかえ、佐竹《さたけ》は楽《たの》しそうにドッグフードを投《な》げている。

ドーベルマンは二度目《どめ》に投《な》げたドッグフードをむさぼるように食《た》べはじめた。

「こいつ、レバーが好《す》きなんだ。よしよし、その調子《ちょうし》で腹《はら》いっぱい食《く》うんだ」

「薬《くすり》は何分《なんぷん》で効《き》いてくる？」

安永《やすなが》は佐竹《さたけ》にきいた。

「ひと缶《かん》食《く》い終《お》わればすぐさ」

佐竹《さたけ》の言《い》うとおり、ひと缶《かん》食《た》べ終《お》わったドーベルマンは、二、三歩《ぽ》歩《ある》きかけて、ことんと横《よこ》になってしまった。

佐竹《さたけ》がドーベルマンに駆《か》けよると、口輪《くちわ》をはめた。

「これで、どこか木《き》につないでおけば、だいじょうぶだ」

ドーベルマンがいなくなったとたん、安永《やすなが》は急《きゅう》に元気《げんき》になった。

「行《い》くぞ」

明《あ》かりのついている建物《たてもの》に向《む》かって、全力疾走《ぜんりょくしっそう》した。

4

為朝《ためとも》は全身黒《ぜんしんくろ》ずくめだから、闇《やみ》の中《なか》ではぜんぜん見《み》えない。

安永《やすなが》につづいて、事務室《じむしつ》まで走《はし》った。

窓《まど》から中《なか》をのぞくと、ボスが一人《ひとり》ソファに座《すわ》って貧乏《びんぼう》ゆすりをしている。

そっとドアをあけて、中《なか》へしのびこんだ。

ボスは何《なに》かつぶやいている。よく聞《き》くと、

「おっかさん」

と言《い》っているように聞《き》こえた。

突然《とつぜん》、電気《でんき》が消《き》えた。安永《やすなが》が線《せん》を切《き》ったのだ。

為朝《ためとも》は、窓《まど》の明《あ》かりでぼんやり見《み》える、ボスのデスクに置《お》いてある花瓶《かびん》をパチンコで狙《ねら》った。

「おい、どうしたんだ?」

ボスが立《た》ちあがったとき、デスクの花瓶《かびん》が割《わ》れた。

「だれだ?」

ボスの声《こえ》は悲鳴《ひめい》になった。

為朝《ためとも》は、床《ゆか》に落《お》ちていた靴《くつ》を窓《まど》に向《む》けて投《な》げた。窓《まど》がはでな音《おと》を立《た》てて割《わ》れた。

ボスは逃《に》げだそうとして、いすにぶつかって倒《たお》れた。

「ボス」

という声《こえ》とともに、男《おとこ》が二人《ふたり》飛《と》びこんできた。

懐中電灯《かいちゅうでんとう》がボスの顔《かお》を照《て》らした。

「だいじょうぶでっか?」

「だいじょうぶや。ここにだれかおる。撃《う》ち殺《ころ》してくれ」

ボスはほとんどパニックである。

「出《で》てこい。出《で》てこんと撃《う》ち殺《ころ》すで」

二人《ふたり》の男《おとこ》は、やみくもに撃《う》ちまくる。しばらくして音《おと》がやんだ。

「電気《でんき》はどうしたんでっか?」

「切《き》られたんや。やつらはどうした?」

「あそこからは、上陸《じょうりく》しまへんでした」

「やつらは島《しま》におる。はよ、見《み》つけて撃《う》ち殺《ころ》せ。生徒《せいと》たちはどうした?」

「どっちも逃《に》げられました」

「なんやて? 唐沢《からさわ》はどないした?」

「おりまへん」

「おらん?」

「捜《さが》せ、捜《さが》すんや」

ボスは地団駄《じだんだ》をふんでわめいた。

二人《ふたり》の男《おとこ》がテントに近《ちか》づいた。

「出《で》てこい。出《で》てこんと撃《う》つで」

入《い》り口《ぐち》でどなったが返事《へんじ》がない。二人一緒《ふたりいっしょ》に中《なか》へ飛《と》びこんだ。

とたんにテントが二人《ふたり》の上《うえ》に崩《くず》れた。

「わっ」

という声《こえ》とともに、二人《ふたり》はテントです巻《ま》きにされ、ロープでしばりあげられた。

「やったあ」

久美子《くみこ》とひとみと純子《じゅんこ》は、みの虫《むし》のような二人《ふたり》を森《もり》の中《なか》へ引《ひ》っぱりこんだ。

「ひとみ」

英治《えいじ》の声《こえ》がした。しかし、姿《すがた》は見《み》えない。

「どこ？」

「ここだ」

英治《えいじ》と相原《あいはら》が目《め》の前《まえ》にあらわれた。

「なんだ、それは？」

相原《あいはら》がテントで巻《ま》いた二人《ふたり》を見《み》て言《い》った。

「捕虜《ほりょ》だよ。こいつらにやられたから、おとしまえつけてやったのさ」

久美子《くみこ》が憎々《にくにく》しげに言《い》うと、足《あし》でけとばした。

「そうか、よくやった」

相原《あいはら》がほめた。

「こいつら、あした海《うみ》に投《な》げこんで魚《さかな》の餌《えさ》にするんだ。でっかいのが釣《つ》れるよ」

久美子《くみこ》が言《い》うと男《おとこ》が、

「それだけはやめてくれ」

と、泣《な》き声《ごえ》を出《だ》した。

「おまえたちヤクザなんだろう？　ヤクザならヤクザらしくかっこうつけたらどうなんだい？」

「わしらが悪《わる》かった。あやまるさかいかんべんしてや」

「笑《わら》わせんじゃないよ」

久美子《くみこ》は、男《おとこ》の口《くち》に草《くさ》の葉《は》を押《お》しこんだ。

『本島《ほんとう》に収容《しゅうよう》されている諸君《しょくん》、聞《き》いているか？』

突然《とつぜん》、スピーカーから声《こえ》が流《なが》れた。

「天野《あまの》くんの声《こえ》だ」

ひとみが叫《さけ》んだ。

『ただいま解放軍《かいほうぐん》が到着《とうちゃく》した。いま悪党《あくとう》どもを一掃中《いっそうちゅう》だ。間《ま》もなく諸君《しょくん》は解放《かいほう》される。もう少《すこ》しのしんぼうだ』

天野《あまの》の声《こえ》が、こんなに力強《ちからづよ》く、頼《たの》もしく聞《き》こえたのははじめてだ。

英治《えいじ》は胸《むね》がきゅっとなった。

それにしても、あっという間《ま》にスピーカーを取《と》りつけた谷本《たにもと》と中尾《なかお》も大《たい》したものだ。

そばにいる相原《あいはら》の顔《かお》を見《み》ると、相原《あいはら》も英治《えいじ》の気持《きも》ちがわかったのか、大《おお》きくうなずいた。

『日本一《にほんいち》の悪《わる》ボス。おまえの母《かあ》ちゃんは、死《し》んだぞ。神《かみ》さまが地獄《じごく》にお召《め》しになったのだ。なんまいだ。なんまいだ』

「天野《あまの》くん、調子《ちょうし》が出《で》てきたね」

純子《じゅんこ》が声《こえ》をはずませた。

『ボスと二人《ふたり》の子分《こぶん》、おまえたちも悪《わる》いことをしたと思《おも》ったら、事務室《じむしつ》から出《で》てこい。さもないと事務《じむ》室《しつ》は爆発《ばくはつ》するぞ。

〽鬼《おに》さん　こちら　手《て》のなるほうへ』

事務室《じむしつ》から三人《にん》の男《おとこ》が出《で》てくるのが見《み》えた。

二人《ふたり》の男《おとこ》がスピーカーの方角《ほうがく》に向《む》けてライフルを発砲《はっぽう》した。

『そっちじゃない。こっちだよ。〽鬼《おに》さん　こちら　手《て》のなるほうへ』

こんどは反対側《はんたいがわ》から天野《あまの》の声《こえ》がした。二人《ふたり》はそちらに向《む》かって発砲《はっぽう》する。

『〽鬼《おに》さん　こちら　手《て》のなるほうへ』

こんどは両方《りょうほう》から天野《あまの》の声《こえ》がする。

「谷本《たにもと》くんがやったの？」

久美子《くみこ》がきいた。

「うん。中尾《なかお》との合作《がっさく》だ」

相原《あいはら》が答《こた》えた。

「やってくれるぅ」

「二人《ふたり》とも天才《てんさい》だよ」

純子《じゅんこ》がつづけて言《い》った。

「さあ、おれたちもやるか？」

相原《あいはら》が英治《えいじ》の顔《かお》を見《み》た。

「おう」

二人《ふたり》は闇《やみ》の中《なか》に向《む》かって走《はし》った。

相原《あいはら》と英治《えいじ》は、女子棟《じょしとう》の近《ちか》くで麻衣《まい》に出会《であ》った。

「無事《ぶじ》だったのか？　心配《しんぱい》してたぞ」

英治《えいじ》が言《い》うと麻衣《まい》は、

「この人《ひと》がさやかさん。こちらがあずささん。こちらは相原《あいはら》くんと菊地《きくち》くん」

うしろにいる二人《ふたり》を紹介《しょうかい》した。

「久美子《くみこ》たちが二人《ふたり》を捕虜《ほりょ》にした」

「見《み》てたよ。テントに入《はい》っていったやつでしょう?」

「そうだ」

「ばあさんはどうした?」

「ばあさんもつかまえてある」

「わたしたちが木《き》につるそうと思《おも》ったのに……」

あずさが残念《ざんねん》そうな顔《かお》をした。

「あとで、煮《に》て食《く》おうと焼《や》いて食《く》おうと、好《す》きなようにしろよ」

相原《あいはら》が言《い》うとあずさが、

「あんなばあさん、煮《に》ても焼《や》いても食《く》えないよ」

と言《い》ったので、英治《えいじ》は思《おも》わず笑《わら》ってしまった。

天野《あまの》が、マイクを持《も》ってやってきた。

「どうだった? おれの放送《ほうそう》」

「ベリー・グッドだ。もう準備《じゅんび》はできたから、全員《ぜんいん》をこちらに引《ひ》きつけて全滅《ぜんめつ》だ。頼《たの》むぞ」

相原《あいはら》が天野《あまの》の肩《かた》をたたいた。

「わかった。まかしといてくれ」

天野《あまの》は、マイクをにぎってせきばらいした。

『悪党《あくとう》ども、よく聞《き》け。おまえらと勝負《しょうぶ》がしたい。勇気《ゆうき》があるなら男子棟《だんしとう》に来《こ》い。待《ま》ってるぜ』

広場《ひろば》のまわりで、いっせいに花火《はなび》が上《あ》がった。

事務室《じむしつ》の前《まえ》に立《た》っている三人《にん》の足元《あしもと》に爆竹《ばくちく》が投《な》げられ、激《はげ》しい音《おと》と煙《けむり》で、姿《すがた》が見《み》えなくなった。

三人《にん》は、男子棟《だんしとう》に向《む》かって走《はし》りだした。

「来《く》るぞ。みんな来《こ》い」

相原《あいはら》は、男子棟《だんしとう》に向《む》かって走《はし》る。そのあとに五人《にん》がつづいた。

突然《とつぜん》、目《め》の前《まえ》に顔《かお》を黒《くろ》く塗《ぬ》った男《おとこ》があらわれた。

「晴彦《はるひこ》」

さやかとあずさが同時《どうじ》に言《い》った。

「この人《ひと》、わたしたちのボスの加藤《かとう》くんです」

さやかは、晴彦《はるひこ》を相原《あいはら》と英治《えいじ》と天野《あまの》に紹介《しょうかい》した。

「ありがとう。よくやってきてくれた」

晴彦《はるひこ》は手《て》を出《だ》した。相原《あいはら》と英治《えいじ》と天野《あまの》が一緒《いっしょ》ににぎった。

「一人《ひとり》そこに捕《つか》まえてあるから、残《のこ》りはボスども五人《にん》だ」

晴彦《はるひこ》が言《い》った。

「五人《にん》か……」

英治《えいじ》がつぶやいた。

「放送《ほうそう》やったの、おまえか？」

「違《ちが》う。おれだよ。どうだった？」

天野《あまの》が自分《じぶん》の顔《かお》を指《ゆび》さした。

「よかった。まるでプロだな」

「そう言《い》ってくれてうれしいよ」

天野《あまの》は、放送《ほうそう》をほめてくれる者《もの》はすぐ好《す》きになる。きっと晴彦《はるひこ》を好《す》きになったに違《ちが》いない。

「おれたちの仕掛《しか》け見《み》てくれたか？」

相原《あいはら》がきいた。

「見《み》た。あれならひっかかるぜ」

「どんな仕掛《しか》け？」

さやかがきいた。

「それは見《み》てのお楽《たの》しみだ」

英治《えいじ》が、にやっと笑《わら》ってみせた。

「麻衣《まい》、さっきのトランシーバーの会話《かいわ》はおもしろかったぜ」

天野《あまの》が麻衣《まい》に言《い》った。

「わたしは、ばれないかと思《おも》って、冷《ひ》や冷《ひ》やだったわ」

「よけいなことまでしゃべったんだろう？」

英治《えいじ》がきいた。

「そうなのよ」

「おれって、マイクを持《も》つと勝手《かって》に言葉《ことば》が出《で》ちゃって、コントロールきかねえんだ」

天野《あまの》が言《い》った。


英治《えいじ》は、ふくろうの鳴《な》きまねをした。すると、あちこちからふくろうの鳴《な》きまねが聞《き》こえた。

これで全員配置《ぜんいんはいち》についたことになる。

かすかに足音《あしおと》がしてきた。

「来《く》るぞ」

英治《えいじ》は、脇《わき》にいるひとみに言《い》った。ひとみが黙《だま》ってうなずいた。

「通《とお》りすぎたら、ひもを引《ひ》っぱるんだ」

足音《あしおと》が近《ちか》づく。ひとみが体《からだ》をすりよせてきた。

黒《くろ》い影《かげ》が見《み》えた。ライフルを構《かま》えながら、ゆっくりと歩《ある》いてくる。

ひとみが、英治《えいじ》の手《て》をぎゅっとにぎりしめた。息苦《いきぐる》しいほどの動悸《どうき》だ。

黒《くろ》い影《かげ》が目《め》の前《まえ》を通《とお》りすぎる。

「いまだ」

英治《えいじ》は、ひとみの耳《みみ》に口《くち》を寄《よ》せて言《い》った。

ひとみがひもを引《ひ》っぱる。

男《おとこ》の五メートルほど前方《ぜんぽう》に、ボードがあらわれた。ボードには銃《じゅう》を構《かま》えた警官《けいかん》の姿《すがた》が描《か》いてある。

男《おとこ》はボードに向《む》かって銃《じゅう》を乱射《らんしゃ》した。

英治《えいじ》は、男《おとこ》の足元目《あしもとめ》がけて、爆竹《ばくちく》を投《な》げた。激《はげ》しい音《おと》と煙《けむり》。

男《おとこ》は奇声《きせい》を発《はっ》し、銃《じゅう》を撃《う》ちつづける。

少《すこ》し離《はな》れたところでも、おなじように銃声《じゅうせい》がする。

『こちらは岡山県警《おかやまけんけい》だ。おまえたちは包囲《ほうい》した。むだな抵抗《ていこう》はやめて、銃《じゅう》を捨《す》てて広場《ひろば》に出《で》てこい』

天野《あまの》の声《こえ》がスピーカーから流《なが》れる。

銃《じゅう》を乱射《らんしゃ》しながら、走《はし》りだした男《おとこ》が倒《たお》れた。

「針金《はりがね》にひっかかったな。行《い》こう」

英治《えいじ》とひとみは闇《やみ》の中《なか》を走《はし》った。

男《おとこ》は安永《やすなが》と佐竹《さたけ》に押《お》さえられ、銃《じゅう》を取《と》りあげられていた。

「菊地《きくち》、ロープを引《ひ》っぱってくれ」

安永《やすなが》に言《い》われてロープを引《ひ》っぱると、腕首《うでくび》をしばられた男《おとこ》がずるずると持《も》ちあがり、木《き》の枝《えだ》にぶら下《さ》がった。

英治《えいじ》は、ロープのはしを木《き》の幹《みき》にしっかりと結《むす》びつけた。


「殺《ころ》せ、殺《ころ》せ。一人残《ひとりのこ》らず撃《う》ち殺《ころ》せ」

ボスがわめきながら森《もり》の中《なか》へ走《はし》りこんできた。

「よし、ひもをゆるめろ」

相原《あいはら》が言《い》うと、麻衣《まい》、さやか、あずさの三人《にん》が持《も》っているひもをゆるめた。

すぐ前方《ぜんぽう》の枝《えだ》から、生首《なまくび》が三個《こ》ぶら下《さ》がった。風船《ふうせん》に水《みず》を入《い》れ、目《め》と口《くち》を描《か》いて、毛糸《けいと》の髪《かみ》をつけただけだが、夜目《よめ》には本《ほん》ものみたいに見《み》える。

ボスがやってくるのが見《み》えた。

「〽鬼《おに》さん　こちら　手《て》のなるほうへ」

三人《にん》は口《くち》をそろえて歌《うた》うと、手《て》をたたいた。

ボスは、その声《こえ》に引《ひ》きよせられるようにやってくる。

「こっちだよ」

ボスが立《た》ちどまる。

「おいで、怖《こわ》がらないで」

「ふざけるな」

ボスはどなりながら前《まえ》へ進《すす》んだ。木《き》の枝《えだ》からぶら下《さ》がっている風船《ふうせん》が顔《かお》に触《ふ》れた。

ボスが風船《ふうせん》を見《み》る。

「ぎゃっ」という声《こえ》とともに走《はし》りだそうとした。

足元《あしもと》に張《は》ってある針金《はりがね》に足《あし》を取《と》られて、そのまま倒《たお》れた。

ボスが倒《たお》れたところには、網《あみ》が敷《し》いてある。三人《にん》が駆《か》けつけようとするよりも早《はや》く、晴彦《はるひこ》が飛《と》びかかって、ボスを網《あみ》で巻《ま》いてしまった。

「一人占《ひとりじ》めしないで、わたしたちにもやらせてよ」

さやかがふくれた。

「こいつには、さんざんかわいがってもらったから、せいぜい恩返《おんがえ》ししろよ」

晴彦《はるひこ》が言《い》ったとたん、あずさがボスの横腹《よこばら》をけった。ボスがうめいた。

「おまえがやったことを、これからお返《かえ》しさせてもらうよ」

さやかは、ボスの腹《はら》の上《うえ》に爆竹《ばくちく》を置《お》いて火《ひ》をつけた。

爆竹《ばくちく》が腹《はら》の上《うえ》ではねた。ボスが悲鳴《ひめい》をあげる。

「もうそれくらいにしろよ。天野《あまの》、ボスをつかまえたと放送《ほうそう》してくれ」

「OK《オーケー》」

天野《あまの》はマイクを手《て》にした。

『おまえたちのボスを捕虜《ほりょ》にした。降参《こうさん》しなければ、ボスの命《いのち》はないぞ。いま、ボスの声《こえ》を聞《き》かせてやる』

天野《あまの》は、ボスの口《くち》にマイクを突《つ》きつけた。

『わしや。この戦《たたか》いはわしらの負《ま》けや。みんな武器《ぶき》を捨《す》てて広場《ひろば》に集《あつ》まれ』

ボスの声《こえ》はしょんぼりしている。

『聞《き》いたか？ では広場《ひろば》に出《で》てこい。曙学園《あけぼのがくえん》の諸君《しょくん》、お聞《き》きのとおりボスは降参《こうさん》した。諸君《しょくん》はただいま解放《かいほう》されたのだ。安心《あんしん》して広場《ひろば》に出《で》てきてほしい』

天野《あまの》は、まるで解放軍《かいほうぐん》の司令官《しれいかん》のように颯爽《さっそう》としている。

広場《ひろば》には、ボスとマザー、それに五人《にん》の助《すけ》っ人《と》と飛島《とびしま》が、首《くび》をうなだれて座《すわ》っている。

しかし、唐沢《からさわ》の姿《すがた》だけがなかった。

「なんだい、このざまは」

マザーがボスを叱《しか》りつけている。

「おまえは、いったいいくつになったら、一人前《いちにんまえ》になるんだい？」

「すんまへん。おっかさん」

「すんまへんやないで。わたしゃ、この年《とし》になって、こんなみじめな思《おも》いをするとは、これっぽっちも思《おも》てへなんだで」

「みんな、わしの責任《せきにん》や」

「男《おとこ》がぺこぺこ頭下《あたまさ》げるんやない。もっとしっかりせんかい」

「せやかて……」

「相手《あいて》はガキやで。なんでこんなもんに負《ま》けたんや？」

「わからん。気《き》がついたら負《ま》けとった」

「このどあほうが」

マザーは、ボスのほっぺたを思《おも》いきりつねった。

夜《よ》が明《あ》けた。

「みんな、いまから唐沢《からさわ》を捜《さが》そう。銃《じゅう》を持《も》っているから、気《き》をつけるんだ」

全員《ぜんいん》が、四方《しほう》に分《わ》かれて森《もり》の中《なか》へ入《はい》った。

気《き》がつくと、英治《えいじ》の脇《わき》に為朝《ためとも》とひとみがいた。

昼間《ひるま》の森《もり》は、夜《よる》とくらべると見違《みちが》えるように気持《きも》ちいい。

「コレラを思《おも》いついたのはだれなんだ？」

英治《えいじ》は、きのうそのことをきこうと思《おも》って忘《わす》れていた。

「わたし」

「へえ」

「何《なに》？　感心《かんしん》しないの？」

ひとみがふくれた。

「感心《かんしん》してるさ」

「そんな顔《かお》してないじゃない？」

「これは感心《かんしん》してる顔《かお》さ」

「だめ、言葉《ことば》で言《い》ってくれなくちゃ」

「ひとみ、すげえ。感心《かんしん》したぜ」

ひとみが笑《わら》いだした。

「菊地《きくち》くんって、いつもふざけてんだから。ほんとはどう思《おも》ってるんだか、ぜんぜんわかんない」

ひとみがそっぽを向《む》いた。

ひとみのことが大好《だいす》きなのに、話《はな》すとついこうなってしまうのはなぜなのだ？

英治《えいじ》は、自分《じぶん》ながら情《なさ》けなくなってきた。

「危《あぶ》ない！」

突然《とつぜん》、為朝《ためとも》が叫《さけ》ぶと、英治《えいじ》を突《つ》きとばした。倒《たお》れながら英治《えいじ》は、肩《かた》に焼《や》けるような痛《いた》みを感《かん》じた。

英治《えいじ》が顔《かお》をしかめて肩《かた》を押《お》さえると、

「どうしたの？」

と、ひとみがのぞきこんだ。血《ち》が押《お》さえている指《ゆび》の間《あいだ》からこぼれた。

「血《ち》」

ひとみがハンカチを出《だ》して、肩《かた》にあてた。

「おりてこい！」

為朝《ためとも》が木《き》の上《うえ》に向《む》かってどなった。

男《おとこ》が木《き》の幹《みき》をすべりおりてきた。目《め》をやられたのか手《て》で押《お》さえている。

「パチンコも、案外役《あんがいやく》に立《た》つでしょう」

為朝《ためとも》が言《い》った。

安永《やすなが》と相原《あいはら》がやってきて、唐沢《からさわ》を引《ひ》っぱっていった。

「傷《きず》はどうですか？」

為朝《ためとも》がきいた。

「こんなに血《ち》が出《で》てる」

ひとみが顔《かお》をしかめた。

「たいしたことない。かすり傷《きず》です。でも、為朝《ためとも》さんが突《つ》きとばしてくれなかったら、やられてたかもしれない。ありがとうございました」

英治《えいじ》は為朝《ためとも》に頭《あたま》を下《さ》げた。

「とんでもない。私《わたし》がついていてこんな目《め》に遭《あ》わせてしまって、申《もう》しわけなく思《おも》っています」

「痛《いた》くないの？」

ひとみのやつ、優《やさ》しいこと言《い》ってくれるぜ。

「痛《いた》くねえよ」

「やせがまん言《い》っちゃって」

「ほんとさ」

二人《ふたり》の目《め》が合《あ》った。ひとみが白《しろ》い歯《は》を見《み》せて笑《わら》った。

森《もり》の樹《き》の間《あいだ》から青空《あおぞら》が見《み》える。英治《えいじ》はこの青空《あおぞら》みたいに幸《しあわ》せな気分《きぶん》だった。

広場《ひろば》にもどると、全員《ぜんいん》が歓声《かんせい》と拍手《はくしゅ》で迎《むか》えてくれた。

柿沼《かきぬま》が英治《えいじ》の肩《かた》に白《しろ》い包帯《ほうたい》を巻《ま》いてくれた。

これで名誉《めいよ》の負傷兵《ふしょうへい》というところである。ちょっと誇《ほこ》らしい気分《きぶん》だった。

それより何《なに》より、あのときひとみが見《み》せた健気《けなげ》な態度《たいど》を思《おも》いだすと、唇《くちびる》のしまりがわるくなってしまうのだ。

「ひとみ、好《す》きだぜ」

太陽《たいよう》に向《む》かって、声《こえ》を出《だ》さずに言《い》った。

英治《えいじ》は、曙学園《あけぼのがくえん》の十六人《にん》の顔《かお》を見《み》た。やっと解放《かいほう》されたのだから、さぞかし晴《は》れ晴《ば》れした表情《ひょうじょう》をしているると思《おも》ったのに、彼《かれ》らの表情《ひょうじょう》は複雑《ふくざつ》だった。

「これで家《いえ》に帰《かえ》ったって、親《おや》は歓迎《かんげい》してくれないんだもの」

きのう、麻衣《まい》がぽつりと言《い》った言葉《ことば》が思《おも》いだされた。

「じゃあ、どうなるんだ？」

「何人《なんにん》かは、また別《べつ》の施設《しせつ》に入《い》れられるでしょう」

それじゃ、おれたちのやったことは何《なん》なんだよ。

そう言《い》いたいのをがまんした。

彼《かれ》らの複雑《ふくざつ》な表情《ひょうじょう》は、そのことを考《かんが》えているせいかもしれない。

そう思《おも》うと、自分《じぶん》だけ浮《う》かれていてはいけないという気《き》がしてきた。

晴彦《はるひこ》がやってきて、英治《えいじ》の手《て》をしっかりにぎった。

「ありがとう。感謝《かんしゃ》してる」

次《つぎ》に相原《あいはら》の手《て》をにぎって、同《おな》じことを言《い》った。

「おれたち、ついてたのさ」

相原《あいはら》は淡々《たんたん》としている。

「これからどうするんだ?」

英治《えいじ》が晴彦《はるひこ》の目《め》を見《み》ると光《ひか》っていた。涙《なみだ》かもしれないと思《おも》った。

「家《いえ》にはもどらない。大阪《おおさか》で働《はたら》く」

「そうか、おれと一緒《いっしょ》だな」

安永《やすなが》が晴彦《はるひこ》の肩《かた》をたたいた。

みんな帰《かえ》りの準備《じゅんび》をはじめた。

最初《さいしょ》は、女子《じょし》が島《しま》を離《はな》れた。

さやかとあずさが、島《しま》を眺《なが》めて泣《な》いていた。きっと、いろいろな思《おも》い出《で》があるに違《ちが》いない。

これからあの二人《ふたり》、どんな人生《じんせい》を送《おく》るのだろう?

英治《えいじ》には想像《そうぞう》できない。

「相原《あいはら》、おれたちのやったこと、意味《いみ》あったかな？」

英治《えいじ》は、遠《とお》ざかるボートを眺《なが》めながら言《い》った。

「あったさ。あたりまえのことときくなよ」

「そうだよなあ」

海《うみ》はあいかわらず凪《な》いでいた。

あとがき

十八歳《さい》の春《はる》を泣《な》かないために、すべての欲望《よくぼう》をおさえてひたすら勉強《べんきょう》しろ、そうすればバラ色《いろ》の未来《みらい》がまっている、と親《おや》から言《い》われたら、どうするだろうか？

素直《すなお》に親《おや》の言《い》うことをきく子《こ》にとっての親子関係《おやこかんけい》はおだやかだろうが、そうでない子《こ》の親子関係《おやこかんけい》は険《けん》悪《あく》になるだろう。さらに反発《はんぱつ》が強《つよ》まると、親《おや》とけんかして家出《いえで》したり、事件《じけん》を犯《おか》して少年院《しょうねんいん》に入《い》れられたりする子《こ》もでてくる。

英治《えいじ》たちの中学時代《ちゅうがくじだい》のクラスメイト、三矢麻衣《みつやまい》もそんな子《こ》の一人《ひとり》だったために、父親《ちちおや》によってある収《しゅう》容施設《ようしせつ》に入《い》れられてしまった。

それは、周囲《しゅうい》が絶壁《ぜっぺき》になっていて、だれも近《ちか》づくことのできない瀬戸内海《せとないかい》の無人島《むじんとう》にあった。

麻衣《まい》は施設《しせつ》の仲間《なかま》の手引《てび》きでなんとかそこを抜《ぬ》けだし、英治《えいじ》たちに実情《じつじょう》を話《はな》して、みんなを助《たす》けてほしいと頼《たの》んだ。

今度《こんど》の『ぼくらの大脱走《だいだっそう》』は、そういう子《こ》どもたちを収容施設《しゅうようしせつ》から救《すく》いだす、命《いのち》がけの冒険《ぼうけん》ストーリーだ。

しかし、どうやって助《たす》けだしたらいいのか。それまでそんな施設《しせつ》があるなどと想像《そうぞう》したこともなかった英治《えいじ》は、麻衣《まい》から島《しま》の様子《ようす》を聞《き》いてさらに驚《おどろ》く。

島《しま》に唯一上陸《ゆいいつじょうりく》することができるのは、島《しま》の南側《みなみがわ》にある洞《どう》くつの先《さき》の池《いけ》からだが、洞《どう》くつの入《い》り口《ぐち》には網《あみ》が張《は》ってあり、触《ふ》れれば、すぐにだれかが侵入《しんにゅう》したとわかる仕組《しく》みになっているという。

それなら親《おや》からの依頼《いらい》があれば出《だ》してくれるのかというと、施設《しせつ》にいるのは親《おや》の手《て》に負《お》えなくなった子《こ》どもたちばかりなので、だれ一人《ひとり》として、出《だ》してやってくれ、と言《い》う親《おや》はいない。従《したが》って、そこに収容《しゅうよう》されている子《こ》どもたちは人知《ひとし》れず、一生《いっしょう》をそこで過《す》ごすことになる。これではまるで牢屋《ろうや》に入《はい》った終身刑《しゅうしんけい》の囚人《しゅうじん》みたいなものだ。

これは施設以上《しせついじょう》に親《おや》の問題《もんだい》である。手《て》に負《お》えないから放《ほう》りだすなんて、小《ちい》さい時《とき》だけかわいがって、思《おも》い通《どお》りにならないと捨《す》ててしまう犬《いぬ》や猫《ねこ》と同《おな》じだ。こういうことがペットだけでなく人間《にんげん》でも行《おこな》われているとしたら、到底正常《とうていせいじょう》な社会《しゃかい》だとは思《おも》えない。

麻衣《まい》は言《い》う。

「わたしたちは、親《おや》にとってペットの犬《いぬ》と同《おな》じさ。小《ちい》さくてかわいいときはかわいがるけど、大《おお》きくなって反抗《はんこう》したら捨《す》てられ、野犬《やけん》になって、あげくの果《は》ては殺《ころ》されてしまう」

これはどうしても施設《しせつ》にいる十六人《にん》の子《こ》どもたちを救《すく》いださなければならない。ぼくらの仲間《なかま》のだれもがそう思《おも》った。

だが、その島《しま》に上陸《じょうりく》するのは簡単《かんたん》ではない。この救出作戦《きゅうしゅつさくせん》を成功《せいこう》させるには、今《いま》までよりもはるかに大《おお》きなスケールの知恵《ちえ》と勇気《ゆうき》が必要《ひつよう》である。

この命《いのち》がけの物語《ものがたり》を読《よ》み終《お》えたら、親《おや》たちが救《すく》いだされた子《こ》どもたちを温《あたた》かく迎《むか》えてくれるかどうかを考《かんが》えてみよう。それでもまだ、この子《こ》どもたちをクズだと思《おも》っている親《おや》がいるとしたら、英治《えいじ》たちのやったことは何《なん》だったのだろう。

もっと大《おお》らかでやさしい世界《せかい》。それがぼくらの望《のぞ》む社会《しゃかい》なのだが……。

二〇一八年《ねん》七月《がつ》

宗田《そうだ》 理《おさむ》

＊宗田理《そうだおさむ》さんへのお手紙《てがみ》は、角川《かどかわ》つばさ文庫編集部《ぶんこへんしゅうぶ》へお送《おく》りください。

〒102-8078 東京都千代田区富士見《とうきょうとちよだくふじみ》1-8-19 角川《かどかわ》つばさ文庫編集部《ぶんこへんしゅうぶ》 宗田理《そうだおさむ》さん係《かかり》

この作品は、一九九二年五月、角川文庫から刊行された『ぼくらの大脱走』をもとに、角川つばさ文庫向けに書きかえ、加筆し、漢字にふりがなをふり、読みやすくしたものです。

宗田 理／作

東京都生まれ、少年期を愛知県ですごす。『ぼくらの七日間戦争』をはじめとする「ぼくら」シリーズは中高生を中心に圧倒的人気を呼び大ベストセラーに。著作に『ぼくらの天使ゲーム』『ぼくらの大冒険』『ぼくらと七人の盗賊たち』『ぼくらの学校戦争』『ぼくらのデスゲーム』『ぼくらの南の島戦争』『ぼくらの㋳バイト作戦』『ぼくらのC計画』『ぼくらの怪盗戦争』『ぼくらの(馬)会社戦争』『ぼくらの修学旅行』『ぼくらのテーマパーク決戦』『ぼくらの体育祭』『ぼくらの太平洋戦争』『ぼくらの一日校長』『ぼくらのいたずらバトル』『ぼくらの㊙学園祭』『ぼくらの無人島戦争』『ぼくらのハイジャック戦争』『ぼくらの消えた学校』『ぼくらの卒業いたずら大作戦 上下』『２年Ａ組探偵局 ラッキーマウスと３つの事件』『２年Ａ組探偵局 ぼくらのロンドン怪盗事件』（角川つばさ文庫）など。

YUME／絵

イラストレーター。担当した作品に『ぼくらのハイジャック戦争』『ぼくらの消えた学校』『ぼくらの卒業いたずら大作戦 上下』（角川つばさ文庫）など。

角川《かどかわ》つばさ文庫《ぶんこ》

ぼくらの大《だい》脱《だっ》走《そう》

作《さく》　宗田《そうだ》 理《おさむ》
絵《え》　YUME《ゆめ》
キャラクターデザイン　はしもとしん

2018年７月15日　初版発行
2025年２月20日　20版発行

発行者　山下直久
発　行　株式会社KADOKAWA
〒102-8177　東京都千代田区富士見 2-13-3
電話　0570-002-301（ナビダイヤル）
印　刷　株式会社KADOKAWA
製　本　株式会社KADOKAWA
装　丁　ムシカゴグラフィクス

ISBN978-4-04-631815-2　C8293　　N.D.C.913　316p　18cm

●お問い合わせ
https://www.kadokawa.co.jp/（「お問い合わせ」へお進みください）
※内容によっては、お答えできない場合があります。
※サポートは日本国内のみとさせていただきます。
※Japanese text only

読者のみなさまからのお便りをお待ちしています。下のあて先まで送ってね。
いただいたお便りは、編集部から著者へおわたしいたします。
〒102-8177　東京都千代田区富士見 2-13-3　角川つばさ文庫編集部

都《と》市《し》伝《でん》説《せつ》の
呪《のろ》いを回《かい》収《しゅう》する！
恐《きょう》怖《ふ》コレクター
学《がっ》校《こう》で
大《だい》人《にん》気《き》!!
発《はつ》売《ばい》中《ちゅう》！
佐《さ》東《とう》みどり・鶴《つる》田《た》法《のり》男《お》／作《さく》　よん／絵《え》

世界一クラブ
第《だい》5回《かい》
角川《かどかわ》つばさ文庫《ぶんこ》
小説賞《しょうせつしょう》
金《きん》賞《しょう》受《じゅ》賞《しょう》作《さく》!
世《せ》界《かい》一《いち》クラブ
最強《さいきょう》の小学生《しょうがくせい》、あつまる!
大空《おおぞら》なつき・作　明菜《あきな》・絵
笑《わら》いと友情《ゆうじょう》、事件《じけん》いっぱいの
学校生活《がっこうせいかつ》!
世界一《せかいいち》の
天才少年《てんさいしょうねん》
3時間《じかん》ごとに
眠《ねむ》ってしまう!?
世界一《せかいいち》の
柔道少女《じゅうどうしょうじょ》
だれでも、
投《な》げとばす!?
忍《しの》びと
知《し》られては
いけない!
世界一《せかいいち》の
忍《しの》び?
世界一《せかいいち》の
エンター
テイナー
世界一《せかいいち》の
ドジ!?
世界一《せかいいち》の
美少女《びしょうじょ》
人前《ひとまえ》に出《で》る
のが苦手《にがて》!